KB046079

Author

지오

Illustration

유우야

악덕 기사단의 노예가
The Slave of the "Black Knights" is
착한 모험가 길드에
Recruited by the "White Adventurer's Guild" as a S Rank Adventurer
스카우트 되어 S 랭크가 되었습니다

3

The Slave of the "Black Knights" is
Recruited by the "White Adventurer's Guild"
as a S Rank Adventurer

CONTENTS

3

욕실의 문이

쾅 하고 열렸다.

반동으로 두 사람이 바닥에 넘어졌다.

실레의 옷은 앞섶이 크게 열렸고.

라나는 아무것도 입고 있지 않았다.

"꺄아아아아악━━━!"

커버 그림, 본문 일러스트 | **유우야**

제 5 장

푸른 엘프의
두 가지 의뢰

The Slave of the "Black Knights" is
Recruited by the "White Adventurer's Guild"
as a S Rank Adventurer

제1화 카리스마 파티에 온 의뢰

엘프 지부의 의뢰를 받은 나는 짐을 정리해 길드 마스터실로 향하고 있었는데, 쿠에나와 실라가 길드 본부 앞에서 나를 기다리고 있었다.

"너희들 무슨 일이야?"

"장기 의뢰라고 들었거든. 지드 성분을 보충해둘까 싶어서!"

실라가 꼬옥 날 안았다.

탄력 있는 두 언덕이 밀착하여 머릿속이 순식간에 새하얗게 물들었다. 젠장…… 파괴력이 너무 높다고……!

"자, 장기라고 해도 일주일에서 한 달이야. 금방 만날 수 있어."

"나한테는 그것도 길다구……."

실라가 후에에엥 하고 당장이라도 눈물을 흘릴 것 같은 얼굴로 말했다.

실라가 껴안는 힘이 강해질수록 나는 내 허리 언저리가 불안해졌다.

"있잖아, 지드. S랭크 시험은 언제인지 알아?"

쿠에나가 어딘지 의미심장하게 질문했다.

"다음? 언제인데?"

"두 달 뒤야."

벌써 그렇게 가까이 다가와 있었나.

"그랬구나. 쿠에나는 시험 칠 거지?"

"그래. 아마 실라도 치겠지."

"에헤헹. '아마'가 아니라 틀림없이!"

자신만만한 표정을 지은 실라가 단언했다.

하지만 나는 벌써 두 사람이 직면하게 될 불안 요소가 보이기 시작했다.

"그 시험, 필도 나올 거야. 틀림없이."

나는 못을 박아두고자 무겁게 말했다.

예전에 두 사람은 필과 검을 맞대고, 패배했다.

그 패배는 이 두 사람에게 불안 요소가 될 것이 틀림없다.

하지만 두 사람의 표정은 그다지 어두워지지 않았다.

"안 질 거야."

"그래, 절대로 안 져! 지드의 기사는 나만으로도 충분해!"

어지간히 자신이 있는 모양이다.

금기의 숲속에서 한 특훈과 스틸비츠에서 겪은 전투가 그녀들에게 기합을 넣은 건가.

아니면 두 사람의 의지가 강한 건가.

"그럼 다행이고. 결과가 기대되네. 시험 내용이 어떨지는 모르겠지만, 일이 어떻게 굴러갈지는 누구도 알 수 없어."

마력의 총량, 마력 조작 실력, 신체 능력, 그 모든 것을 수치화

할 수 있다고 하더라도 사람의 종합적인 힘을 측정하는 것은 불가능하다.

그렇기에 싸움에서는 한 치의 방심도 허용되지 않으며, 100% 완벽한 예측은 할 수 없다.

내 말에 두 사람이 고개를 끄덕였다.

"그런데 지드, 혹시 웨이라 제국에 갈 예정은 없어?"

쿠에나의 표정이 우려스럽게 변했다.

"갑자기 뭐야?"

"루이나 건 말이야. 루이나가 네게 내건 스카우트 '조건'이 어느 정도 '지위'인지, 조금만 생각하면 쉽게 알 수 있잖아."

쿠에나는 똑똑하다.

그 자리에서 한 대화를 직접 듣지 않아도 상황만 보고 어렴풋이 알 수 있었을 거다.

루이나가 키스한 의미도.

"루이나는 진심이야."

"날 자기 세력에 넣으려는 거 말이야?"

"그것도 있지. 하지만 그녀는 무엇보다도 지드, 너에게 진심이야. 그녀의 키스는 분명 네가 생각하는 것 이상으로 많은 의미를 담고 있을 거야."

쿠에나는 나를 위협하듯 말을 무겁게 전했다. 그만큼 이 이야기가 중대하다는 의미였다.

"루이나는 여제지만 남자를 자기 마음에 들인 적은 없었어. 그런 사람이 네게 키스를 했어. 네가 뭐라고 하든 쉽게 물러나진 않을 거야."

"알았어, 조심할게. 하지만 웨이라 제국이 어떻게 됐는지는 너도 잘 알잖아. 적어도 한동안 무모한 짓은 안 하겠지."

"그야 무력으로 제압하려 들지는 않겠지. 방법이야 여러 가지 있으니까. 하지만, 지금 내가 말하고 싶은 건 그런 게 아니라……."

쿠에나의 볼이 빨갛게 물들었다.

부끄러움이 엿보였다. 하지만 눈에는 각오와 확고한 의지가 있었다.

"리프에게는 달갑지 않은 이야기겠지만, 사실 난 딱히 지드가 스카우트돼도 상관없다고 생각해."

"그건 또 무슨……?"

"네가 웨이라 제국에 간다면 나도 따라갈 거야. 그게 내 목표로 향하는 길이 될 테니까."

"……? 네 목표는 루이나에게 인정받는 거잖아?"

내 물음에 쿠에나가 고개를 저었다.

그리고는 강한 심지가 느껴지는 눈으로 나를 바라봤다.

"루이나에게는 이미 인정받았어. 그러니까 지금의 내 목표는 지드, 너야."

"나? 난 이미 너랑 실라를 파티의 멤버로 인정했는데?"

"아니, 그런 게 아니라. 난 너와…… 어깨를 나란히 하고 싸울 수 있는 존재가 되고 싶어."

그 말을 듣고 왠지 마음이 평온해지는 느낌이 들었다.

어깨를 나란히 하고 싸운다. 나에겐 그런 존재가 한 번도 없었다.

구하기 어려운, 내가 편히 있을 수 있는 곳을 찾은 듯한…… 그런 마음이 스쳐 지나갔다.

"그렇구나. 기대할게."

"그래, 기다리고 있어. 반드시 따라잡을 거야. 방심하면 앞지를 거라고."

쿠에나는 그렇게 말하며 밝게 웃었다.

그때 내 갑자기 뒤에서 기척이 났다.

"어, 어디서 나타난 거야, 유이! 갑자기 튀어나오면 깜짝 놀라잖아!"

실라가 놀라서 소리를 질렀다.

"아니, 이 녀석은 이게 보통이야. 마음먹으면 더 능숙하게 기척을 숨기겠지."

"당연."

유이가 검지와 중지를 세우고 자랑스럽게 브이 사인을 만들어 앞으로 내밀었다.

그걸 보고 실라가 "너 브이 사인도 할 수 있었구나……" 하고 중얼거렸다.

"지드, 의뢰."

"그래. 리프한테 갈까."

곧 약속 시간이 된다.

다시 쿠에나와 실라를 봤다.

"그럼 조심해."

"너도. ……아니, 너한테는 필요 없는 말이려나."

"우으……. 지드도 조심해! 무슨 일 있으면 불러줘."

작별 인사를 끝내고 길드 본부에 들어갔다.

거기서 계단을 올랐다.

"지드."

유이가 뒤를 따라오면서 말을 걸어왔다.

"왜?"

"루이나 님은 첩을 들여도 상관없다고 말씀하셨어."

"…………갑자기 무슨 말이야?"

"쿠에나랑 실라."

우리가 나눈 대화를 들은 모양이다.

아니, 그 전부터 알던 이야기인가? 금기의 숲속에서 실라가 날 덮치려던 모습을 봤으니.

하지만, 과연 어찌해야 할까. 쿠에나와 실라의 호의는 나도 어렴풋이 이해하고 있다.

사람과의 관계가 적었던 나라도 그녀들만큼 솔직하면 알아차릴 수 있다.

"그 둘에겐 반드시 보답할 거야. 하지만 적어도 엘프 지부의 의뢰를 먼저 끝내야겠지. 그리고 둘에 보답하는 것과 웨이라 제국에 가는 건 다른 이야기라고."

"루이나 님이 노리고 있어. 그러니 지드는 오게 될 거야."

"심플하군."

쿠에나도 비슷한 말을 했었지.

역시 루이나에겐 그렇게 생각하게 할 만한 카리스마 같은 것이 있겠지.

◇

길드 마스터실.

거기서 나와 유이는 손님용 의자에 앉아 기다리고 있었다.

"너무 늦는구먼~."

리프는 여전히 유아용 의자에 앉아 책상에 엎어져 불평하고 있었다.

"그녀만 멀리 있잖아. 어쩔 수 없지."

"그렇다고 마냥 기다릴 수도 없는 난처한 사태라서 말이네."

"난처한 사태?"

불온한 말에 나는 무심코 그대로 되물었다.

그러나 리프는 여전히 책상에 늘어진 채로 말했다.

"아~ 모두 모인 다음에 이야기할 것이야."

"안 그래도 마침 온 것 같네."

내가 그리 말하자마자 노크 소리가 울렸다.

리프가 "역시 대단하구먼……" 하고 중얼거리며 책상에서 몸을 일으켰다.

"들어오시게~."

"실례합니다. 늦어서 죄송합니다."

문을 열고 필이 들어왔다. 다만 오늘은 그녀 혼자였다.

"역시 소리아는 올 수 없었나?"

"네, 지극히 다망하여 다소 늦으실 것 같습니다."

리프는 역시 소리아가 제때를 맞추지 못하리라 생각한 모양이다.

이번 의뢰는 카리스마 파티 앞으로 나온 거다. 각 멤버의 사정을 무시할 수는 없다.

"무슨 일 있었어?"

"소리아가 진 · 아스테라교로 소속을 옮겼다네. 아마 여기저기 인사하고 돌아다니거나 신자에게 알리느라 바쁘겠지."

"엉? 그럼 원래 있던 아스테라교는?"

"거의 해산 상태다. 그런 일이 있었으니 당연한 일이지."

"정신없겠네, 너희도."

필시 스피도 바쁠 테지.

스피는 실라의 권유로 나의 개인 파티에 들어와 있지만, 이제껏 얼굴을 비춘 적은 없었다.

서로 연락은 하는 것 같지만, 진 아스테라교가 한창 세력을 키우는 지금은 바빠도 어쩔 수 없을 것이다.

"그럼 본론을 시작할까."

리프가 중앙이 움푹 파인 네모난 매직 아이템을 꺼냈다. 크기는 주먹 정도이며 반투명한 하늘색이었다.

리프는 그걸 자기가 엎드려 있던 책상 위에 놓았다.

"이건 전이 기능을 가진 매직 아이템일세. 이걸 써서 직접 엘프 지부로 갈 것이야."

"지부 안쪽에 곧장 가는 건가?"

"음. 엘프는 바깥세상의 간섭을 거부하고 있지. 직접 가기에는 길도 마땅하지 않고 거리도 너무 멀다네."

"……간섭을 거부하는데, 우리가 가도 괜찮은 건가?"

"그게 아까 말한 난처한 사태라네."

리프가 어두운 표정을 지었다.

"지금 엘프의 마을에 있는 외부 조직이라고는 오로지 길드밖에 없네."

"즉 마을 안에 외부인은 길드의 인간밖에 없다고?"

"그 길드도 사실상 남아있는 사람은 한 명뿐일세."

"용케도 혼자 돌리네."

"그자는 그럭저럭 우수하니까. 엘프를 아내로 둔 덕에 끈덕지게 버티고 있지. 하지만 엘프 마을에서 받은 의뢰를 여러 번 실패한 탓에 서서히 궁지에 몰리고 있네."

그런 사정도 있는가.

의뢰를 알고 난 후 나는 이미 엘프를 미리 조사했다.

줄곧 외부인과의 교류를 거절하던 엘프는 선대 용사의 활약으로 어느 정도 교류를 갖기 시작했다.

하지만 리프의 이야기를 들어보니 그리 좋은 상황은 아닌 모양이다.

"잘 안 되는 겁니까?"

필이 물었다.

"음. 십수 년 전부터 수상한 낌새는 있었지만, 본격적인 철수가 일어난 건 요 몇 년 사이일세. 그간 조직 대부분이 철수했지. 그리고 마지막까지 남은 모험가 길드도 이제는 한계일세."

"낯가림도 이렇게까지 심하면 왠지 기분 나쁜데."

사태가 이렇게 될 때까지 길드도 손 놓고 있지만은 않았을 거다. 그간의 대처, 그러니까 A랭크나 S랭크 파티를 엘프 마을로 보냈는데도 실패한 거다.

'그리고 끝내는 그 문제가 우리에게 온 거지.'

"길드의 마지막 비장의 수단이라는 게야. 더는 한 걸음도 물러설 수 없어."

"문제가 무거워서 부담감이 느껴지는데."

"표정 하나 바꾸지 않고 그리 말한들 와닿지 않네만."

"구체적으로 얼마나 난문인지 모르니 별수 없잖아."

난 엘프 마을에 한 번도 가본 적이 없다.

덧붙여서 말하자면 엘프라는 종족도 만난 적이 없다.

엘프의 사정을 잘 알고 있다면 리프가 원하는 리액션을 했을지도 모르지만, 사실상 내겐 아무런 정보도 없다.

아무 까닭도 없이 두려워하는 건 어리석다. 과하게 겁을 먹으면 적절하게 대응하지 못하고 죽게 된다.

"그렇다면 가볼까. 매직 아이템에 손을 얹게."

리프를 제외한 전원이 손을 댔다.

필과 유이의 얼굴에도 공포는 전혀 없었다.

그걸 본 리프가 만족스럽게 고개를 끄덕였다.

"그대들이라면 해낼 것이라 믿고 있네. 저쪽에 도착하면 현지 모험가 길드의 직원이 기다리고 있을 테니, 자세한 설명은 그자에게 듣게. 그럼, 부탁하지."

곧 시야가 확 밝아졌다.

전이의 징후다.

주변의 풍경이 변해갔다.

이윽고 뒤바뀐 풍경은 한마디로 표현하자면 그야말로 '고요'.

길드 본부와는 비교가 안 될 정도로 작은 접수처였다. 10명만 들어와도 가득 찰 것 같았다.

하지만 청소는 두루 잘 되어 있고 관상용 화분도 놓여있었다.

이곳의 관리자가 세심하다는 걸 쉽게 알 수 있었다.

"어서 오십시오, 카리스마 파티 여러분! 아, 파티 이름은 아직 가칭이었죠. 그럼 지드 씨, 필 씨, 유이 씨죠. 역시 소리아 씨는 안 계신 것 같지만…… 이야기는 이미 들었습니다."

30대 정도의 남자가 우리를 맞이했다.

"저는 룩. 모험가 길드 엘프 마을 지부의 지부장입니다. 여러분을 기다리고 있었습니다."

"예, 바로 의뢰내용과 의뢰서를 부탁드리겠습니다."

필이 대응했다.

그 말을 듣고 룩이 접수처에서 세 장의 의뢰서와 펜을 건넸다.

나는 즉각 내용을 읽어보았다.

"곧 엘프가 받드는 신수의 개화 시기가 옵니다. 엘프는 그때 대량의 수액을 모으는데, 그 작업 동안 엘프들을 마물로부터 지켜주시면 됩니다."

이야기만 들어보면 단순한 호위 의뢰다.

하지만 이게 쉽지 않으니 우리가 여기까지 불려온 것일 터.

"단순한 호위는 아닐 거 같은데, 구체적으로 어떻게 하면 되지?"

나는 그에게 구체적인 내용을 요구했다.

이런 곳의 방심이 실패로 이어지는 법이다. 일은 신중해야 한다.

"수액을 모으는 작업 중에는 수액을 노리고 접근하는 마물을 그저 격퇴하시면 됩니다. 다만 그 후, 숲속 마물에게 수액을 분배하는 작업이 문제이지요."

"마물에게도 수액을 주는 건가? 엘프뿐만 아니라?"

"네. 엘프들에게 신수는 이 숲 전체에 은혜를 베푸는 존재입니다. 그들에게 신수는 독점의 대상이 아니지요. 그래서 옛날부터 그런 관습이 이어지고 있다고 합니다."

"그렇군. 즉 위험한 마물에게 수액을 나누어주는 과정에서 문제가 발생한다는 건가."

수액을 다른 생물에게 나누어주는 건 엘프가 정한 관습일 뿐, 마물이 이를 이해할 리는 없다.

마물도 수액을 노린다고 했으니, 그만한 이유가 있을 테고.

"예. 수액을 나누어주다 보면 공격하여 수액을 뺏으려 하는 마물도 튀어나오거든요. 신수의 수액은 마력을 증강하고 몸을 건강하게 해주니까요."

"마력 증강인가요. 그건 대단하네요."

"신수 자체가 뿜어내는 마력이 그만큼 강력한 겁니다. 신수 주변에서 마력석이 나올 정도이니까요. 여기서 채취한 마력석은 매직 아이템의 고순도 동력원이 된다고 합니다."

마력석. 도서관에서 본 적 있는 단어다.

마력 없이도 매직 아이템을 다룰 수 있게 해주기에 제법 귀중한 자원이라고 한다.

다만 이건 돌이 특별한 재질인 게 아니라, 평범한 돌에 다량의 마력이 깃든 거다.

이 점을 이용하면 인위적으로 마력석을 만들 수도 있겠지만, 상당한 양의 마력과 고도의 마력 조작이 없다면 너무나도 시간이 오래 걸리기에 어렵다는 모양이다.

"과연."

홀로 납득했다.

실은 엘프 마을에 들어온 순간부터 탐지 마법의 범위를 넓히고 있었다.

땅에는 무수한 마력석이 퍼져있고, 주위의 평범한 나무들에도 마력이 깃들어 있었다.

그리고 마을 중심부에 있는 거대한 한 그루 나무. 틀림없이 이게 신수이다. 엄청난 생명력과 웅대함이 느껴졌다.

"그럼 우선 여러분이 머무실 곳을 안내하겠습니다."

사실 전이 매직 아이템이 있으니 여기 머물 필요는 없지만, 신수가 언제 개화할지 명확하지 않은 이상, 엘프 마을에 머무는 편이 좋을 것 같다.

길드 엘프 지부 밖으로 나오자 차가운 바람이 불어와 피부를 떨리게 했다.

"높다."

유이가 무표정인 채로 말했다.

확실히 거대한 나무가 줄지어 서 있었다. 10m는 족히 넘어 보이는 나무도 있었다.

갈색과 녹색이 자아내는 웅대한 광경이었다.

"그럼 갑시다."

우리는 룩을 뒤따랐다. 엘프끼리만 살아서 그런지, 거리에 간판이 하나도 없었다. 아무래도 상당히 폐쇄적인 생활을 하는 모양이다.

우리가 신기한지 엘프들이 우리를 힐끗힐끗 보는 시선이 느껴졌다.

이렇게 말하는 나도 엘프는 처음 본다. 긴 귀 외에는 인간과 별로 다르지 않았다. 다른 차이라고 하면, 어느 엘프든 안정된 마력을 품고 있었다.

"가게처럼 보이는 곳도 무엇을 하는 가게인지 안 적혀있군요. 이러면 엘프끼리도 불편하지 않습니까?"

필이 물었다.

가게처럼 보이는 건물은 상품을 가격표와 함께 내놓고 있긴 하지만, 한눈에 알 수 있는 간판은 한 곳도 없었다.

"그들은 인간보다 수명이 길기에 서로에 대해서 잘 알고 있습니다. 어떤 가게인지뿐만 아니라 그 가게의 거주자가 누구인지도 알고 있죠. 한때 외부와 교류가 잦을 때는 길 안내 표식이 있었지만, 지금은 철거되었습니다. 일단 저도 지리를 파악하고 있으니 뭔가 필요하시면 제게 이야기해주십시오."

그는 엘프 사회를 제법 자세히 알고 있었다.

그러고 보니 엘프를 아내로 두었다고 했던가.

"자, 도착했습니다. 여기가 여러분이 머무실 집입니다."

그가 안내한 곳은 큰 나무의 옹이구멍을 이용한 집이었다.

룩이 문을 열고 안으로 들어갔다. 우리도 뒤따랐다.

"여러분께 어떻게든 좋은 곳을 제공하고 싶어서 지인을 통해 어렵게 빌렸습니다."

문은 평범했지만, 안쪽은 웬만한 저택만큼 넓었다.

따뜻한 불빛, 넓은 거실, 나선형 계단으로 2층에도 올라갈 수 있다.

"좋은 곳이네."

나는 솔직한 감상을 말했다.

"하하하, 지드 씨께서 그런 말을 해주시다니, 노력한 보람이 있습니다."

내 말은 대단할 게 아무것도 없다. 아무래도 룩이 나를 너무 높게 사는 것 같다.

오히려 내가 평소에 묵고 있는 숙소가 여기보다 좁다.

뭐, 그건 말 안 해도 괜찮은가.

"정말 용케도 준비했네. 난 노숙이라도 해야 하나 했어."

"동감이다. 엘프는 바깥세상과의 관계를 피하고 있다고 들었는데, 설마 방을 빌렸을 줄은."

"……그렇죠. 분명 세상의 소문은 그럴지도 모르죠."

룩이 약간 슬픈 듯이 말했다.

뭔가 오해가 있는 듯하다.

"사실은 다른가요?"

"엘프는 결코 외부의 인간을 싫어하는 게 아닙니다. 오히려 우호적인 자도 있지요."

"그럼 어째서 이런 사태가 된 거지? 지금 엘프 마을에 남은 외부 조직은 길드밖에 없다고 들었는데?"

"엘프의 유력자가 다른 종족과의 접촉을 탐탁지 않게 여기고 있습니다. 언젠가 외교나 무역이 서툰 엘프가 다른 종족이 제안한 상업적인 교섭에서 큰 손해를 입는 바람에 부정적 시선이 된

거죠.”

“그 실패를 교훈 삼아 경험으로 살리면 좋았을 텐데.”

“네, 그렇습니다. 응당 그리해야지요.”

룩이 힘차게 끄덕였다. 아무래도 그도 생각하는 바가 있는 모양이다.

“그럼 방을 배정하고 욕실 등을 설명한 뒤에 신수가 있는 곳으로 가시지요.”

◇

“여기까지 온 길은 최대한 기억했지만 조금 불안하군요.”

필이 말했다.

엘프 지부, 집, 그리고 신수까지.

겨우 이 정도의 여정도 상당히 복잡했다.

자력으로 어떻게든 외우는 수밖에 없을 것이다.

그렇다고 해도.

“그래? 우리는 문제없는데.”

“뭐라고? 그렇게 기억력이 좋았나?”

“아니, 난 탐지 마법을 쓰면 어느 정도는 파악할 수 있어. 유이는, 자, 저걸 봐.”

마침 타이밍 좋게 유이가 나무줄기에 한 줄기 흠집을 냈다. 맨눈으로 의식해서 보면 겨우 보이는 정도의 흠집이었다.

"과연, 첩보부대 소속답군. ……나에게도 그 마크를 가르쳐줘."

"응."

실질적인 항복 선언이었다.

그런 이야기를 하고 있으니, 반짝거릴 정도로 마력을 내뿜는 큰 나무가 눈앞에 나타났다.

"도착했군요. 저게 신수입니다."

그 장소의 중앙에 한 그루만이 자리 잡고 있었고, 다른 거목은 다가가는 것을 삼가듯이 거리가 있었다.

하지만 주위 거목의 가늘고 긴 나뭇가지(그래도 사람이 몇십 명이나 위에서 걸을 수 있을 정도로 두껍다)는 신수의 나뭇가지와 서로 손을 맞잡는 듯이 얽혀있었다.

"이거 엄청난 광경이군. 소리아 님과 여러 곳을 여행해왔지만, 이만한 절경은 그리 쉽게 볼 수 없어."

필이 한숨 섞인 감탄을 했다.

곁에는 수위와 목조 경비실이 있었다. 그것도 하나의 경관으로 조화되어 실로 아름다운 장소였다.

신수로 향했다.

경비실을 지나가니 한 엘프가 얼굴을 비쳤다.

"오오, 룩 아닌가. 이자들이 의뢰를 받는다는 사람들인가?"

쾌활해 보이는 엘프가 말을 걸어왔다.

아는 사이인 모양이다.

"그렇습니다. 신수를 보러 왔는데 들여보내 줄 수 있습니까?"

"음, 지금은 실레 님과 오드 님이 와있으니 나중에 오는 편이 좋을 거야."

"······그들이 와있습니까."

두 사람의 표정이 좋지 않다.

"그들이 누구입니까?"

"엘프 공주인 실레 님과 현로회의 오드 님을 말하는 겁니다. 두 분 다 엘프의 유력자입니다."

"아아, 그렇구나."

유력자라고 하면 바깥세상과의 관계를 끊고 싶어 하는 지위가 높은 놈들이다.

우리가 그들을 만나는 건 바람직하지 않을 것이다.

"음, 하지만 의뢰자의 이름이 실레가 아니었나?"

나는 의뢰서를 떠올리며 말했다. 분명 의뢰인의 이름에 실레란 이름이 있었다.

"예, 이번에는 엘프 공주가 직접 의뢰했습니다."

"왜 우리를 싫어하는 녀석이 우리에게 의뢰하는 거지?"

일반적으로 생각하면 엘프 마을에서 길드의 존재감이 커지는 행동은 피하고 싶을 것이다.

"아마 어떤 방해 공작을 해서 의뢰를 실패하게 만들어 저희 길드의 신뢰를 떨어뜨리고 싶은 게 아닐까요."

"그건 또 고전적인 방법이네요."

"그게 유효타가 되는 겁니다. 실제로 수많은 외부 조직이 엘프 마을에서 철수한 것도 현로회가 연관되어 있다고 생각됩니다. 현로회와 산하 조직은 바깥과의 교류로 특히 경제적인 피해를 입었으니까요."

하찮은 짓은 잘 떠오르는데, 왜 그 노력을 다른 방향으로 돌리지 못하는 것인가.

보수적인 방침은 편하지만, 시대에 뒤처질 수도 있다.

"어찌하시겠습니까? 차라리 만나지 않으시겠습니까?"

룩이 물었다.

하지만 우리가 대답하는 것보다 먼저 공주 일행이 신수 쪽에서 나와 마주치고 말았다.

모든 엘프가 공손하게 머리를 숙이고 있었다.

"아차…… 타이밍이."

룩이 난처하다는 듯이 말했다.

우리가 이대로 발길을 돌리면 쓸데없이 불화가 생겨버린다.

탐지 마법으로 봤을 때도 특히 마력이 높은 게 이 둘이었다.

저게 분명 엘프 공주와 현로회일 것이다.

엘프 공주.

은발에 녹색 눈을 지녔고, 공주라는 지위조차 그녀에게는 어울리지 않는다고 느끼게 만드는 아름다운 요정과 같은 단정한 얼굴을 지니고 있었다. 그러면서 몸매는 고혹적이었다.

"이거이거, 길드 분들이 아니십니까. 의뢰를 받으신 모험가인가요?"

엘프 공주 옆에 있던 로브를 입은 노인이 말을 걸어왔다.

이번 의뢰는 길드가 우리를 소집했다. 지명의뢰가 아니다.

그러니 엘프들은 우리에 대해 잘 모를 것이다.

"오랜만입니다, 오드 님. 여기에 있는 분들은 지드 씨, 필 씨, 유이 씨. 길드의 두터운 신뢰를 받는 모험가분들입니다."

"그렇군요. 저는 현로회의 멤버 오드라고 합니다. 마을을 위해 의뢰를 받아주셔서 정말 감사합니다."

표면적인 태도는 사교적이었지만, 어딘가 기계적이고 용의주도하게 행동을 하는 것 같다.

미리 현로회의 소문을 들어서 그런 걸까. 아무래도 좋은 인상을 품을 수 없었다.

"이분은 엘프 공주이신 실레 알루아 님이십니다."

오드가 옆에 있는 미인을 소개했다.

그러자 실레는 불쾌한 듯이 이쪽을 바라보더니 냉담한 말을 내놓았다.

"없는 것보다는 낫다고 생각해서 의뢰를 줬는데, 별로 기대할 수 없을 것 같네."

그녀의 말투는 마치 달관한 듯이 들렸다.

룩이 성급하게 반발하는 표정을 보였다.

"실례입니다만, 실레 님. 그들은 모험가 길드의 정예로, 이번 의뢰를 반드시 달성할——."

"지난번에도 비슷한 말을 하지 않았나요?"

"그건……!"

룩이 변명하려고 했지만, 실레는 우리를 한 번 힐끗 보고 지나쳐 갔다.

오드는 우리를 보고 기분 나쁘게 씩 웃고는 엘프 공주의 뒤를 따랐다.

"아무래도 우리에게 별로 기대하지 않는 모양이군."

"죄송합니다. 아무래도 실패를 되풀이하다 보니, 신뢰를 잃은 모양인지라……. 불쾌하게 하여 죄송합니다."

룩이 머리를 푹 숙였다.

옆에 있는 엘프 수위도 겸연쩍은 표정을 짓고 있었다.

"너무 나쁘게 생각하지 마시게나. 실레 님도 원래 저렇지는 않으셨다네. 언젠가 동생인 라나 님이 모습을 감추시고부터 저렇게 날카로워지셨지. 미안하군."

아무래도 그녀에게도 무슨 사정이 있는 모양이다. 단순히 바깥 세상의 인간이라서 꺼리는 줄 알았는데.

"뭐, 나는 의뢰로 온 거니까. 일은 전력으로 할 거야."

"……." (끄덕.)

"그래야지. 소리아 님이 없으면 의욕이 안 나지만……."

"똑바로 하자고."

여전히 소리아를 좋아하네.

우리는 룩을 따라 신수로 다가갔다.

◇

신수는 가까이에서 보니 정말 이해가 안 될 정도로 거대했다. 아무리 고개를 들어도 꼭대기가 보이지 않았고, 옆으로 펼쳐진 가지와 잎도 어디까지고 이어지는 듯한 착각이 들었다.

가지에는 끝부분이 황금색으로 물든 녹색 열매가 맺혀있었다.

용의 목보다 두꺼운 줄기에는 나무껍질 사이로 황금색의 진한 마력이 담긴 수액이 흐르고 있었으며, 그 수액은 엘프들이 설치한 나무통으로 흘러 들어가고 있었다.

"이 금빛 액체가 수액인가. 개화 전에도 채취할 수 있는 건가?"

"네, 양이 별로 없을 뿐이지, 어느 정도는 매일 채취할 수 있습니다. 신수는 대략 4, 5년에 한 번씩 개화하는데 이때는 신수 곳곳에서 수액이 흘러넘치는 모습을 볼 수 있지요. 물론 이에 끌려 마물이 쇄도하지만요."

"흐음."

가까이에는 상당한 숫자의 나무통이 쌓여있었다.

지금도 농밀한 마력이 느껴지는데, 개화가 시작되면 이 이상을 얻을 수 있다는 건가.

마물들은 수액을 원하는 것 같으니, 엘프 공주나 현로회가 방해하지 않아도 제법 성가신 임무가 될 것 같았다.

"조금 마셔보고 싶네요."

필이 입가에 웃음을 지으며 말했다.

수액에서 향기롭고 맛있을 것 같은 냄새가 났다.

"개화 후에 수액의 분배가 끝나면 마을에서 축제가 열립니다. 그때는 여러분도 수액을 마실 수 있으실 겁니다."

"흐음, 기대되네."

의뢰가 끝나면 꼭 받아보자.

우리는 신수를 떠나 빌린 집으로 돌아갔다.

◇

그날 밤.

나는 머리카락을 수건으로 말리면서 욕실에서 나와 공유공간 인 거실로 향했다.

그런데 거실에 오자 필과 유이가 실랑이(?)를 벌이고 있었다.

"지드, 이제 겨우 돌아온 거냐! 네 탓에 고생이 말이 아니다!"

유이의 몸과 목을 뒤에서 꽉 붙잡은 필이 숨을 쌕쌕거리며 말 했다.

"……뭐 하는 건데?"

"유이가 욕실에 들어가 널 덮치려는 걸 막고 있었다. 나 참, 무슨 생각을 하는 건지……. 읏! 이 녀석, 대체 얼마나 유연한 거냐?!"

필이 힘으로 유이를 붙잡고 있었지만, 유이는 어렵지 않게 필 의 포박에서 벗어났다.

필의 손아귀에서 벗어난 유이는 무표정한 얼굴로 말했다.

"주인의 몸을 씻기는 건 당연."

"뭣이? 주인이라고? 너희, 그런 사이였나?!"

"당사자인 나도 잘 모르는 이야기인데."

"지드. 루이나 님의 남편. 즉 내 주인."

필이 어이없다는 시선으로 나를 바라보았다.

그러지 마. 내 마음이 아프잖아.

"좀 봐줘. 난 루이나의 남편도 아니고, 네 주인이 될 생각도 없어. 애초에 웨이라 제국에 갈 생각이 없다니까?"

"…………."

"저기, 뭐라도 대답해줘. 너무 무서워."

큰일이네. 이건 예상 못 했다.

유이는 몇 번이나 나를 덮치려고 한 전과가 있다.

'남자'로서는 기쁘지만, 생각 없이 손을 대면 루이나는 이걸 기회로 삼아 날 사회적으로 비난할 테고, 실라는 예사롭지 않은 후각으로 꼬리를 잡아 추궁하려 들겠지.

……난 그 모든 걸 견딜 각오가 아직 없다.

"훗훗후. 앞일이 걱정인 모양이군, 지드. 그러나 걱정하지 마라. 내 직업이 뭐라고 생각하지?"

필이 대담하게 웃었다.

이 녀석 뭐지.

"소리아를 엄청나게 좋아하는 일."

"그런 업무는 없다! 있으면 업계 1위를 차지할 자신이 있지만,

안타깝게도 없어! …………만들까?"

"내가 말해놓고 이런 말 하긴 좀 그렇지만, 제정신이냐……?"

"물론 제정신이다. 그리 이상한 것도 아니야. 이걸 직업으로 삼았을 때의 문제는 '어떻게 이익을 창출하는가'다. 바람잡이 역할이라면 그런 업무를 만들 수도 있지 않을까……?"

위험하다.

이상한 스위치를 눌러버렸다.

필이 웅얼웅얼 뭔가를 중얼거리기 시작했다.

"내가 잘못했으니까 돌아와. 본론으로 돌아와."

"으음, 그랬지. 다시 묻지. 내 직업이 뭔지 떠올려봐라."

"모험가. 검성."

"검성은 그냥 별명이잖아! 내 본업은 기사다!"

필이 기사라는 듯 팔짱을 끼고 당당하게 섰다.

"그래서?"

"기사란 호위의 프로이기도 하다. 특히 나는 소리아 님의 최측근! 호위는 더없이 익숙한 일이지. 그러니 엘프 마을에 있는 동안은 이 문제를 나에게 맡겨둬라. 내가 네 신변의 안전을 보장해주지!"

"오오. 너무 믿음직해서 빛나고 있어……!"

필의 등에서 후광이 비치고 있다……!

내가 목욕하고 있을 때 유이를 막아준 실례도 있다. 유이의 건은 그녀에게 맡기자.

……뭐, 그래도 불안하니까 탐지 마법을 쓸 거지만.

그렇게 생각해서 마력을 펼쳤다.

"……흠?"

탐지 마법에 이상한 움직임이 걸렸다.

길드 지부에서 자료 정리를 하는 듯한 움직임이 있다. 다만 이건 룩일 테니 이상하지 않다.

이상한 점은 길드 지부 주변에 몇 명인가가 기척을 죽이고 접근 중이라는 점이다. 손님……은 아니겠지.

"왜 그러나?"

"?"

필과 유이가 나를 봤다.

"길드 지부에서 이상한 기척이 느껴져."

"적인가?"

"아직 몰라. 손님일지도."

"……이런 시간에 말인가?"

필이 수상하다는 듯이 말했다.

"하긴, 그건 부자연스럽군. 전이로 지부 앞까지 단숨에 날아갈게. 내 손을 잡아."

네가 양손을 내밀자 각각 필과 유이가 손을 잡았다.

직후 주위 풍경이 순식간에 변했다.

동시에 지부 안쪽에서 비명이 들려왔다.

"으아악! 뭐, 뭐냐, 이 자식들?!"

룩의 목소리였다.

"필, 유이!"

"알고 있어, 먼저 가라."

"……." (끄덕.)

두 사람이 길드 밖에 숨어있는 수상한 기척들 쪽으로 시선을 향하며 말했다.

나는 밖을 그녀들에게 맡기고 지부 안으로 재빨리 들어갔다.

"지, 지드 씨! 으윽!"

"……칫."

룩이 어깨의 상처를 손으로 누르면서 내 쪽을 보고 외치자, 온통 검은 옷을 두른 암살자 같은 자들이 나를 보고는 혀를 찼다. 수는 셋.

"뭐, 이러고 손님은 아니겠지."

"죽어라!"

한 명이 단검을 들고 나에게 바싹 다가와 시야를 빼앗았다.

그 틈에 또 한 명은 활, 다른 한 명은 마법으로 나를 노렸다.

좋은 연계다.

"위험하잖아."

단검을 맨손으로 잡아 치우고 남자를 붙잡아 공중으로 들었다. 다가오는 화살과 마법은 남자의 등으로 받아냈다.

"끄악?!"

"이, 이 자식!"

마법을 날린 남자가 반사적으로 입을 열었다.

내 행동이 의외였던 모양이다. 그야 맨손으로 단검을 잡을 줄은 상상하지 못했을 것이다.

"계속할 거야? 이 녀석 죽을 건데?"

"……큭. 비겁하다!"

"누가 비겁하다는 거야. 우리가 안 왔으면 룩을 죽일 속셈이었잖아?"

"…….."

내 말에 마법을 쓰는 남자가 입을 다물었다.

하지만 활을 쓰는 녀석은 멈추지 않았다.

"설령 죽는다고 해도 우리는 임무를 완수한다!"

"진짜냐. 동료한테도 자비가 없네."

적이 가차 없이 화살을 쐈다.

어쩔 수 없다. 난 붙잡고 있던 남자를 땅에 내던지고 화살을 손으로 잡아서 막았다.

빠직, 하고 화살을 부러뜨려 나뭇조각들을 손에 쥐었다.

"살짝 아플지도?"

나는 그대로 나뭇조각에 마력을 담아 활을 든 남자에게 한꺼번에 던졌다.

활을 쓰는 남자의 몸에 작은 구멍이 여럿 생겼다.

"끄악?! 아, 아야……! 죽는다……!"

"그럴 리가. 네 화살을 맞은 녀석보다는 낫지. 거기, 너도 계속

할 거냐?"

마지막으로 마법을 쓰는 남자를 바라보며 말했다.

그는 고개를 좌우로 붕붕 저어 더 이상의 전투를 명확하게 거부했다.

"좋아. 그럼 얼굴을 보여라."

"……알겠다."

마법을 쓰는 남자가 얼굴을 보였다.

검은 두건 사이로 긴 귀가 나타났다. 엘프다.

"역시 엘프였나……. 룩, 괜찮아?"

"네, 덕분에. 여긴 어떻게 알고 오신 겁니까……?"

"완전한 우연이었어. 나를 덮치려고 한 유이한테 감사하라고."

그때 유이 탓에 탐색 마법을 쓰지 않았다면 아무것도 모르고 당할뻔했다.

"덮치…… 예? 뭐, 아무튼 덕분에 살았습니다."

"그래. 그보다 이 녀석들의 얼굴을 본 적은?"

"음…… 없군요."

"그런가. 어쩔 수 없군."

그런 대화를 하고 있으니 지부 안으로 필과 유이가 들어왔다.

밖에는 의식을 잃은 온통 까만 옷을 입은 남자들이 쓰러져 있었다.

"룩 씨는 무사한 것 같군. 이쪽도 끝났다, 지드."

"수고했어. 그럼……."

나는 마법을 쓴 남자를 봤다.

그는 나와 눈을 마주치자 몸을 움찔 떨었다.

지금부터 자신이 어떻게 될지 떠올린 모양이다.

"어떻게 될지 알지? 나로선 순순히 입을 열어주면 좋겠는데."

그때 길드 밖에서 이쪽으로 다가오는 한 무리의 기척이 감지 됐다.

그 무리 속에는 낮에 본 마력도 섞여 있었다.

뒤돌아보니 낮에 만났던 실레와 오드가 있었다. 호위 엘프들도 함께 있다.

"소란을 듣고 왔다. 이건 대체 어떻게 된 거냐?"

오드가 입을 열자마자 그렇게 말했다.

주위에는 온통 까만 옷을 입은 엘프들이 쓰러져 있고, 길드 지 부 안은 어질러져 있었다.

"가, 갑자기 저들이 습격해 왔습니다. 우연히 근처를 지나던 지 드 씨 일행이 절 구해줬습니다."

"……흠. 당신은?"

"……."

실레가 마법을 썼던 남자를 보고 설명을 요구했다.

하지만 그는 마치 뭔가를 두려워하는 듯이 얼굴을 파랗게 물들 일 뿐, 입을 열려고 하지 않았다.

"실레 님, 여기서는 제대로 조사하기는 어려울 것 같습니다. 차 라리 이들을 감옥에 넣고 심문하시지요."

"하지만, 그럼……."

실레가 의견을 내려고 하자 오드가 위엄으로 찍어눌렀다.

뭐지?

결국 실레는 고개를 끄덕였다.

"……그렇군요. 밤도 늦었어요. 쓸데없이 모두를 불안하게 만들고 싶진 않아요. 끌고 갑시다."

"아니, 기다려. 이 자리에서 바로 룩이 공격당한 이유를 밝혀야 해. 다음에 언제 또 공격당할지 알 수 없어."

나는 멋대로 진행되는 이야기에 제동을 걸었다.

필도 잇따라서 말했다.

"이들은 조직적인 움직임을 취하고 있었습니다. 룩 씨가 표적이 되었다는 것은 확실합니다."

"그럼 엘프 마을에서 호위를 붙이죠. 그걸로 어떻습니까?"

오드가 타협안을 냈다.

하지만 룩이 고개를 저었다.

"아뇨. 그럴 필요는 없습니다. 제 몸은 스스로 지킬 수 있으니."

"그런가요, 그런가요. 그럼 저희는 이만."

오드와 룩은 서로를 향해 가벼운 웃음을 짓고 있었다. 하지만 그 표정과는 반대로 그 뒤편에서는 다른 감정이 소용돌이치는 듯했다.

오드가 발걸음을 돌렸다. 호위들이 검은 옷을 입은 놈들을 안고 끌고 갔다.

남은 실레가 이쪽을 봤다.

"나쁜 말은 안 하겠습니다. 당신들은 의뢰를 달성할 수 없을 겁니다. 그리고 엘프 마을에 있어도 위험하기만 할 뿐입니다. 인간의 영지로 돌아가세요."

사실상 경고였다.

"오, 걱정해줘서 고마워."

"아니. 저, 전 딱히 걱정한 게……!"

실레가 부끄러운 듯이 얼굴을 붉히며 부정하려고 했다. 하지만 나는 그녀의 말을 가로막았다.

"이 일로 나도 전모가 보이기 시작한 참이야. 이번 습격도, 그리고 엘프가 외부 조직을 쫓아내는 것도."

실레는 우리와 길드를 배려하고 있다. 말투는 다소 퉁명스럽지만, 뭐, 그것도 이유가 있겠지.

지금 가장 수상한 것은——.

"……억측으로 파고들지 마세요."

실레의 표정이 확 어두워졌다.

역시 뭔가 있는 것 같네.

실레가 발길을 돌렸다.

그녀의 등에 말을 던졌다.

"미안하지만 난 한번 의뢰받은 이상, 반드시 달성할 거야."

"……."

대답은 없었다.

하지만 분명 들리고 있을 것이다.

실레가 떠나가고 길드에는 나와 필, 유이, 그리고 룩이 남았다.

"룩, 괜찮나?"

"네, 아내가 치료마법에 소양이 있으니 돌아가서 보여줄 겁니다."

심한 상처는 아니지만, 그래도 이렇게 말하는 걸 보면 근성 있는 녀석이다.

하지만 내가 말한 '괜찮나?'에는 또 하나의 의미가 있다.

"그쪽도 중요하지만, 그보다 호위 말이야. 정말 필요 없어?"

내가 그렇게 말하니 룩이 쓴웃음을 지었다.

"실은 이런 일을 당한 게 처음이 아닙니다. 오늘은 자료와 보고서 정리로 늦게까지 남아있던 틈을 찔렸지만, 평소에는 아내의 가족이 절 지켜주고 있습니다."

"고생이 많네. 그리고 이런 녀석들이랑 싸우려면 나름 실력이 된다는 건데, 그 아내의 가족이란 건 어떤 사람이야?"

"하하, 지드 씨가 그렇게 말했다고 자랑할 수 있겠군요. 낮에 만난 수위를 기억하나요?"

"응."

"그 사람이 아내의 조부입니다."

"…………엘프는 오래 살았었지."

외모만 보아서는 룩이랑 별 차이 없어 보였는데, 엘프란 종족은 도무지 외모로 나이를 파악할 수가 없군.

"웃차."

그렇게 말하며 룩이 어질러진 서류를 정리하기 시작했다.

"나도 돕지. 필은 먼저 돌아가. 놈들이 매복하거나 함정을 설치하지 않도록 집을 봐줘."

"알았다. 그럼 유이는…… 어라? 그 녀석 어디 갔지?"

필이 주위를 둘러봤다.

유이의 모습은 더는 여기에 없었다.

나는 탐지 마법에 잡힌 상황을 설명했다.

"그 녀석이라면 실레와 오드의 뒤를 쫓아갔어."

"그들의 뒤를 캘 심산인가……. 그럼, 나만 먼저 돌아가도록 하지. 네가 룩 씨를 자택까지 바래다줘라."

그렇게 말하고 필도 방에서 나갔다.

나는 룩을 도와 종이를 주우면서 말했다.

"밤늦게까지 남아서 하던 작업이라는 게 이건가."

"……예. 포기할 수 없으니까요."

서류에는 그가 엘프의 미래를 위해 필요하다고 생각한 것들이 적혀있었다.

이런 상황에서도 엘프를 위하는 건가. 도량이 대단하군.

"빨리 정리하고 돌아가자. 상처를 봐서는 괜찮은 것 같지만…… 업어줄까?"

"그, 그건 괜찮습니다."

룩이 약간 부끄러운 듯이 양손을 저으며 거절하다가 상처 때문에 '아얏' 하고 천진한 반응을 보였다.

그 후에 룩을 집까지 데려다주고 나는 빌린 집으로 돌아왔다.

◇

──그곳은 음습한 방이었다.

실내에 조명이라고는 도넛 형태의 원탁에 놓인 몇 개의 양초뿐.

원탁에는 주변을 둘러싸듯이 몇 명의 엘프가 앉아있었다.

남녀 제각각이긴 하지만 모두의 외모는 늙어 있었다.

엘프의 수명을 생각하면 이들은 수백 또는 수천 년을 살았다는 의미였다.

"……그래서, 죽이지 못했다고?"

"쓸모없는 쓰레기들이군."

호된 의견이 원탁 중앙에 우두커니 서 있는 남자들에게 쏟아졌다.

바로 룩을 습격한 엘프들이었다.

"죄, 죄송합니다. 예상 밖의 사태가 일어나는 바람에……."

"변명은 됐다."

"하지만 그들은 반드시 현로회의 앞길을──크억!"

계속해서 변명하려던 남자의 왼팔에 빛의 화살이 박혔다.

현로회 중 한 명이 그를 쏜 것이었다.

"감히 현로회에 충고하려는 게냐? 너희 같은 애송이들이 입을 열 자리가 아니란 말이다. 태고부터 살아온 우리에게 대드는 것이 얼마나 어리석은 짓인지 모른단 말이냐!"

"그렇다. 우리보다 뛰어난 지식을 가진 자는 없다."

화살을 맞은 남자는 피를 흘리다가 끝내 절명했다.

"우리는 너희를 살리기 위해 움직이고 있다. 그러니 너희도 우리를 위해 일을 성사시켜야 한다. 알고 있겠지?"

검은 옷을 입은 남자들은 수긍하지 않았다.

그 대신 한 명이 앞으로 나와 말했다.

"작작 좀 하시지! 우리는 너희의 도구가 아니란 말이다! 즉각 실레 님의 동생을 해방하고, 현로회를 해산하──."

말하는 도중에 다시 빛의 화살이 날아왔다.

하지만 이번에는 빛의 화살이 튕겨 나갔다.

검은 옷의 남자들이 일제히 각자의 무기를 들었다. 검, 창, 활, 마법.

"더는 용서치 않는다. 우리는 오늘 이 자리에서 현로회를…… 아닛?!"

남자들이 반기를 든 순간, 도넛 형태의 원탁 안쪽을 둘러싸듯이 반투명한 결계가 떠올랐다.

현로회 중 한 사람, 오드가 말했다.

"말했을 텐데. 우리는 지적생물 중에서 가장 오랜 시간을 살고 있다. 너희 같은 애송이들이 당해낼 수 있을 리가 없지."

"으아아아아아악!"

결계의 색이 짙어지면서 검은 옷의 남자들이 흔적도 없이 사라졌다.

바닥에는 그을린 자국만이 남아있을 뿐이었다. 그것은 그들의 목숨이 사라졌다는 것을 나타냈다.

"소모품 따위가 거역하려 할 줄이야. 역시 외부 세력 배제를 억지로 추진한 게 잘못이 아닌가?"

"흥, 그렇게라도 하지 않았으면 우리가 뜯어먹혔을 거다. 하는 수 없지."

"그렇다. 우리는 비열한 꾀를 부린 하등생물을 쫓아낸 것에 불과하다."

현로회의 판단은 항상 옳다.

이 빛의 화살이란 마법 또한, 전승이 거의 끊어졌지만, 그들은 여전히 그 마법을 다루고 있었다.

즉 그들은 자신이 위대하다고 생각하고 있었다.

겨우 수십 년 수백 년밖에 못 사는 생물 따위는 무엄한 존재.

반대 의견을 입에 담기만 해도 기분이 나빠진다.

"자, 그럼 길드 놈들은 어떻게 할까."

"역시 룩이라는 남자가 성가시군. 친척과 친구의 협력으로 길드 운영을 이어나가고 있어. 아내의 가족을 통째로 엘프 마을에서 배제하는 수밖에 없다."

"직접 나설 텐가?"

"아직은 아니다. 빈틈을 찔렀는데도 놈을 죽이지 못하지 않았는가. 새로 의뢰를 받았다는 파티가 아무래도 조금 성가실 것 같다."

"흠, 그럼 그 계획을 실행으로 옮길 텐가?"

"그래, 사실은 모험가 길드를 배제한 뒤에 할 예정이었지만——여기까지 오면 쓸데없는 수고를 들일 필요도 없지."

씨익, 하고 음흉하게 웃었다.

——그 계획은 몇 년도 전부터 준비가 진행되고 있었다. 지금까지 외부 세력을 배제해온 것도 전부 계획을 성사시키기 위한 포석.

"철인정치라는 말이 있지. 옛날부터 나라를 이끄는 것은 지혜로운 자의 역할이었다. 이 엘프 마을을 우리 현로회가 통치하는 '엘프 왕국'으로 새로 만들 때가 온 것이다."

"그런데, 실레의 처우는 어떡할 텐가?"

한 명이 생각을 그대로 말했다.

하지만 일동은 누구도 불안해하지 않았다. 말을 꺼낸 사람도 싱글벙글했다.

"아아. 동생이 행방불명이라 그럴 겨를이 없었지."

부자연스럽게 시시덕거렸다.

공주 실레의 여동생은 행방불명인 것으로 되어 있다.

하지만 실제는 다르다.

현로회가 납치하고 감금하고 있었다.

전부 엘프 공주를 뒤에서 조종하기 위해서.

"실레도 섣불리 거스르진 않겠지. 그러니 이대로 좋다."

"그렇다. 모든 일은 잘될 것이다. 우리야말로 최상의 생물이니."

그리하여.

어두운 웃음소리가 방에서 작고 음침하게 울렸다.

그들이 수상한 의논을 할 수 있는 것도 전부 이 방에 설치한 마법진 덕분이다.

어떤 침입자도 허용하지 않고, 밖으로 소리 하나 새지 않는다.

그런 엘프의 절대적인 마법이 있다──.

하지만 한 소녀가 그들의 목소리를 듣고 있었다.

검은 머리카락이 살랑 춤췄다. 천장에서 그들을 내려다보면서. 침입 불가능한 장소에서.

◇

내가 룩을 바래다주고 숙소로 돌아가자 유이가 이미 돌아와 있었다. 지금은 필과 대화를 하는 모양이었다.

"……그래서? 엘프 전체가 바깥세상과 엮이는 걸 싫어한다는 뜻인가?"

"부정."

"…………어~? 그럼?"

"그 암살은 명령."

"………………그렇군. 즉 엘프는 바깥세상에서 온 자를 죽이려고 하는 건가?"

"부정."

"……."

대화를 하는……모양. 어디까지나 모양만 그럴 뿐이다. 말이 전혀 통하지 않았다.

필이 나를 발견하자 울상을 짓고 애원하듯이 매달렸다.

"지, 지드! 난 저 녀석을 상대하기가 어렵다……!"

"그런 말 하지 마. 익숙해지면 되는 거야, 익숙해지면."

일단 소파에 앉아 유이에게서 이야기를 들었다.

"그래서 어땠어? 뭔가 알아냈어?"

"암살은 명령."

"누가?"

"현로회."

"그렇군. 엘프 공주는 관련되어 있어?"

"부정. 인질이 잡혀있는 모양."

"그런가. 뭔가 이상하다 싶었는데."

거기까지 대화하고, 필이 눈을 휘둥그레 뜨고 이쪽을 보고 있다는 것을 깨달았다.

"어떻게 대화할 수 있는 거지……?"

"유이는 본 것과 들은 것을 이야기하고 있을 뿐이야. 그 점만 이해하면 대화할 수 있어."

"호오……."

필이 팔짱을 끼고 미간을 찌푸렸다. 유이와 대화하는 시뮬레이션이라도 하는 것이리라.

다시 유이와의 대화로 돌아갔다.

"그럼 외부 조직을 쫓아내려 하는 건 현로회라는 거네?"

"고확률."

"일이 성가시게 됐군. 현로회 이외에 엘프 사이에서 유력한 조직은 없어?"

"내가 알고 있는 한에서는 현로회는 엘프의 의사결정 기관이라 해도 과언이 아니다. 엘프 공주를 제외하면 가장 큰 힘을 가지고 있어."

즉 현로회가 우리에게 최대의 걸림돌이란 거군.

상황에 따라서는 엘프 전체가 적이 될 수도 있다.

"현로회의 목적은 뭐지? 그것만 알면 움직이기 쉬울 텐데……."

내가 무심코 중얼거리자 필이 대답했다.

"녀석들이 엘프 공주를 꼭두각시로 만들었다면, 그건 이익을 독점할 생각인 거겠지. 꼭두각시 뒤에서 단물만 빨다가 여차하면 책임을 떠넘기고 제거할 생각인 거다."

"잘 아네."

"소리아 님과 여러 나라를 돌아다녔으니까. 나라의 중심부, 근간을 볼 기회가 많았다."

필이 의기양양한 얼굴로 흐흥 하고 코로 웃었다.

상당히 도움이 된다.

"역시 경험이 풍부하네."

"……."

필이 깜짝 놀란 얼굴로 쳐다봤다.

"왜?"

"아니, 네가 그리 솔직하게 칭찬할 줄은 몰랐다."

"칭찬할 만한 일이잖아. 나는 아무래도 이런 경험이 부족하니까. 왜? 익숙해질 때까지 더 많이 칭찬해줄까?"

"그, 그만해라."

어딘지 친밀감이 느껴지는 대화에 입가에 미소가 지어졌다.

필도 이끌려서 입꼬리를 올렸다.

"다행이군. 넌 분명 날 싫어할 줄 알았다."

"내가? 왜?"

"첫인상이 그럴 수밖에 없잖나. 그야 내가 멋대로 날뛰었던 일이지만……."

"아직 그런 걸 신경 쓰고 있었나. 난 괜찮다고 말했잖아."

그렇게 말했지만, 필은 납득이 안 되는 모양이었다. 정말 의롭다고 해야 할까, 죄악을 무겁게 받아들이고 있는 건가.

뭐, 이 이상 계속해도 똑같은 이야기를 반복할 뿐이다.

"그보다 엘프 공주의 동생을 인질로 잡고 있다고 했지? 짐작이 가는 장소가 있어."

"찾았나?"

"그래. 엘프 마을에 와서 탐지 마법을 쓸 때마다 움직일 기미가 전혀 안 보이는 마력이 하나 있더라고."

"……엄청난 기억력이군."

"엘프 마을은 인간의 도시에 비해 수가 적으니까. 그리고 기척이 부자연스럽게도 땅속에 있어."

땅속. 그것도 상당히 깊은 곳이다.

처음에는 마물인가 했지만, 아니다. 확실하게 엘프다.

그 마력은 동굴 속에서 전혀 움직이지 않았다.

"그럼 우선 인질부터 구출할까? 엘프 공주에게 넘기면 같은 편으로 만들 수 있을지도 몰라."

"그래. 나도 그게 좋을 거 같아."

"그럼 누가 갈래?"

"내가 갈게."

유이가 자원했다. 제법 자신 있는 모양이다.

뭐, 유이한테 맡겨도 무사히 돌아올 것 같기는 하지만…….

"거기까지 가는 길은 좁은 외길이야. 매직 아이템이나 함정이 설치되어 있어. 차라리 내가 갈게."

"……." (끄덕.)

내 말에 유이가 고개를 끄덕였다.

표정이 없지만, 어딘가 분한 듯했다.

보충해두자.

"유이는 현로회에 잠입하고 인질에 대한 정보를 가져온 것만으로도 충분히 활약했어. 잘했어."

"……." (끄덕.)

이번에는 가볍게 끄덕였다.

표정도 부드러워진 것 같다.

"이야기는 끝났나? 대체 어떻게 의사소통을 하는 거냐, 너희는……?!"

필의 놀라움에 찬 목소리를 뒤로하고 나는 '전이'를 발동했다.

시야가 트이자 어두컴컴한 풍경이 눈에 들어왔다.

그곳은 비밀통로를 빠져나간 끝의 지하 깊숙이 있는 조악한 방이었다.

내가 크제라 왕국의 옛 기사단에 포박당해 있을 때와 같은, 감옥 방과 비슷했다.

지상에서 멀어 공기도 가라앉아 있었다.

침대 위에서 작은 물체가 느릿느릿 움직였다. 엘프다.

인간의 나이로 말하자면 10대 중반 정도일까.

그녀는 쇠사슬로 벽에 매여 있었다.

"……틀림없네."

이 상황을 보면 분명 인질일 것이다.

내 혼잣말이 들렸는지 침대에 있던 소녀가 움찔거리고는 일어났다.

시야에 내가 비쳐 눈을 크게 뜨고 입을 열려고 했지만, 난 검지를 내 입가에 가져와 '쉿~' 소리를 내어 입을 다물게 했다.

나는 조용히 손을 바닥에 댔다.

도청 매직 아이템과 전이형 함정이 설치된 마법진에 마력을 발산했다.

　수정 따위의 매직 아이템과 오망성 마법진의 빛이 방 안에 가득 차고 쨍하는 소리가 울리고 사라졌다.

　"이걸로 괜찮아. 네가 실레의 동생이야?"

　"……당신은?"

　실레와 똑같은 은발에 벽안을 지니고 있었다. 쇠약해져 있는지 몸은 말랐고 볼이 여위었다.

　전의 없는 경계심을 드러내면서 반문했다.

　"난 지드야. 사정이 있어서 널 구하러 왔어."

　"전 라나예요. 라나 알루아……."

　"알루아라는 건 동생 맞지?"

　"네. 저기……."

　엘프 특유의 긴 귀를 힘없이 늘어뜨리고 고개를 갸웃거리며 물었다.

　"왜?"

　"당신과 언니는 어떤 사이인가요?"

　"어……."

　의뢰주? ……그건 아닌가.

　그럼 뭐라고 해야 할까.

　"뭐…… 생판 남이지."

　"……생판 남인데 절 구하는 건가요?"

　역시 전의 없는 경계심을 보였다.

당연한가.

"그게 내게 유리하니까. 자."

사슬을 파괴하고 손을 내밀었다.

라나는 조용히 작게 고개를 끄덕이고 손을 잡았다.

"갑자기 밝아지니까 눈을 감고 있어."

"아, 알겠어요."

"그럼 실레가 있는 곳으로 간다── 전이."

다시 풍경이 뒤바뀐다.

실레의 마력은 기억하고 있다.

장소도 이미 파악이 끝났다.

◇

전이로 날아온 곳은 호화로운 집 앞이었다.

아무리 전이할 수 있다고 해도 집 안에 멋대로 안에 들어가면 이래저래 시끄러워질 테니까 현관으로 왔다.

"……!"

라나가 눈동자에 눈물을 글썽였다.

"왜 그래?"

"……아뇨, 죄송해요. 집을 보는 게 20년 만이라……."

"……………어어, 그렇구나."

외모는 젊은데 대체 몇 살일까.

그보다 그만한 세월 동안이나 잡혀있었던 건가.

정신이 이상해질 만한데, 지금껏 버틴 걸 보면 정신이 상당히 튼튼한 듯하다.

라나가 집의 초인종을 울렸다. 안에서 실레의 대답이 들렸다. 금방 올 것 같다.

"흠, 고용인 같은 건 없는가……."

"네. 왜 그러시죠?"

"아니, 일단 '공주'라고 하니까."

"아아, 인간과는 다르죠. 엘프의 공주는 신수가 선택해요. 그래서 전 언니의 동생이지만 고귀한 피는 흐르고 있지 않아요."

"그런 건가……."

정보 부족…… 아니, 조사가 부족했던 모양이다.

문이 열리고 안에서 실레가 나왔다.

시선이 잠깐 내 쪽을 향했지만, 금방 라나를 보고 숨을 죽였다.

"……!"

손을 입가에 대고 눈을 휘둥그레 뜨고 털썩 땅에 무릎을 꿇었다.

먼저 말을 자아낸 것은 라나였다.

"언니……!"

"라나……?"

"언니……!"

실레가 무릎으로 앞으로 나오고, 라나도 그에 응하듯이 앞으로 나왔다.

서로 안고 눈물을 흘렸다.

◇

나는 두 사람과 함께 엘프 공주의 집에 들어갔다.

확실히 왕족의 궁궐이라는 느낌보다는 머무르고 있는 빌린 집과 비슷한 분위기가 느껴졌다.

라나는 실레가 부른 엘프의 간호를 받고 있었다.

실레는 나를 응접실 같은 방으로 안내했다.

"라나를 되찾아주셔서 감사합니다."

실레가 머리를 깊이 숙였다.

음? '되찾아주셔서'라고?

"누가 그녀를 데리고 있는지 알고 있었어?"

"물론입니다. 납치를 빌미로 대놓고 협박하지는 않았지만, 은근히 라나를 방패 삼아서 정사를 흔들어왔지요. 저는 꼭두각시 공주가 되어 백성 앞에 서서 명령을 내려야 했습니다. 그렇게 외부와의 교류도 사라져갔죠."

그녀는 어두운 표정으로 그간의 일을 내게 설명해주었다. 하지만 그건 이미 다 알고 있다.

"모험가 길드에 의뢰한 것은, 현로회를 견제하려는 최소한의 저항이었어요. 엘프 백성의 생활을 지키려면 때때로 바깥세상의 힘을 빌릴 필요가 있습니다. 하지만 현로회의 뒷공작으로 번번이

실패하고 말았습니다. 오히려 그들은 길드를 방해하여 이를 길드
의 발언력과 영향력 약화에 이용당했지요. 이제는 길드도 자리를
지키기 어려울 만큼 궁지에 몰리고 말았습니다…….”

　의뢰하는 실례와 실패로 몰아넣는 현로회. 각자 다른 의도가
있었다.

　“그럼 포기하지 않고 의뢰를 반복한 네가 이겼네. 이제 자유롭
게 움직일 수 있겠지?”

　“네. 이제 두 번 다시 똑같은 실수는 안 할 겁니다. 그때는 막
엘프 공주가 된 참이라 방심했지만.”

　“다행이네. 그럼 다시 물어보겠는데, 넌 모험가 길드를 어떻게
생각해? 아니, 외부 조직에 대해서는 어떻게 생각해?”

　“저는 현로회처럼 그들을 ‘악’이라고 생각하지는 않습니다. 다
만…….”

　“다만?”

　“‘외부 조직’에 경제적 침략을 당할 뻔했던 것 또한 사실입니다.
이는 엘프가 너무 무관심했던 탓이지만, 현로회가 없었다면 엘프
는 꼼짝없이 희생양이 되었겠죠.”

　빈정거리지도 비꼬지도 않고 실레는 그저 그렇게 말했다.

　과거에 무슨 일이 있었는지 나는 알 길이 없지만, 몇 번이나 이
야기에 나올 정도다. 상당한 피해가 있었을 거다.

　“다시 말해서 길드도 받아들이기 어렵다고?”

　“지금은 받아들일 체제가 갖춰지지 않았습니다. 아직 시간이

필요해요…….”

“그런가.”

뭐, 라나를 구했다고 해서 반드시 우리를 지원해주거나 힘을 빌려줄 거라고는 볼 수 없다. 그 점은 이해하고 있었다.

적어도 현로회의 꼭두각시가 되어 공공연하게 적이 되는 것보다는 나을 뿐이다.

“하지만 조언은 하겠습니다.”

그녀의 눈에서는 진지함이 느껴졌다.

“당신들은 빨리 이 마을에서 떠나야 합니다.”

“흠? 어째서?”

실레가 눈을 내리뜨면서 말을 이었다.

“현로회는 천년이나 되는 시간을 산 이매망량입니다. 길드에서 보낸 S랭크 파티조차 의뢰 실패로 내몬 것이 그들이라고 하면, 의미를 아시겠나요?”

아아, 그런 말인가.

모험가든 무엇이든 현로회는 당해낼 수 없다는 거다.

전례가 있으니 그녀가 우리를 믿지 못하는 것도 당연하다.

“착각이 있는 것 같으니 말하겠는데, 전에 온 놈들이 실패한 건 우리와는 상관없어. 낮에도 말했듯이, 난 반드시 의뢰를 성공시킬 거야. 그게 내가 여기 온 이유라고.”

“현로회를 만만하게 보시면 안 됩니다! 그들의 손에 목숨을 빼앗긴 사람도 있다고요!”

실레는 감정이 격해져서 말했다. 그녀는 현로회 측에서 봐왔기에 알 것이다.

"그럼 정작 넌 어쩔 생각인데? 포기할 거야?"

"전 그럴 생각은 없습니다. 잠시 시간을 주세요. 제가 현로회를 장악하겠습니다. 그리고 외교, 무역 등의 기술, 교섭술을 어떻게든 엘프 전체에 널리 알리고 당신들을 맞아들이겠습니다. 그러니, 그때까지 기다려주세요!"

그녀의 눈동자에는 결의가 깃들어 있었다. 그녀의 말도 모두 진심이겠지.

하지만 그건 내가 곤란하다.

"미안하지만 그건 안 돼. 난 '지금' 의뢰를 받아들였어. 염치없이 도망치면 우리를 믿고 보낸 길드 마스터를 볼 면목이 없어."

"그런…….."

"……넌 룩이 그런 시간까지 길드에서 뭘 하고 있었는지 알아? 그는 외교와 무역에 관한 자료를 모으고 있었어. 이번 의뢰가 성공하면 그걸 너에게 줄 생각이었겠지."

"……! 정말인가요?!"

실레가 얼굴을 놀란 빛으로 물들였다.

뭐, 그녀에게는 절실한 자료겠지.

"그래. 그러니까 넌 우리를 기다려. 우리는 절대로 실패하지 않아."

"……알겠습니다. 라나를 구해준 당신을 믿겠습니다. 어차피

라나를 되찾은 이상 현로회와의 충돌은 피할 수 없겠지요. 저도
협력하겠습니다."

이로써 엘프 공주는 이쪽에 붙었다.

제2화 의뢰 수행을 위한

 라나를 탈환한 것과 실레가 같은 편이 된 것을 필에게 보고했다.
 유이는 왠지 안쪽 방에서 좋은 냄새를 풍기고 있었다. 뭐, 들리겠지.
 "적은 현로회인가. 대체 어떤 방해공작을 하는 건지. 지드는 뭔가 생각이 있나?"
 "엘프들이랑 잡담하면서 돌아다닐 거야. 평소와 다른 묘한 움직임이 있으면 소문이 돌고 있겠지."
 "음, 그게 좋을 것 같군. 난 룩에게 과거에 망한 조직에 관한 이야기를 물어보지."
 "그래. ……근데 유이는 안쪽에서 뭘 하는 거야?"
 참지 못하고 물어봤다.
 "안에서 요리하고 있다."
 "저녁인가? 그러고 보니 안 먹었었네."
 살짝 보니 부엌이 있었다.
 냄비나 프라이팬 등을 써서 능숙하게 조리하는 유이의 모습을 엿볼 수 있었다.
 "우리 몫도 있다고 한다. 잘됐네."

"흐음, 기대된다."

호랑이도 제 말 하면 온다더니 유이가 부엌에서 냄비를 들고나왔다.

기민한 동작으로 식탁 위에 차례차례 척척 요리를 차렸다.

고기 요리와 생선 요리, 빵이 놓여 갔다. 양이 상당했다.

"이런 재료는 어디에 있었어?"

그러자 필이 옆에서 말했다.

"미리 이 집에 놓여있었다. '마음껏 써주세요'라는 메모와 함께. 혹시 모르니 독이 없는지 확인도 했는데 문제없었다."

"흐음."

그리고 마지막으로 수프도 놓였다.

……기분 탓인가. 왠지 이상한 데자뷔가 느껴진다.

"킁킁. 습~…… 어라."

옆에 있는 필의 표정이 어두워졌다. 아무래도 맡아본 적 있는 냄새인 듯하다.

필이 끼기긱…… 하고 목을 믿기지 않는 것을 보는 듯이 돌렸다.

"유이. 기분 탓이 아니라면, 여기에는 수면제나 그와 비슷한 것이 들어있지 않나……?"

"응."

""응?!""

주눅 들지도 않고 수긍하는 유이.

나도 무심코 놀랐다.

"그, 그런 건 부엌에 없었을 건데!"

"내 거야."

이 녀석, 위험하다.

무슨 데자뷔인가 싶었는데 실라였냐고!

이제 안심하고 먹을 수 있는 건 노점 아저씨네의 꼬치구이뿐이잖아! 독은 내게 안 통하지만!

"이, 일단 물어보겠는데 무엇 때문에 넣은 거냐……!"

필이 일어서면서 물었다.

"재워서, 지드를 덮칠 거야."

"에에잇! 내가 있는 한 그런 짓은 단호 저지하겠다고 말했잖나!"

유이에게 덤벼들었다.

그때 식탁 위의 접시가 흔들렸다.

"어이쿠."

양손으로 접시를 잘 포개서 어떻게든 잡았다.

나는 맛 확인과 독 유무 확인을 겸해서 일단 수프를 후루룩 먹었다.

(오오, 이거 맛있네. 그리고 독도 문제없을 것 같아)

유이가 준비했다고 해서 실라라 준비한 것보다 위험할지도 모른다는 생각이 들었지만, 내 몸으로 대응할 수 있을 것 같다.

아까우니까 먹어두자.

참고로 그 후에 유이가 독이 없는 요리를 만들어서 다시 다 같이 먹었다.

그것도 맛있었다.

◇

신수는 아직 개화하지 않았다.

하지만 머지않았을 거다.

신수의 열매가 차차 커지고 끝부분이 갈라지기 시작했다.

줄기에서 나오는 수액의 양도 늘었다. 처음 봤을 때보다 마력
이 확연하게 많아졌다.

그런 가운데 필은 모험가 길드 엘프 지부에 있었다. 방구석에
서 무릎을 안고 앉아 전이 매직 아이템을 뚫어지게 쳐다보고 있
었다. 조금 무서웠다.

"뭐 하고 있어?"

우연히 맞닥뜨린 나는 필에게 말을 걸었다. 그러지 필은 생기
없는 눈으로 나를 봤다.

"……소리아 님이 안 오신다."

"아아, 그러고 보니 여기 온 지가 벌써 2주인가. 그렇다고 당장
이라도 죽을 것 같은 얼굴 하지 마."

"으으…… 걱정된다……. 그리고 만나지 못하는 것만으로도 괴
로워……."

이 녀석, 역시 실라와 비슷한 느낌이 있다.

당분간 나를 만나지 못한다는 이유만으로 '지드 성분 보충'이라

는 말을 했으니. 이 녀석도 비슷한 무언가를 소리아에게 얻고 있을지도 모른다.

"뭐, 조만간 오겠지. 만약 소리아의 신변에 무슨 일이 생기면 연락이 올 테고."

"넌 태평하구나. 애초에 뭐냐 그 양손에 있는 꼬치구이는! 엄청 즐기고 있지 않잖아!"

필이 내 양손 손가락 사이에 끼어있는 여덟 개의 꼬치를 가리키며 말했다.

"하하하, 왕국 노점 아저씨네 것도 맛있지만, 이곳 꼬치도 맛있어. 먹을래?"

"필요 없다!"

매일같이 엘프 마을을 돌아다녔는데 다들 친근하게 대해줬다.

"공짜로 먹을 수 있으니까 좋잖아. 너도 받으면 좋을 텐데."

라나를 되찾은 다음 날부터 마을은 축제 상태가 되었다.

그녀는 어디에 있었는가? 무엇을 하고 있었는가? 범인은 누구인가? 하고 그녀를 탈환한 나에게도 질문이 날아들었다. 하지만 결국 현로회가 흑막이라는 확실한 정보는 아직 없기에 '모른다'라고만 대답했다.

그래도 잇따라서 '가게에 와줘!'나 '보답할게!'라는 말을 들었다.

지금도 길을 걷기만 해도 꼬치구이를 줄 정도다.

"……필요 없어."

필이 고개를 홱 돌렸다.

하지만.

꼬르륵~ 하고 소리가 났다.

소리가 난 곳은 필의 배 근처다. 빨개진 옆얼굴이 보인다.

아무래도 꼬치구이의 냄새에 이끌린 모양이다.

"자."

필의 얼굴 근처까지 꼬치구이를 내밀었다.

그러자 필이 입가에 침을 흘리면서 눈을 반짝였다.

"⋯⋯⋯⋯⋯⋯필요 없다. 소리아 님은 합류하지 못할 정도로 다망하시다. 만족스럽게 못 드시고 있을지도 모른다. 그런데 나만 먹으면 면목이 없다."

"말은 그렇게 해도 유이가 만드는 밥은 먹고 있잖아."

"그건 필요한 일이기 때문이다."

필은 기다려 명령을 들은 개처럼 고개를 좌우로 젓고는 꼬치구이에서 의식을 돌렸다. 충견이라 해야 할지, 바보처럼 착실하다 해야 할지⋯⋯.

이렇게 참으면 나까지 못 먹게 된다.

"그렇다고는 해도 말이야, 소리아가 왔을 때 지킬만한 에너지는 필요하잖아? 배불리 먹어두라니까."

"으⋯⋯ 그건⋯⋯ 그렇군."

"응. 그러니까 먹어봐. 맛있어."

그렇게 말하자 필은 꼬치를 쥐지 않고 꼬치구이를 입 안 가득 넣었다.

잘했어, 라는 말을 들은 강아지 같았다.

"스, 스스로 들어."

"이, 이안(미안)…… 냄해가 조아허(냄새가 좋아서)……."

겨우 알아들을 수 있는데, 입 안 가득 넣고 먹는 모습은 필사적으로 달라붙는 작은 동물 같았다.

평소에 이 녀석은 '검성'이라 불려서 다른 사람들이 엄격하다는 이미지를 가지고 있다고 하는데, 나한테는 그런 이미지가 전혀 떠오르지 않았다.

꼬치구이 절반인 네 개를 건네주고, 나도 남은 꼬치구이를 입으로 옮겼다.

"음. 이거 맛있네."

"그렇지? 엄~청 맛있어. 산뜻하고 담백한 소스가 고기를 돋보이게 해."

필은 음음, 하고 고개를 끄덕이면서 먹었다.

가끔 살짝살짝 전이 매직 아이템을 보면서, 였지만.

"그렇게 소리아가 걱정되면 그냥 저쪽에 다녀오지? 신수는 우리가 보고 있을 테니까."

"그건 안 된다. 일을 내던지는 짓은…… 용납할 수 없다."

필이 기사다운 진지한 표정을 보였다.

하지만 거기에는 망설임도 있는 것 같았다. 소리아를 향한 충절이 그렇게 만드는 것이리라.

서투른 근면함이다.

"자기 감은 믿는 편이 좋아. 소리아에게 무슨 일이 생겼다고 느꼈다면 가봐야지."

"그런 감은 없다. 사실을 말하자면 내가 쓸쓸할 뿐이야."

"너 참 성가시네…… . 아니, 알고 있었지만."

"전과가 있으니 반론할 수가 없군. 과거의 나를 때리고 싶다."

필이 어두침침한 분위기를 냈다.

"……무리하고 있다면 소리아랑 같이 있으면 돼."

그건 필이 말처럼 일을 도중에 내던지는 짓일지도 모른다.

하지만 카리스마 파티의 목적은 길드의 인상을 좋게 만들어 영향력을 늘려가는 것이다.

필은 검성이라는 칭호만으로도 이미 파티에 공헌한 거다. 나는 그녀가 굳이 무리하지 않았으면 한다.

"상냥하구나. 하지만 그 소리아 님의 부탁이다."

"소리아의?"

"……네 힘이 되어줬으면 한다고 말씀하셨지."

"으음…… ."

그러고 보니 짚이는 데가 있다.

유이에게 덮쳐질 뻔한 날 지켰지.

"우리는 파티다. 하지만 첫 번째 의뢰는 네가 혼자 끝냈다."

"그런 때도 있지. 신경 쓸 일이 아니야."

"그뿐만이라면 말이지. 하지만 유세프를 쓰러뜨린 순간은 내 눈에 새겨져 떨어지지 않아. 말단 마족밖에 상대하지 못했던 건······ 정말 분했다."

필이 꼬치를 쥔 손을 강하게 꾹 쥐었다.

"네가 너무 과하게 생각하는 거야."

"그런가? 나나 소리아 님은 그렇게 생각하지 않는다. 아니, 유이······ 더 나아가서는 웨이라 제국도 그렇겠지."

"웨이라 제국도?"

"그래. 그 나라는 널 노리고 있지. 다른가?"

"······다르지 않지. 하지만 그게 왜?"

"그들이 유이를 이 파티에 보낸 건 이름을 팔기 위해서만이 아니다. 길드에서 사람을 빼돌리기 위해서이지."

······흠. 그렇게 생각하는 것도 가능한가.

실제로 카리스마 파티는 나와 성녀로서 이름을 날리고 있는 S 랭크 소리아, 검성으로서 쌓은 실적을 내걸고 갑자기 A랭크까지 승격된 필로 구성되어 있다.

······전원이 스카우트 대상이 될 수도 있는가.

만약 이 파티의 지명도가 높아졌을 때 한꺼번에 빼앗기면 길드에는 막대한 타격이 될 거다.

난 남의 의중을 떠보는 게 익숙해지지 않으니까, 속내까지는 도무지 생각이 미치지 않는다.

"난 현재로서는 길드에 있을 생각인데."

"그건 네 자유지만, 길드를 떠난다고 해도 계속해서 세력을 확대하는 선민주의 제국만은 피했으면 좋겠군."

"그런가. 이렇게 말하는 너도 실은 신성 공화국의 입김이 닿아 있다던가?"

하하, 하고 웃으며 농담을 섞어 말했다.

하지만 필은 지극히 진지한 표정으로 나를 봤다.

"그러니 소리아 님은 나만이라도 먼저 가라고 말한 것이다."

"……어?"

"아니, 어쩌면 소리아 님은 의도하시지 않았을지도 모르지. 그 저 그러기를 바라셨을 뿐일 수도 있다. 하지만 다른 사람들은 어떨까? 스피나 진 아스테라교의 면면들은 웨이라 제국을 별로 좋게 생각하지 않아. 은인인 널 제국 따위에 빼앗기고 싶지 않겠지."

뭐랄까, 이미 물밑에서 여러 일이 일어나고 있었던 모양이다.

난 그런 정보가 전혀 없다. 더 나아가서 말하자면 거기에는 낄 수가 없다.

그래도.

"스피도 제국을 안 좋게 보려나?"

이야기가 다른 곳으로 새지만 궁금했다.

"그야 그렇겠지. 신성 공화국, 정확하게는 인간과 마족은 정전을 유지하고 있지만, 이건 평화를 의미하는 게 아니다. 협정 자체도 전 마왕이 맺은 것이고."

"아아, 지금은 한창 마왕을 정하는 중이었지."

"유세프도 그걸 위해 마력을 모으고 있었지……. 실제로 그 녀석처럼 인간을 벌레와 마찬가지로 보는 7대 마귀족, 다시 말해서 마왕 후보도 있다. 인간끼리 싸울 때가 아니야."

"흐음. 즉 인간끼리 분쟁을 일으키는 제국이 눈에 거슬린다 이건가."

"좀 더 표현을 신경 쓸 순 없나……. 하지만 그런 뜻이다. 인간끼리 내분을 일으켜서 마족에게 틈을 보여 좋을 게 뭐 있겠나. 그런 의미에서 제국은 스피 이외의 사람에게도 상당히 미움받고 있다만."

그런 관점이 있는 건가.

나로서는 지휘 체계를 통일하는 편이 움직이기 쉽다고 생각하니 웨이라 제국의 의견도 부정할 생각은 없지만, 실제로는 그렇게 간단한 일이 아닐 것이다.

지금 먹고 있는 꼬치구이의 맛이 나라나 종족별로 다르듯이 문화의 차이도 있다. 만인이 만인을 받아들이는 건 어려울지도 모른다.

복잡하네. 난 미간을 찌푸리고 꼬치구이를 먹었다. 맛있다.

필도 옆에서 꼬치구이를 먹었다.

"아니, 역시 소리아 님은 단순히 지드에게 호의를 품고 있으니 날 보낸 걸지도 모른다. 자신보다 지드를 도우라고…… 음~."

그렇게 혼잣말하면서.

개화는 갑작스러웠다.

심야였다.

신수에 쌓여있던 마력이 방출되었다. 아니, 분화라고 말하는 편이 정확한가.

아무튼 방대한 마력이 숲을 감돌았다. 마력의 소용돌이가 숲속을 휘젓고 있다. 마력에 민감한 사람은 머리가 아파질지도 모른다.

나는 즉각 준비하고 '전이'를 사용했다.

시야가 밝아졌다 잦아들자 신수 가까이에 서 있었다.

분주하게 움직이는 엘프들의 모습이 눈에 비쳤다.

그들의 모습을 선명하게 비추는 것은 달빛이 아니라—— 신수가 내는 빛이었다.

황금색 수액이 발광하면서 서서히 중력을 따라 흘러내리고 있었다.

녹색이었던 열매가 무지개색으로 물들었고, 거기서도 수액이 흘러 떨어졌다.

감미로운 향기가 일대를 뒤덮고 있었다.

"엄청난 생명력이네. 수액에서 마력이 넘쳐흐르고 있어."

그 모습이 그대로 눈에 비칠 정도였다.

이만한 마력을 내뿜는 현상은 이제껏 본 적이 없었다.

문득 시야에 오드의 모습이 들어왔다.

그는 날 발견하자마자 날카롭게 째려봤지만, 금방 싱긋 웃으면서 이쪽으로 왔다.

"이거이거, 와계셨습니까."

"그래. 개화한 것 같아서."

"그렇습니까. 개화 후에는 많은 마물이 몰려오는데, 너무 힘을 들여서 하지 않도록 해주십시오. 수액 분배를 끝내기까지는 일주일에서 보름은 필요하니까요."

"그렇게나 걸려?"

"네. 죄송합니다."

"……아냐. 알았어."

다소 의아한 점이 있지만, 이건 오드에게 물어도 의미가 없다.

오드는 신수 곁으로 돌아갔다.

그러자 이번에는 룩이 당황한 모습으로 숨을 헐떡이면서 내게 다가왔다.

"하아, 하아……! 와계셨군요!"

"그래, 엄청난 광경이네."

"이제 분배가 조만간 시작될 겁니다. 수액 방출은 대체로 하루면 끝나거든요……!"

룩이 숨을 가다듬으면서 말했다.

"하루?"

"네. 그 후에는 나무통에 넣고 각 지역에 나누기만 하면 됩니다."

"흠, 상황을 생각하면 당연한가. 이만큼 냄새와 마력이 넘쳐흐르면 시간을 끌수록 마물이 끝도 없이 신수로 몰려들겠지."

"네. 분배도 보통 이틀이나 사흘 이내에는 끝내겠지요. 수고가 많이 들 겁니다!"

즉 이게 정확한 소요 기간.

하지만.

"아까 오드랑 만났는데, 그 녀석의 말로는 일주일에서 보름은 걸린다고 하던데?"

"네? 아아, 전에 개화했을 때는 일주일 가까이 시간을 들이긴 했었죠. 하지만 그때는 현로회 측에서 발생한 문제 때문에 일시적으로 작업을 중지하면서 길어졌던 겁니다. 그 탓에 마물이 폭주하면서 큰 피해가 났었지요. 보통은 사흘 이내에 끝마칩니다……."

"과연, 그게 노림수였나."

내가 말하자 룩이 뭔가를 퍼뜩 깨달은 모습을 보였다.

"설마 카리스마 파티에 일부러 폭주하는 마물의 상대를 시키려고?!"

"그렇겠지."

오드의 말투를 들어보면 처음부터 최소 일주일은 필요하다고 생각하는 듯이 보였다.

"……그럴 수가. 이 숲의 마물은 균형만 유지되고 있을 뿐이지, 수도 질도 자연 그대로입니다. 인간의 땅처럼 개척되지 않았다고요……!"

"그래. 냄새에 끌린 마물들이 넘치도록 탐지 마법에 잡히고 있어."

이미 날뛰고 있는 마물도 있다.

땅에서는 숨을 죽이고 있지만 신음도 들렸다.

만약 이게 보름이나 이어지면…….

"하, 할 수 있을 것 같나요……?"

"수비 범위가 넓어서 조금 성가시려나."

"그거라면 괜찮습니다. 마을 전체가 아니라 수액만 지키면 의뢰 달성이니까요."

그건 알고 있다.

하지만 이건 아마 그런 문제가 아닐 거다.

"……안 좋은 느낌이 들어서. 전에는 일주일 동안 하다가 큰 피해가 났다고 했잖아?"

"예. 다들 가족과 친구를 지키기 위해 필사적이었습니다. 제가 아는 엘프도 죽거나 행방불명이 되었지요."

"주민이 그 정도 피해를 받았다면 현장에 있던 모험가는 말할 것도 없었겠군."

"네……? 아뇨. 그때는 길드가 받은 의뢰가 없었기에 모험가도 없었습니다."

"음? 하지만 고위 모험가들도 연달아 임무에 실패했다면서?"

"그건 다른 의뢰입니다."

나는 그들이 나랑 같은 임무를 받았다가 마물에 당해서 실패한 줄 알았는데, 아무래도 사정이 다른 모양이다.

"오히려 이런 의뢰를 평범한 모험가들에게 냈다면 실패할 수밖에 없겠지요. 한 파티가 감당할 수 있는 규모가 아니니까요…….
그래서 여러분에게 부탁한 겁니다."

"흠, 그럼 내가 마물을 상대하는 동안 작업을 잡아끌려는 녀석
들을 어떻게든 하는 게 우선이겠군."

나는 등 뒤로 시선을 줬다.

"네가 나설 차례야. 작업을 방해하는 현로회를 배제하고 지금
당장 수액을 분배할 수 있도록 해줘."

우리의 이야기를 뒤에서 듣고 있던 실레.

그녀도 개화를 확인하러 왔을 것이다. 마침 타이밍이 좋아서
전달했다.

"이 건은 서툴게 움직이면 백성에게도 피해가 갈 테니까요. 제
게 맡겨주세요."

실레가 수긍했다.

이제 나는 한동안 마물을 억제하는 것만 전념하면 될 것 같다.

개화하고 하루가 지났다.

우리는 냄새에 이끌린 마물들이 마을에 올 때마다 격퇴했다.

다만 엘프에게는 엘프 나름의 규칙이 있어서, 어지간한 사태를
제외하면 마물은 죽이지 않고 쫓아내야 했다.

사실 이것 자체는 그리 어렵지 않았다.

적어도 이틀째까지는.

제3화 전제를 무너뜨리다

"근데 정말로 엘프 공주라 하는 자를 믿어도 되는 건가. 그자는 원래 부주의하게 동생을 인질로 잡혀버리지 않았나. 이번에도 실패할 것 같아서 불안하군."

필이 거목의 가지 위에 서서 나에게 말을 걸었다.

"그렇다고 해도, 우리끼리는 수액을 어쩔 도리가 없잖아. 믿고 맡기는 수밖에."

"그건 그렇지만, 뭐랄까…… 몸이 근질거리는군."

무슨 말을 하고 싶은지는 안다.

현로회가 우리를 방해할 심산이라는 건 이미 알고 있다. 그래서 필은 능동적으로 대책을 강구하고 싶은 거다. 이건 알면서도 손을 놓고 있는 꼴이니까.

"룩한테 들었는데, 아직은 엘프 공주의 주도로 수액을 나무통에 담고 있대. 적어도 지금은 순조롭게 진행되고 있다는 의미니까, 괜찮겠지."

원래 엘프 공주의 권한은 현로회보다 강하다. 실레가 주도권을 쥐고 있다면 작업 진행 자체는 괜찮을 거다.

문제가 있다고 한다면.

"그렇다고 현로회가 가만히 있을 거라는 생각은 도저히 안 드는데⋯⋯."

"그거지."

현로회 입장에서 실레가 자기들의 뜻에 반하여 움직이는 건 예상 밖일 테니, 이대로 가만히 있을 리가 없다.

실레의 최대의 난적은 우리와 마찬가지로 현로회다.

힘을 내줬으면 한다.

"마물이다."

필이 말했다.

멀리서 흙먼지를 일으키면서 100마리를 넘는 늑대 무리가 몰려왔다.

입에서 침을 흘리면서.

현재 우리가 해야 할 일은 이 마물을 막는 것이다.

◇

작업이 순조롭게 진행되어 수액 회수도 막바지에 접어들었을 무렵.

──작업장 상공에 여러 개의 마법진이 그려졌다.

전개된 마법진에서는 물 마법이 방출되었다.

하지만 그 마법은 공격적이지 않았고, 그저 비처럼 쏟아졌다.

"⋯⋯이건?"

실레가 중얼거렸다. '누가?'와 '무슨 목적으로?' 등의 의문이 포함되어 있었다.

하지만 대답할 수 있는 자는 없었다.

모두가 멍하니 머리 위를 쳐다보고 있었다.

(작업 중단을 노리는 건가? 아무튼.)

마법진을 상쇄하기 위해 실레도 불을 뿜는 마법진을 전개했다.

물 마법의 마법진은 수도 많고 범위도 넓었지만 실레는 엘프 공주다.

그녀의 실력은 엘프 중에서도 손에 꼽는다. 수많은 마법진을 간단히 전개했다.

하지만.

문제는 그게 아니었다.

──실레의 마법진이 무산되었다.

"아니, 이건⋯⋯."

실레는 이게 무슨 현상인지 단번에 짐작했다.

특정 대상의 마력을 흔들어 마법 전개를 저해하는 고대의 마법, 전설급 마법이다.

더 높은 경지에 이르면 사람이 속에 간직하는 마력마저도 날려 버리는 것이 가능하다. 하지만 그게 가능한 자는 역사상으로도 한 두 명 정도──.

아무튼 실레의 마법진을 무산시킨 것은 초고도의 마법이다.

이게 가능한 사람은 생각할 것도 없이 뻔하다.

(현로회, 움직이기 시작했나요. 이런 짓을 해서 대체 무엇을…….)

시야가 차차 흐려졌다.

물 마법의 마법진이 짙은 안개를 만들기 시작했다.

거기에 더해 폭음이 울려 퍼졌다.

수액이 든 나무통을 실은 마차가 까만 옷을 입은 집단에 습격을 받았다.

게다가 아직 나무통에 수액을 채우는 작업 중인 현장도 공격을 받았다.

"윽."

짙은 안개로 시야가 나쁜 가운데, 실레와 수위들도 응전하기 시작했다.

마력의 움직임을 저해하는 마법을 강제로 떨쳐내고 습격자들에게 반격했다.

하지만, 엘프의 전력은 마물을 상대하느라 분산된 상태.

"큭."

결국 습격자를 다 막아내지 못하고 마차와 나무통이 조금씩 파괴되어 갔다.

남은 것은 극히 일부뿐.

이미 비에 희석되어 땅에 녹아들고 말았다. 수액의 생명력이 소비된 증거로 대지에서 녹색 초목이 급격하게 우거지기 시작했다.

"거스르지 않았으면 좋았을 것을."

"──?!"

갑자기 실레가 지키고 있는 등 뒤의 나무통이 쌓여있는 곳에서 목소리가 들렸다.

뒤를 돌아보니 현로회의 면면들이 모여있었다.

"자, 너희는 이미 포위되었다. 끝이다."

정신을 차리고 보니 주위는 현로회의 수하에게 에워싸여 있었다.

그래도 실레의 눈 속에서 타오르는 불꽃은 꺼지지 않았다.

오드가 입을 열었다.

"그만해라, 이 이상은 쓸데없다. 백성을 생각해서 그런 건지 모르겠지만, 마물 대비에 힘을 과하게 할애했군. 설마 우리가 너희의 하찮은 반항에 대처하지 못하는 우둔한 자인 줄 알았나?"

"그러게요. 전 여러분이 좀 더 현명한 줄 알았는데."

"뭐야?"

"보세요, 이 참상을! 수액이 거의 없어졌어요! 태고부터 숲에 살던 지능 높은 마물은 수액을 얻을 수 없다는 사실을 알면 분노하겠죠. 이 숲의 주인인 토룡왕도 눈을 뜨겠지요! 당신들은 엘프를 멸망시킬 생각인가요?!"

"무슨 소릴 하나 했더니……. 토룡왕은 걱정할 거 없다."

그렇게 말하고 현로회의 면면들이 손을 신수 쪽으로 향하자 마법진이 전개되었다.

실레는 그걸 본 적이 있었다.

"소환진……?"

"그래. 이걸로 상위 정령을 소환하여 토룡왕을 억제한다."

실레는 오드의 말에서 뭔가 위화감을 느꼈다.

"대체 무슨 꿍꿍이죠?! 상황을 이 지경으로 만들고 마물 퇴치를 돕겠다는 겁니까?"

하지만 실레는 그들의 의도에 한참 미치지 못했다.

오드가 의미심장한 웃음을 지었다.

"그래, 돕고말고. 이 엘프 마을이 멸망의 궁지에 몰렸을 때 말이야."

"아니, 그게 무슨……?!"

"이제 신수와 엘프 공주의 힘은 필요 없다! 엘프는 최고의 지혜를 지닌 현로회가 이끌어야 한다! 따라서 현로회는 우리가 다스리는 '엘프 왕국'을 이 땅에 세울 것이다! 그걸 위해서 이 숲에 모든 것을 리셋할 거다!"

"일부러 토룡왕을 날뛰게 해서 마을과 숲을 뒤엎겠단 말인가요?! 토룡왕이 쓰러지면 이 숲의 주인이 사라지고 황폐해질 겁니다!"

"그게 어쨌다는 거냐?"

실레의 물음에 오드는 무심하게 대답했다.

정말로 신경 쓰지 않는 모습이었다.

"대, 대체 어느 정도의 희생이 생길지 알고 있는 건가요?!"

"그야 큰 희생이 따르겠지."

애매한 그 대답을 듣고 실레는 현로회의 생각을 읽을 수 있었다.

그들은 위기에 처한 엘프에게 손을 내밀어 인심을 장악할 생각이다. 그리고 희생자에 대해서는 전혀 생각하지 않는다.

"······악독한 놈들."

"후후. 우리가 악독해? 백성을 생각해 움직이고 있는 우리가? 그런 말을 할 대상을 틀리는 것도 정도껏 해야지. 네 동생을 인질로 잡은 건 우리다. 하지만 그건 풋내기인 네가 멋대로 행동하지 못하도록 하기 위해 벌인 일. 전부 백성을 위해 한 일이다!"

"그 백성을 희생해서 세우려고 하는 것은 나라가 아니야! 당신들의 낙원이잖아?! 그만한 세월을 살아서 쌓아온 것은 오만과 욕망뿐인가요?!"

실레의 고함이 울려 퍼졌다.

오드는 반론하지 않았다.

다만 씨익 웃었다.

"더는 이야기할 필요도 없다."

굉음.

마치 산 하나가 무너져 내리는 듯한 소리가 일대를 메웠다. 무심코 귀를 틀어막고 싶어질 정도의 소리.

그것은 토룡왕이 깨어나는 소리였다.

"너, 너무 빨라요······ 왜 벌써······!"

"전에 수액 분배가 늦어져서 놈의 노여움을 샀다는 것은 알고 있다. 그리고 물 마법으로 인해 넘친 수액이 씻겨 내려가는 전대미문의 사태. 이 또한 반드시 일어날 일이지."

처음부터 계획대로였다고 말하는 듯한 말투다.

오드가 계속해서 말했다.

"그것이 눈을 뜬 이상 전선을 유지할 수 있는 시간은 10분 정도. 그 후에는 마물들이 밀려와 마을을 파괴하기까지 10분도 걸리지 않겠지."

담담하고 냉정하게 말했다.

악마다, 라고 실레는 생각했다.

그 20분 동안 희생자가 얼마나 나올지.

하지만 말해봤자 그들은 변하지 않는다.

(이젠 어쩔 도리가 없나요…… 죄송합니다. 약속했는데……!)

실레는 약하지 않다.

하지만 현로회와의 힘과 숫자의 차이는 어쩔 방법이 없다.

포기하고 동생을 구해준 지드에게 마음속으로 사과하고 있던 그때였다.

"보, 보고입니다! 토룡왕이 나타났습니다!"

오드가 그 전령병에게 대답했다.

"알고 있다. 시간을 벌라고 전해라. 그때까지 이 의식도."

"아뇨, 그게 아니라── 토룡왕이 등장과 동시에 순식간에 격퇴당해 물러났습니다!"

"뭐야?!"

예상했던 보고와는 정반대의 말이 날아들었다.

오드는 자기도 모르게 눈을 크게 떴다. 너무 놀란 나머지 말문이 막힌 듯했다.

그때 실레가 물었다.

"그, 그게 무슨 말인가요?!"

"길드가 파견한 모험가들이――."

"――와아, 탐지 마법으로 보긴 했지만, 진짜로 저질렀네. 어쩌자고 이렇게 날뛴 거야? 난 수액을 꽤 기대하고 있었다고."

전령병의 말을 가로막듯이 나타난 자는 흑발의 남자였다.

"지, 지드 씨……?!"

실레가 남자의 이름을 불렀다.

지드는 여기저기 흩뿌려진 수액을 안타까운 듯이 보고 있었다.

"이, 이, 이 자식……! 왜 여기에!"

계산 밖의 상황에 오드가 소리쳤다.

"왜냐니, 다들 여기 모여서 뭔가 하고 있길래 구경 왔는데."

"아, 아니다, 그게 아니다! 토룡왕은 어쨌나?!"

"쫓아냈는데? 죽일 필요도 없고."

"뭐……?"

오드의 물음은 '죽였는가? 죽이지 않았는가?' 따위를 묻는 게 아니다.

그가 기대한 대답은 '토룡왕을 피해 도망쳐 왔다'였으니까.

상식을 벗어난 대답에 오드의 얼굴이 파랗게 질렸다.

"아아, 다른 마물이 걱정이신가? 그건 필과 유이가 맡고 있어. 그 두 사람이면 봐주면서 해도 쫓아낼 수 있겠지."

잔존 마물도 문제없다는 듯이.

오드의 귀에 계획이 무너지는 소리가 들렸다.

오드는 현로회의 면면들을 향해 격분했다.

"이제 됐다! 빨리 소환해라! 의식을 끝낸다!"

"오, 이건 또 뭐야? 뒤숭숭하네."

지드가 얼굴을 들이밀었다.

초조함을 보였다, 그렇게 생각하며 오드가 흐뭇해했다.

소환진이 불안정한 빛을 뿜었다.

"──경악해라. 이건 정령 소환 마법이다!"

"정령?"

"그래. 이 세계와는 다른 세계에 존재하는 고도의 마력과 높은 지성을 지닌 종족이다. 그것도 상위종을 말이다. 어떠냐, 인간에겐 없는 고대의 지혜가 아니냐!"

오드는 아이가 장난감을 자랑하듯이 말했다.

지드가 미간을 찌푸렸다.

"알았으니까 그만해. 난 너희가 아무것도 안 하면 좋겠어."

"흐하하하핫. 겁먹었나? 하지만 이미 늦었다. 너흰 너무 거슬린다. 나와라, 상위 정령── 아드론!"

빛이 강해지고 신수의 마력을 대가로 정령이 소환되었다.

상위 정령은 인간과 비슷한 모습이었다. 강철 갑옷을 몸에 두르고 투구 사이로 담흑색 눈이 엿보였다.

하지만 사람과는 달리 거구였다.

지드와 실레 일행은 올려다보는 수밖에 없었다.

『크어어어어어어어~~~~엉!』

아드론이라 불린 상위 정령이 새되고 특징적인 소리를 질렀다.

토룡왕이 일어났을 때보다 큰 땅 울림이 일어나 나무들이 아드론을 중심으로 물결쳤다.

"자, 가라 아드론. 놈들을 죽──!"

아드론의 한쪽 발이 떴다.

그리고 짓밟기 위해 겨냥했다. ──현로회의 멤버를 노리고.

"──무, 무슨 짓을!"

『크어어어~~~~~~엉!』

아드론의 거대한 발이 떨어졌다.

충견에게 물린 듯한, 있을 수 없는 광경에 어안이 벙벙해진 현로회의 면면들.

하지만 그것도 잠시, 바로 각자 물리 공격을 막는 마법진을 전개했다. ──하지만.

빠직 빠직.

그런 소리가 날 정도로 현로회가 간단히 밟혀서 뭉개졌다.

거구에 어울리지 않는 속도로 몇 번이고 몇 번이고 발로 내려찍었다.

"그래서 그만하라고 했잖아. 의뢰는 경호니까 위해를 가할 생각은 없었다고."

『크어어어어어~~~~엉!』

"이성도 지성도 없나. 절차를 지나치게 생략해서 소환진이 불안정했어. 그래서는 제대로 정신을 유지한 상태로 소환될 리가 없지."

현로회의 마력은 이미 흩어졌다.

마찬가지로 현로회를 지키려고 한 검은 옷의 남자들도 살해당했다.

옆에서 당황한 실레가 이마에 땀을 흘리면서 입을 열었다.

"도, 도망치세요……! 통제를 잃은 상위 정령의 위험도는……!"

『크어어~~~엉!』

아드론이 다시 발을 들었다.

그 발은 지드 일행을 노렸다.

실레가 현로회와 똑같이 마법진으로 방어했다.

하지만 지드는 지극히 평온했다.

뚜벅뚜벅 걸어서 아드론의 땅에 붙어있는 쪽의 발까지 다가가 정강이를 힘껏 때렸다.

"입 좀 다물고 있어."

『크억?!』

극심한 통증으로 아드론이 맞은 부위를 잡았다.

그리고 그대로 안개처럼 흩어져 사라져 갔다.

"어, 어? 상위 정령이 일격으로? 정강이의 통증으로……?"

경악에 빠진 실레를 신경도 안 쓰고 지드가 물었다.

"이거 상황이 꽤 안 좋은 거 아냐?"

지드가 신수에 손을 댔다.

바람에 스치기만 했는데 가치가 부러지고 마른 잎이 떨어졌다.

──현로회의 정령 소환을 위해 마력을 흡수당한 것이다.

실레가 깜짝 놀라 눈을 휘둥그레 떴다.

"이, 이건……!"

"안 그래도 개화해서 마력을 소비했는데 마력을 착취당해서 이런 거겠지."

"이럴 수가……. 이런 일은 지금까지 한 번도……!"

신수가 시든 적은 단 한 번도 없었다.

하지만 지금 신수의 모든 잎이 갈색으로 물들려 했다. 남은 마력도 미약하다.

하지만 실레는 바로 야무진 표정을 지었다.

"지금 바로 마력을 공급해야 해요. 엘프 마을에 사는 모두가 협력하면 신수도 부활할 거예요."

"흠, 글쎄."

지드가 씁쓸한 표정을 지었다.

"그게 무슨……?"

"마력은 나눌 때 손실이 발생하니까 온전히 넘겨줄 수 없어. 더구나 엘프들은 이미 전투로 소비가 크지. 탐지 마법으로 살펴봐도, 엘프 전체의 마력을 불어넣은들 연명을 할 수 있을지 어떨지 확신이 서질 않는군."

지드가 예전의 신수를 떠올리면서 말했다.

"하지만 해보지 않으면 모르는 일 아닌가요? 아니요, 안 되더라도 하는 수밖에 없어요!"

실레가 주위에 있는 자들에게 백성들을 데려오라고 말했다.

지드도 총량을 봤을 뿐이라 뭐라 할 수 없었다.

그래도 낙관적으로 볼 수 없다는 것만은 확실했다.

◇

공격해오는 마물들을 다 쫓아냈는지, 마을 주변에서 아군이 속속 신수를 향해서 왔다. 그중에는 필과 유이도 있었다.

"두 사람 다, 잘 처리했어?"

"마을에는 단 한 마리도 들어가지 못했다. 죽이지도 않았지."

"믿음직하네."

탐지 마법으로 파악하고 있었지만, 새삼스럽게 그 말을 들으니 신뢰와 비슷한 마음이 솟아났다.

문득 필이 신수를 올려다봤다.

"그보다 이게 무슨 일이지?"

"마력이 고갈됐어. 이대로라면 신수는 시들겠지."

"신수가 시들어? 신수는 이 숲의── 엘프의 상징이 아닌가. 그게 어떻게 해야 이런 꼴이 되는 거지?"

전투 요원이 아닌 여자들도 가까이에 호출되었다.

그야말로 모든 마력을 긁어모을 생각일 것이다.

유이가 고개를 갸웃했다.

"충분해?"

"엘프의 마력 말이야? ……난 무리라고 생각해. 모조리 신수에 넘겨도 1할에 못 미쳐."

하지만 길이 없지는 않을 거다. 아직 작은 희망이 있을지도 모른다. 아슬아슬한 한 가닥 희망이.

"어쩌면…… 어쩌면 소리아 님이라면 가능하지 않을까?"

"소리아가?"

"그래. 소리아 님은 '극한 치유'를 쓸 수 있다."

"극한 치유?"

이건 나도 처음 듣는 마법이었다.

"자연치유력을 최대까지 활성화해 모든 상처를 치유하는 마법이다. 온 대륙을 뒤져도 쓸 수 있는 사람은 몇 없을 만큼 희귀한 마법이지만, 나는 소리아 님이 실제로 쓰는 모습을 본 적이 있다."

"하지만 그게 신수에도 통할까? 애초에 이건 상처를 입은 것도 아냐."

"극한 치유는 육체와 마찬가지로 마력의 회복력도 활성화…… 하는 마법이다."

"……즉, 가능성이 있다고?"

내 물음에 필이 고개를 끄덕였다.

"이 자리에 있는 자의 마력도 더하면, 어쩌면…….''

"그렇군."

나는 신수를 바라보았다.

엘프들이 번갈아 가며 마력을 공급하는 듯하지만, 아직 아무런 반응이 없다.

"하지만 이제껏 못 오고 있는 걸 봐서는 어지간히 바쁜 모양인데, 무슨 수로?"

"아니, 이쪽에서 부르면 와주실지도 모른다. 특히 긴급사태이니 말이다."

"흠."

뭐, 아무리 소리아가 바쁘다고 해도 우리는 파티다.

소리아도 의뢰를 받은 상태다.

사태가 절박하면 오는 것이 도리일지도.

"그럼 소리아를 부를 수 있어?"

"그건 문제없다. 하지만 나 혼자만으로는 불안하다."

"불안해? 네가 소리아랑 제일 친하잖아?"

"소리아 님은 각국의 높으신 분들에게 인사를 하며 돌아다니고 있다. 입장이라는 게 있다. 나만의 요청으로 자리를 뜨게 하기는 어려워……."

필이 '큭' 하고 분한 듯이 말했다.

왠지 연기 같다는 감상은 접어두고.

"그럼 어떡할 거야? 리프한테 중개라도 해달라고 부탁할까?"

"바보 같은 소리 하지 마라. 네 이름을 쓰게 해달라고 말하는 거다."

"나?"

"그래. 나와 너의 이름을 쓰면 소리아 님의 족쇄는 산산이 부서지겠지."

"뭐, 그래서 부를 수 있다면 상관없지만…….."

대화가 끝났을 때 유이가 내 손을 콕콕 찌르며 고개를 갸웃거렸다.

무표정이지만, 어딘지 불만스러운 표정을 띠고.

"……의뢰가 아니야."

"응? 아아, 그런가. 신수의 회복은 우리의 의뢰가 아니지."

"무슨! 내팽개치자는 말인가?!"

"그런 말은 안 했잖아."

필이 동요를 숨기지 않고 언성을 높였다.

그녀는 검성이라 불리며 성녀로서 활동하는 소리아 가까이에 있다. 곤경에 처한 사람을 그냥 지나칠 수 없는 것이리라.

일단 엘프 백성에게 마력 공급을 하기 위해 선 줄이 흐트러지지 않도록 지시하는 실레에게 말을 걸었다.

"이봐, 잠깐 괜찮을까."

"지금은 바쁜데요……!"

"의뢰해줘, 우리한테."

"의뢰라니?"

실레가 의아하다는 표정으로 말했다.

"신수를 치료하도록 우리를 대상으로 길드에 지명의뢰를 하라는 거야."

"도와주실 수 있나요?!"

실레가 매달리는 표정으로 말했다.

그만큼 신수가 엘프에게 있어서 소중한 것이라는 증거다.

"현로회의 개입 때문에 수액 채집 작업도 이 꼴이야. 새 의뢰를 받지 않으면 본보기가 못 돼. 의뢰해줘, 도울게."

"알겠습니다. 하지만 지금은 시간이 아까워요……! 사후 처리 방식으로는 안 되나요?!"

지금은 비상사태다. 어쩔 수 없나. ──그때.

"괜찮습니다! 제가 지금부터 지부에 가서 적당히 의뢰서를 정리해서 오겠습니다!"

누군가가 말을 걸었다.

룩이다. 그도 신수에 마력을 공급하기 위해 불렸을 것이다.

마침 잘 됐다.

"부탁할게."

룩이 고개를 끄덕이고 길드 지부를 향해 달려갔다.

필이 품에서 주먹 크기의 빨간색 장방형 매직 아이템을 꺼냈다.

"나다. 소리아 님을 긴급하게 불러줘. 요건은──."

그런 대화를 하고 있었다. 상대는 소리아 곁에 있는 호위 기사일까.

그럼.

나는 다시 신수를 바라보았다.

엘프는 한계까지 마력을 공급하고 있지만, 이미 신수 여기저기 금이 가기 시작했다.

나는 균열을 지나 신수 바로 앞까지 다가갔다.

(엘프가 흘려 넣은 마력이 신수에서 멋대로 흘러나오고 있어. 쇠약한 신수는 마력을 유지하지도 못하는 건가.)

나는 오른손을 신수 껍질에 가져다 댔다.

엘프 백성이 서투르게, 하지만 열심히 마력을 공급하는 게 느껴졌다.

──내 마력을 신수의 꼭대기부터 땅을 기는 뿌리까지, 얇은 막으로 만들어 껍데기처럼 붙였다.

이 마력의 막으로 엘프들이 신수에 쏟는 마력이 빠져나가는 것을 억제할 수 있다. 물론 외부에서 공급되는 마력만이 막을 통과할 수 있도록 조종해뒀다.

소리아가 올 때까지 시간을 버는 것이다.

"소리아 님을 호위하는 기사에게 연락했다. 바로 온다고 한다."

필이 말하면서 신수를 양손으로 만졌다.

"나도 돕지. 맡겨줘라."

"응."

그리고 반대편에서도 작은 목소리가 들렸다. 유이다.

그녀도 검지로 신수를 만지면서 마력을 보냈다.

두 사람은 그냥 마력을 보내고 있을 뿐이지만, 역시 이 둘의 마력 조작 능력은 세련되어서 보내는 마력의 양이 차원이 달랐다.

자, 우리가 할 수 있는 일은 모두 했다.

빨리 와줘, 소리아.

◇

현재, 인간 중에서 가장 큰 힘과 세력을 지닌 웨이라 제국의 여제가 호사스러운 의자에 앉아있었다.

맞은편에는 '광성의 성녀'라는 별명을 가진 소리아 에이든이 있었다.

"크크크. 진 아스테라교로 개종한 건가."

"네, 오늘은 그 인사를 하기 위해 왔습니다."

"신성 공화국도 큰일이구나. 국교가 잇달아 바뀌어서 기강이 안 설 텐데."

"백성들도 이미 납득하고 있습니다."

"──그건 전부 너의 구심력 덕이 아니더냐? 소리아 에이든."

루이나의 날카로운 통찰이 소리아를 꿰뚫었다.

하지만 소리아는 지극히 침착했다.

"설마요. 이것도 아스테라 님의 위광입니다."

"겸허하다고 말을 해야겠지. 하지만 이 자리에서 자신을 낮추는 것은 의미가 없다. 나와 면회할 수 있는 자는 대륙에 셀 수 있을 정도로도 없으니까. 공화국의 수상이라 해도 어렵지."

"영광입니다."

그 말은 소리아를 수상보다 훨씬 위라고 인정하고 하는 말이다.

하지만 소리아는 그저 흘려들었다. 그 칭찬의 의미를 이해하고 흘려들은 것이다.

"어떤가. 우리 웨이라 제국에 오지 않겠나? 진 아스테라교도 지원해주도록 하지. 그리고 널 위해 군단을 또 하나 창설해도 된다."

파격적인 대우일 것이다.

갑자기 군장으로 임명되는 것이다.

게다가 진 아스테라교 입장에서도 웨이라 제국이 뒤에 붙는 것은 다시없는 기회다.

하지만 소리아에게는 예상했던 말 중 하나에 불과했다.

"생각해보도록 하죠."

아무런 교섭도 하지 않고 그저 한마디만 했다.

그것은 부드러우면서도 솔직한 거부였다. 게다가 어딘가에 분노도 담고 있었다.

"기분을 나쁘게 할 만한 말을 했던가?"

"아뇨. 그런 식으로 스틸비츠 제국에서 가면을 쓴 사람도 권유했나 싶어서요."

"음. 뭐, 그렇다만. 왜 갑자기?"

갑자기 스틸비츠 이야기를 해서 루이나의 뇌리에 물음표가 떠올랐다.

"······딱히. 그저 그분이 쓴 가면은 저도 목격한 적이 있어서. 그분에게 키, 키, 키키⋯⋯ 키스를 했다는 정보가 들어와서."

소리아가 분노한 이유는 거기에 있었다.

"아아. 뭐, 녀석에겐 제왕의 지위를 주겠다면서 불렀지."

"제, 제왕?!"

"그렇고말고. 거절당하고 말았지만."

루이나가 시원스럽게 말했고, 소리아는 왠지 안심한 기색으로 가슴을 쓸어내렸다.

가면을 쓴 남자── 지드를 빼앗기지 않을까 걱정이었던 모양이다.

그렇게 옆길로 샌 이야기를 바로잡는 듯이 루이나가 헛기침했다.

"……뭐, 좋다. 그래서 긴급사태가 일어나 제국령 내에서의 활동을 인정해줬으면 한다, 그런 이야기였지."

"네. 전시 전선에서의 봉사활동이나 진 아스테라교의 포교 등. 결코 웨이라 제국에 나쁜 이야기가."

"이미 여러 나라에서 활동한 예가 있다고 들었다."

루이나가 소리아의 말을 손으로 가로막았다.

"좋은 점만 있는 건 아니군. 전선에서 봉사활동을 한다는 건, 전시에 마음대로 국경을 넘어도 된다는 뜻이다."

"……."

"그것이 의미하는 것은 첩보활동 용인이다. 더 나아가 말하자면 적성분자를 타국에 잠입시킬 수도 있게 되는 것이지."

"결코 그런 일은."

"없을지도 모르지. 하지만 위험은 있다. 아닌가?"

권유할 때와는 비교가 안 되는, 사냥감을 사냥하는 듯한 날카로운 눈으로 루이나가 물었다.

"하지만 전선의 마을이나 도시에서 난 피해는 어떻게 할 건가요? 제국도 모든 곳을 지원하는 건 아니죠? 분명 백성에게 불만이 쌓여 분열할 겁니다."

"그렇게 되지 않도록 마을과 마을, 도시와 도시끼리 국가에 대한 납세나 인재 등용으로 경쟁을 붙여 상호불신을 초래해 서로를 노려보게 하고 있지. 따라서 불만의 화살은 국가로 향하기가 어려워. 백성 한 사람 한 사람에게까지 퍼진 선량한 이웃과도 경쟁하려고 하는 성과·실력지상주의── 제국의 좋은 점이지 않나?"

"……그래서는 나라는 뭉쳐도 국민은 뭉치지 못합니다."

소리아에게 그 말은 괴로운 반론이었다.

실제로 웨이라 제국은 루이나의 카리스마로 하나로 뭉쳐 있다.

백성의 상호불신을 부추기는 통치가 성립되고 있는 건 전적으로 루이나가 있기 때문이다.

백성이 여제 루이나에게 인정받으려고 발버둥 치는 한, 제국의 지배는 계속되는 것이다.

하지만 소리아가 한 말은 루이나의 뒤에 대기하고 있던 제2군 군장── 이라츠가 호통을 치게 했다.

"적당히 해라! 네놈, 동석을 허락받았다고 해서 루이나 님과 동격인 줄 아느냐?! 웨이라 제국의 일은 제국인이 정한다!!"

그것은 소리아에게 뜻밖의 반격이었다.

그도 그럴 것이 사실 웨이라 제국은 흔들리고 있었다.

스틸비츠에서의 전투는 제국군 대부분을 투입한 작전이었다. 그러나 끝내는 철수할 수밖에 없었다.

제국의 위신을 건 작전이 실패하여 루이나의 절대적인 카리스마에 그늘이 드리우기 시작한 것이다.

그 책임을 느끼고 있던 이라츠는 자기도 모르게 화가 나 그런 말을 했지만, 금방 자신의 잘못을 깨달았다.

"……죄송합니다. 너무 주제넘게 나섰습니다."

"괜찮다. 신경 안 쓴다."

"저, 전령입니다!"

소리아 옆에서 대기하고 있던 여기사가 귓속말을 들었다.

알림을 들은 여기사의 눈이 크게 뜨였다.

"죄송합니다만, 필 님으로부터 긴급 소집 요청을 받았습니다. 소리아 님은 급히 왕국의 길드 본부로 향해주시도록."

"기다려라. 필이라고 하면 '검성' 말인가? 설마 고작 그 정도로 루이나 님과의 대담에서 떠날 생각인가?"

이라츠가 제지했다.

호출이 받았다고 해도 격이 다르다.

이쪽을 우선해야 한다는 것이 이라츠의 주장이었다.

하지만 여기사는 이어서 말했다.

"소집 전령문에는 S랭크 모험가 지드 님의 이름도 있습니다."

"뭐?!"

움찔하고 이라츠의 등이 놀란 고양이처럼 튀어 올랐다.

루이나의 볼이 즐거운 듯이 일그러졌다.

"크크. 좋지 않은가. 가거라."

이라츠 역시 이번만큼은 아무 말도 할 수 없었다.

"그, 그럼 실례하겠습니다. 다음 기회에 이야기를 나누면 좋겠습니다."

소리아가 황급히 일어서서 인사를 했다.

가슴의 고동을 크게 울리면서.

소리아도 호출될 가능성은 예상했었다. 어쨌든 파티가 받은 의뢰로 되어 있으니까.

하지만, 그래도, 역시 지드에게 불려 가슴의 두근거림은 멈추지 않았다.

(이름만으로 소리아를 움직이는가. ……게다가 이 자리마저 압도하고. 역시 재미있어)

지드의 이름을 듣기만 해도 위축되는 이라츠.

이 자리에 있는 기사나 군인에게서도 어딘가 경외심을 품고 있다는 걸 알아차릴 수 있었다.

루이나의 볼은 즐거운 듯이 느슨해져 있었다.

◇

전이 마법을 몇 번이나 써서 소리아가 엘프 마을에 도착한 것은 몇 시간이 지난 뒤였다.

온 엘프가 달라붙어 마력 공급을 했지만, 신수는 누런 그대로였다.

차례차례 마른 잎이 떨어져서 청소하는 자가 곤란해할 정도였다.

"소리아 님!"

소리아를 맞이한 사람은 필이었다.

약간 지친 모습을 보이면서도 손을 붕붕 흔들었다.

"늦어서 죄송합니다. 상황이 심각한 것 같네요."

"네, 회복할 기미가 전혀 안 보여서⋯⋯."

필이 신수를 보고 말했다.

하지만 소리아는 고개를 저었다.

"신수도 그렇지만, 당신도 그래요. 상당한 마력을 소모했잖아요."

"아하하, 감출 수가 없군요."

필이 얼버무리듯이 웃었다.

이에 소리아는 책망하는 듯한 눈으로 봤다.

"마력은 피와 마찬가지로 생명 유지에 필요불가결한 것이에요. 허용범위를 초과해서 쓰면 마력 유출을 스스로 억제할 수 없게 돼서 모든 마력이 체외로 방출되고⋯⋯ 죽음에 이르게 돼요."

"네, 알고 있습니다. ⋯⋯한계를 넘어버린 결과가 지금의 신수라는 것도."

원래라면 신수가 마력을 다 쓰는 일 따위는 없다.

하지만 이번에는 사정이 사정이다. 이렇게 되는 것도 당연하다.

필이 이어서 말했다.

"빨리 신수 아래로 갑시다. 저보다 더 바보 같은 짓을 하는 녀석이 있습니다."

"……? 알겠습니다."

소리아가 필에게 이끌려 수많은 엘프가 둘러싸고 있는 신수를 향해 갔다.

많은 사람이 신수의 껍질을 만지고 있었다.

마력 조작에 뛰어난 자는 멀리서 보내고 있다.

하지만 소리아가 맨 처음 의식을 빼앗긴 대상은 다른 것이었다.

치료가 필요한 부위에 필요한 만큼. 면밀한 마력 조작이 요구되는 치료마법의 극치의 경지까지 오른 소리아이기에 알 수 있다.

그것은── 신수를 덮은 얇은 마력의 막.

유지만으로도 상당한 마력과 정신력이 필요했다.

이 마력의 벽이 신수가 쇠약해지는 것을 억제하고 있었다.

이게 필이 말한 '바보 같은 짓을 하는 녀석'이라는 것도 바로 알아차렸다.

그리고 그것을 행하는 자의 정체도.

아니, 처음부터 알고 있었다.

그 남자는 온몸에 땀을 흘리면서도 계속 신수를 지키고 있었다.

옆에는 걱정스러운 얼굴의 실레도 있었다.

"지드 씨! 좀 쉬세요! 이대로는……!"

그런 목소리도 들렸다.

하지만 전혀 그만둘 생각은 없는 듯했다.

실제로 지드가 힘을 풀기만 해도 신수에 공급된 마력이 눈사태처럼 유출된다. 지금까지 이렇게 한 의미가 없어진다.

그 모습이 소리아는 눈물이 날 것 같았지만 참았다.

역시 대단하다고 생각하면서 입을 열었다.

"늦었습니다! 이 뒤는 제가 맡겠습니다!"

그런 소리아의 목소리에 지드가 뒤돌아봤다.

대담하게 씨익 웃었다.

"생각보다 빨리 왔네. 좀 더 늦을 줄 알았어."

그렇게 여유로운 말을 하면서.

소리아가 달려가 신수에 손을 댔다.

"할 수 있겠어?"

지드가 물었다.

소리아가 고개를 끄덕였다.

"할 수 있어요. 뒤는 맡겨주세요."

자신만만한 모습에 지드도 고개를 끄덕였다.

지드는 마력의 막을 걷고, ──손을 뗐다.

동시에 소리아가 입을 열었다.

"'극한 치유'!"

그 순간.

섬세한 마력의 실이 소리아의 손에서 흘러넘쳐 거대한 신수에 얽혔다.

부드럽고 따스한 바람이 포근하게 주변을 쓰다듬었다.

──신수의 가지에서 풍성한 싹과 녹색의 작은 잎이 돋았다.

"굉장해……!"

어떤 엘프 백성이 중얼거렸다.

그것은 새로운 생명을 창조하는 듯한 놀라운 광경.

그 모습을 지켜본 지드도 안도한 것처럼 편히 주저앉았다.

땅에 머리를 부딪칠 뻔했다.

실레와 필이 부축하려고 했지만, 어디선가 바람처럼 나타난 유이가 머리를 받치고 무릎베개를 했다.

"너, 너 어디서?! 그보다 어디에 있었지?!"

필이 물었다.

유이는 마력 공급을 끝낸다며 종적을 감추고 있었다.

"밀정은 약해진 모습을 보이지 않아."

"신수에 마력을 줘서 지쳐있었다는 말인가? 태연해 보였는데……. 아니, 그렇다고 해도 왜 지금 나타났지……?"

"주인의 위기에 나타난다. 무슨 일이 있어도."

"주인이라니……."

야무진 표정을 지은 유이가 지드의 앞머리를 옆으로 넘겼다.

완전히 지친 지드는 눈을 감은 채로 몸을 맡기고 있었다.

필은 그 모습을 보고 볼을 부풀렸다.

"네가 그러고 있으면 소리아 님이 집중을 못 하잖아! 지드를 재워도 좋지만 만지지 마라."

그렇게 말하면서 유이의 양손을 들게 했다.

그 순간.

──기우뚱

갑자기 대지가 흔들렸다.

나무들이 부자연스럽게 솟아올랐다.

그대로 하나의 산이라도 생겨날 것 같이 땅이 치솟았다.

끝부분 일부가 태양과 겹쳐졌다.

입이 쩍 열렸다.

『아까는 방심했지만, 이번에는 먹는다!』

"토룡왕이라고……?! 벌써 회복한 건가!"

필이 비명과 비슷한 소리를 질렀다.

나무들을 우거지게 만든 토룡의 볼이 치켜 올라갔다.

『흐하하. 신수님이 나에게 힘을 주었다!』

"설마…… 현로회가 부순 나무통에서 땅으로 흐른 수액이 토룡에게……!"

토룡왕의 거구에 난 상처를 치유하고 마력을 회복시키기에는 충분한 양이었다.

『보아하니 약해져 있는 모양이군. 남은 수액도 가져가도록 하지!』

그 말대로 필과 유이 등, 전투력이 높은 자들은 모두 마력을 다 쓴 상태였다. 지드마저도.

이대로 저항하지 않고 토룡에게 수액을 빼앗기는 걸 지켜볼 수밖에 없다.

하지만 실레가 토룡왕 앞을 가로막고 섰다.

"이건 제 실수로 줄어든 남은 수액……! 절대로 안 줄 겁니다!"

실레도 마력을 많이 잃었다.

그래도 오기로 토룡왕 앞에 섰다.

숲의 주인이며 먹이사슬의 정점에 군림하는 토룡왕이기에 실레도 한계가 가깝다는 걸 정확하게 이해하고 있었다.

『자고 있어라, 계집!』

토룡왕의 앞발이 실레에게 육박했다.

수많은 대물리 마법진을 전개했지만── 맥없이 파괴되어 갔다.

쾅!

굉음이 울려 퍼졌다.

실레에게 토룡왕의 공격을 막아낼 수단은 이제 없다.

『……응?』

하지만 토룡왕이 의아해하는 목소리를 흘렸다.

앞다리를 치우니── 맨손으로 토룡왕의 일격을 막고 있는 남자가 있었다.

검은 머리카락을 흩날리며 완전히 지친 눈으로 아무래도 상관없다는 듯이 토룡왕을 올려다보고 있었다.

"지, 지드 씨. 왜!"

완전히 무의미한 낙법 자세를 취하고 있던 실레가 물었다.

"——의뢰니까."

지드는 냉담하게 말했다.

실레가 퍼뜩 깨달았다.

토룡왕의 일격은 뒤에 있는 신수에도 닿을 수 있었다.

"설마 신수를 지키기 위해서······?"

『그 장엄했던 신수님도 이제는 죽은 몸. 살아서 치욕을 당할 바에는 한 번에 매장해주는 게 자비겠지!』

분명 모두가 지드의 언동을 부정할 것이다.

마력도 다하고 되살아날 것 같지 않은 신수를 직접 보고도 의뢰를 달성하려고 하는 것은 어리석은 짓일 것이다.

"뭐, 바보일지도 모르지. 하지만 지금도 신수를 치유하려는 동료가 있어."

지드의 눈에 비치는 것은 집중에 집중을 더해 신수에 치료 마법을 쓰고 있는 소리아의 모습.

그녀 또한 포기하지 않았다.

그래서 지드도 주먹을 쥐었다.

토룡왕의 입을 다물게 만들기 위해.

『왜 그렇게까지······!』

"말했잖아. ——의뢰니까."

『흐하하하! 그렇다고 해서 네가 뭘 할 수 있나!』

지드가 땅을 날아—— 토룡왕에게 주먹을 치켜들었다.

체력도 마력도 거의 동났을 지드의 일격은 숲 전체를 흔들리게 할 정도의 위력이 있었다.

"이 정도의 피로와 마력 부족은 기사단에 있을 땐 자주 있었던 일이야. 공교롭게도 말이지."

단 한 번의 공격으로 토룡왕은 의식을 잃었다.

제4화 이렇게 의뢰는 완수되었다

소동 이후로 며칠이 지났다.

얼마 안 남아있던 수액 분배를 끝내고, 엘프 숲에서 쉬어 완전히 회복한 나는 신수를 찾아갔다.

"신수도 완전히 회복한 것 같네."

"당연하지, 소리아 님의 실력은 확실하니까."

필이 흐흥, 하고 마치 자기 일인 것처럼 자랑스럽게 가슴을 펴면서 말했다.

장본인인 소리아는 뒤에 있는 큰 나무에서 살짝살짝 이쪽을 보고 있었다.

"……저건 뭔데? 설마 낯을 가리는 건 아니지?"

"칫. 소리아 님은 누구든지 차별하지 않고 상냥하게 대하신다. 저런 모습을 보이는 건 네놈 앞에서만…… 칫."

필의 시선이 날카롭다. 혀를 얼마나 차는 거야.

"신수가 위태로웠을 때는 잘했잖아?"

"그때는 긴급사태였으니 그랬겠지. 칫…… 어이."

"왜?"

"소리아 님에게 말을 걸어라."

필이 불쾌한 듯이 말했다.

상당히 무뚝뚝하지만, 솔직한 건 편해서 좋다.

"알고 있어. 같은 파티니 이런 상태로 둘 수도 없고. 하지만 본인이 저런 상태여서는……."

빙글 뒤돌아봤다.

움찔! 하고 뜬 소리아가 순식간에 큰 나무 뒤로 숨었다.

안 들킨 줄 아는 건가……?

"저래서는 말도 못 걸잖아."

어떻게 해야 하나, 라며 한숨을 쉬었다.

그러자 옆에 있는 필이 말했다.

"무엇 때문에 내가 여기 있다고 생각하나."

"무슨 소리야?"

"자, 이거."

필이 티켓을 건넸다.

거기에는 커피 컵에서 김이 나는 그림이 그려져 있고, '한 잔 무료!'라고 적혀있었다.

"무료권이다. 커피 한 잔이 무료가 된다. 저기 있는 카페다. 칫!"

필이 목으로 가까이에 있는 가게를 가리켰다.

즉, 불러낼 구실을 만들어준 것이다.

어딘가의 미남이냐.

"땡큐. 이 빚은 갚을게."

"시끄럽다. 내 빚을 갚지 못했으니 신경 쓰지 마라."

필이 발목을 요령 좋게 움직여 땅을 꾹꾹 짓밟았다.

심하게 짜증이 난 상태라 무섭지만 나는 우선 티켓을 받았다.

"혹시 몰라서 말해두겠는데, 이상한 마음 품지 마라……!"

"그렇게 맹수 같은 눈으로 보지 마."

"크르르……!"

목을 울려 위협하는 필을 두고 나는 소리아가 숨은 큰 나무로 향했다.

그리고는 얼굴을 슬쩍 비치면서 그녀에게 티켓을 보여줬다.

"안녕~. 이거, 필한테 받았는데, 같이 갈래?"

"제, 제, 제가 말인가요……?! 아, 아아아, 아, 아니…… 저……!"

소리아가 부들부들 떨고 울먹거리면서 필사적으로 내 눈을 피했다.

뭐지, 이러면 꼭 내가 나쁜 짓을 한 것 같잖아.

"가자, 필도 가니까. 우리 파티, 친목회 같은 건 한 적이 없었잖아?"

"하, 하지만 유이 씨는……?"

"유이, 카페 가자."

"승낙."

"어디서 나온 거예요?!"

소리아 바로 위에 있는 가지에서 바스락거리며 얼굴을 내밀었다.

"잠깐이라도 좋으니까 얘기해보자. 안 돼?"

"으, 으으…… 그……."

……——그래요

그렇게 말하려는데 신수 쪽에서 목소리가 울렸다.

"현로회는 전멸했잖아?! 어떻게 할 거야!"

엘프들이 모여있었다. 상당한 인원이 있는 모양이다.

우리의 시선도 자연스럽게 그쪽으로 향했다.

중심에는 실레가 있었다.

"그러니까 앞으로는 하나로 뭉쳐서……!"

"지금까지 엘프는 현로회의 지시로 뭉쳐 있었다고! 갑자기 바뀌면 곤란하지! 여기저기서 대응이 늦어지니까!"

"그래! 현로회는 우리보다 오랜 세월을 살아왔다……! 그 지식 없이 엘프가 살아갈 수 있나?!"

어디에서나 불만은 나오는 것 같다.

현로회의 악행은 엘프들 사이에도 널리 알려졌지만, 그동안 안주하던 수단이 없어졌다는 사실에 불안을 느끼는 모양이었다.

그때 어디선가 룩이 달려왔다. 그는 양손에 대량의 자료를 들고 있었다.

"외교 기술과 무역 세금의 사례, 대책을 정리해서 왔습니다! 이걸 봐주세요!"

그 말에 엘프 면면들이 놀란 것처럼 뒤돌아봤다.

"외, 외부의 인간이 가져온 자료를 어떻게 믿으란 거냐!"

"보시기만 해도 상관없습니다! 제게는 엘프 아내가 있습니다.

외부인이 아니라 엘프 마을의 일원으로서 하는 일입니다……!
제발 부탁드립니다!"

룩이 머리를 숙이고 자료를 내밀었다.

그러자 구시렁대던 남자들이 떨떠름한 표정으로 자료를 받아
들었다.

잠시 자료를 보고 분한 듯한 표정을 지었다.

"이, 이런 걸로는 현로회에 한참 못 미칠 게 뻔해! 그들의 고
대 마법으로 마을을 마물과 재해로부터 지켜왔다는 걸 모르는
건가?!"

"그, 그건……!"

룩이 표정이 금방 곤란해졌다.

나는 그들이 있는 곳까지 다가가 말을 걸었다.

"그 고대 마법이라는 게 뭐지?"

"아…… 아니, 그건…….."

엘프 남자가 우리를 보고 동요했다. 내 뒤에 필이 따라오고, 그
뒤에 소리아가 뒤따르고 있었다.

우리는 엘프 마을을 구한 사람들이니까, 막 대하기는 어려울
터다.

하지만 남자 중 한 명이 한 발 앞으로 나왔다.

"당신의 실력이 대단한 건 인정해. 하지만 마법을 지우는 건 그
리 쉬운 일이 아니야."

남자는 그렇게 말하고 검지 끝에 구체의 불꽃을 만들어냈다.

그리고 계속해서 말했다.

"애초에 인간이 가능할 리가 없지. 그건 아득할 만큼 긴 세월에 걸쳐 마력 조작을 단련한 자만이 가능한 기술이니까. 그야말로 현로회 같은── 어?"

"됐지?"

장황하게 말을 늘어놓던 남자의 불꽃이 어느샌가 사라졌다.

그는 방금 벌어진 광경이 믿기지 않는다는 듯이 바보 같은 표정을 지었다.

"아, 아니! 이런 건 우연일지도 몰라! 그래, 내 의식을 통째로 날려봐라!"

"정말로? 후회 안 할 자신 있나?"

"⋯⋯⋯⋯죄송합니다."

결국 남자는 위축되고 말았다.

실레가 이 틈에 입을 열었다.

"여러분, 저희는 현로회에 기대지 않아도 살아갈 수 있습니다. 지금까지 보려고 하지 않았던 우리 옆에는 이렇게나 의지가 되는 사람이 있습니다. 외부의 힘을 받아들입시다. 현로회의 주도로 마을에 틀어박히지 말고, 우리가 바깥세상과 협력하면서 주도해 나가는 겁니다!"

이번에는 아무도 반론하지 않았다.

"후우⋯⋯. 감사합니다."

실레가 피곤한 얼굴로 머리를 숙였다.

아까 불평을 늘어놓던 백성들은 실레의 말에 납득하여 집으로 돌아갔다.

"새롭게 일을 이룩하려고 할 때는 참견을 듣는 법이니까요. 힘내세요."

소리아가 말했다.

나를 대할 때와는 전혀 다른 평범한 느낌으로.

"감사합니다. ──그리고 보니, 신수 사건에 대한 답례를 아직 못 했었네요."

"의뢰 달성 보수는 이미 받았다만."

의뢰를 낼 때 보수에 관한 이야기를 하지 않았는데도, 시세 이상의 금액을 받았다.

하지만 실레는 고개를 좌우로 저었다.

"아뇨. 아직이에요."

실레가 뭔가를 들어 올리듯이 손을 들었다.

그러자 그녀의 빈손에 깨끗한, 색으로 표현하면 백금 같은 선명한 마력이 감돌더니, 내 목에 목걸이를 걸듯 마력을 둘렀다.

"엘프 공주의 축복이군요."

룩이 말했다.

"특별한 효과가 있는 건 아니지만, 엘프 공주는 대대로 이렇게 '영웅'을 축복했다고 합니다."

"영웅?"

"엘프를 위기에서 구한 자들을 가리키는 겁니다. 보통은 엘프가 대상이 되지만, 선대 여왕님이 용사를 축복했던 기록이 있습니다."

"흐음, 그렇구나."

또 용사다.

어째 인연이 있는 칭호네.

실레는 이어서 소리아, 필, 유이, 룩에게 똑같은 행동을 했다.

"아까도 말했지만, 이 축복에 대단한 효과는 없습니다. 감사한 마음을, 이렇게나마 전하는 것이지요."

다시 말해서 마음을 전하는 일이라는 건가.

우리는 의뢰를 달성했고 보수를 받았으니 그걸로 끝난 일이지만, 이건 물질을 주는 것만으로는 다 전할 수 없는 실레의 마음의 표현이리라.

제법 의미 있는 일인 듯하니 감사히 받자.

내가 그렇게 단순하게 생각하고 있자 막 축복을 받은 룩이 비명을 질렀다.

"이, 이이, 이럴 수가! 제가 엘프 공주의 축복을 받다니?!"

주위를 둘러보니 소리아와 필도 다소 놀란 눈치였다. 저 두 사람은 이런 일이 익숙할 것 같은데, 의외로군.

참고로 유이는…… 평소대로 무표정이었다.

"뭐야, 왜 그렇게 당황하는 건데?"

"당황하는 게 당연하지요! 이건 훗날까지 이야기로 전해질만

한 일이에요!"

룩이 흥분해서 떠들며 양손을 붕붕 흔들었다.

뭐, 아이들이 보는 그림책에 나오는 그런 이야기를 뜻하는 건가?

"그래? 영광이네."

여전히 잘 모르겠지만 일단 그렇게 말해두었다.

"본래는 더 양식을 갖추어서 해야 하지만, 아직 마을이 불안정하니까요. 다음에 기회를 봐서 다시 축복해드리겠습니다."

그리고 실레는 나에게 뭔가 말하고 싶은 듯이 하면서도 가볍게 머리를 숙이고 "그럼, 전 볼일이 있으니"라고 말하고 떠나갔다.

"아, 그렇지. 여러분은 언제쯤 돌아가시나요?"

룩이 생각이 났다는 듯이 말했다.

"슬슬 돌아갈까 싶어. 집을 빌리는 기간은 언제까지야?"

"아직 일주일 정도 남아있습니다만, 필요하다면 연장할 수 있습니다."

"난 내일 돌아갈 생각인데."

소리아 일행을 슬쩍 봤다.

소리아는 얼굴을 새빨갛게 물들이고 눈을 피해서 필이 대신 말했다.

"우리는 오늘이라도 돌아가야 한다. 이제 신수의 상태도 문제없는 것 같고, 소리아 님은 많은 예정을 취소하시고 마을에 오셨으니 말이다. 당장이라도 돌아가야지."

"마찬가지."

필에 이어서 유이도 고개를 끄덕였다.

그렇다는 건 내일이 되면 모두가 마을을 떠난다는 것이군. 엘프 마을은 자연이 풍성한 좋은 곳이다. 기한이 남아있어 아깝다는 마음이 들지만.

"알겠습니다. 그럼 전이 매직 아이템을 준비해두겠습니다!"

"그래, 부탁할게."

"……여러분."

룩이 진지한 표정을 지었다.

"──정말로! 감사합니다!"

머리를 홱 숙였다.

갑작스럽네. 아니, 카리스마 파티 전원이 모이는 건 지금뿐이라고 생각했겠지.

"의뢰니까 감사 인사는 필요 없어."

길드와 모험가는 상부상조하는 관계다.

말하자면 알선하는 조직과 알선되는 인재에 지나지 않으니까.

그래도 룩은 머리를 들지 않았다.

"아뇨, 여러분 덕분에 전 가족과 함께 있을 수 있습니다……! 정말로, 정말로 감사합니다……!"

룩의 눈에서 눈물이 흘렀다.

그 말이 사실이라고 입보다도 많은 말을 했다.

그는 자료를 모으거나 목숨의 위협을 받았음에도 불구하고 엘프 마을에 있었다.

그만큼 마을을 좋아한다는 것이다.

"저희가 낸 결과가 당신에게 행복을 가져다줬다면 다행이에요."

소리아가 말했다.

그것은 우리 모두의 공통된 의견이었다.

너무 감동했는지 룩이 눈물을 왈칵 흘렸다.

"가, 가, 가, 감사합니다! 여러분의 활동 거점에서 먼 땅이지만, 무슨 일이 있으면 말씀해주십시오! 전력으로 지원할 테니까요!"

그런 말을 하더니 룩은 길드 지부로 돌아갔다.

"그럼 다툼도 끝난 것 같으니 카페에 갈까."

목제 컵을 테이블에 놓았다.

보통 물건과는 달라서 듣기 싫은 고음이 나지 않았다.

엘프 특유의 컵인 걸까.

………….

…….

그런 쓸데없는 생각이 들 정도로 정적이 흘렀다.

소리아는 고개를 숙이고 침묵을 지키고 있었다.

필은 그런 소리아를 보고 머리를 싸맸다.

유이는 아무래도 상관없다는 듯이 무표정이었다.

"아~, 오늘은 왠지 날씨가 좋네."

일단 적당히 말했다.

그런 말밖에 못 하는 거냐?! 라는 메시지를 필이 눈으로 보냈다.

나도 알고 있다. 내가 대화가 서투르다는 것쯤은.

하지만 이런 분위기에 한마디 한 것만으로도 다행이라고 생각해달라고.

"확실히 날씨가 좋아."

그렇게 유이가 말했다.

예상 밖의 도움에 시선을 이리저리 돌렸다.

유이도 나를 보고 있었다.

"나랑 단둘이서 마을 관광."

"그, 그렇게는 안 된다!"

유이의 눈치 없는 제안에 필이 테이블을 때리면서 일어섰다.

"소리아 님! 모처럼 지드와 이야기할 기회가 생겼습니다, 자 쑥스러워하지 말고!"

유이에게 선수를 빼앗기지 않도록 필이 말했다.

하지만 정작 소리아는 얼굴을 빨갛게 물들이고 대답을 하지 않았다.

……이건 틀렸네.

싸움터에서는 각자가 확실하게 움직이지만, 사적인 저리에서 너무 딱딱하다.

아니, 의뢰만 클리어할 수 있으면 문제없는 거 아닐까……? 일만 하는 관계지만, 어쨌든 파티는 성립하니까.

하지만 이번에는 나도 전해야만 하는 것이 있다.

나는 소리아를 똑바로 바라보며 말했다.

"소리아, 고마워."

"네?"

갑자기 나에게 불려서 놀랐는지 눈을 크게 떴다.

그래도 겨우 처음으로 눈을 제대로 마주친 것 같았다.

"우선은, 그렇지. 볼일이 있는데 도와줘서 고마워."

"아, 아아, 아니에요. 의뢰니까요. 그리고 지드 씨가 부른다면 저는……!"

"그리고, 날 길드에 추천해줘서 고마워."

──난 줄곧 이 말을 하고 싶었다.

여러 일이 있어서 말하지 못했지만, 소리아는 내 은인이다. 그 것도, 분명 생명의 은인.

크제라 기사단에 그대로 남아있었다면 난 분명 망가졌을 거다. 그건 길드에 온 뒤부터 절실하게 실감했다.

"다, 당연한 일을 했을 뿐이에요! 지드 씨는 더 많은 사람에게 알려져야 하는 사람이니까요!"

갑자기 소리아가 열변을 토했다.

바로 깜짝 놀라서 시선을 피했다.

"좋습니다, 소리아 님! 이대로 갑시다!"

"으, 으으……! 역시 전 익숙해지지 않아요……!"

필이 옆에서 엄청나게 칭찬하고 있다.

잘하는 건가……?

어떻게든 어느 정도는 마음을 터놓은 것 같으니 다른 화제를 꺼냈다.

"그러고 보니, 슬슬 S랭크 시험 아냐? 우리 중에는 필이 아직 A랭크지."

"문제없다. 틀림없이 승격할 거다."

"필, 자만하면 안 돼요. 당신과 마찬가지로 시험을 치는 분들은 A랭크 강자들이에요."

"후후. 하지만 파티 단위의 A랭크가 많습니다. 제가 그러한 잡졸에게 질 리가 없습니다."

랭크는 개인과 파티 랭크가 있으며 시험도 혼자나 한 조로 칠 수 있다.

예를 들어 C랭크 모험가가 파티 단위로 A랭크로 승격되면 개인으로는 C랭크 의뢰밖에 못 받지만, 파티로는 A랭크 의뢰를 수리할 수 있게 된다.

만약 개인으로 승격을 하고 싶은 경우에는 다시 혼자 시험을 치를 필요가 있다.

단, S랭크 시험은 매년 한 명만 칠 수 있다. 혹은 한 파티만이 칠 수 있다.

이번 S랭크 시험도 파티로 치는 녀석들이 많을 것이다. 숫자가 있는 만큼 파티로 시험을 치르는 수험자가 유리하지만, 그걸 압도하는 '개인'이 있다. 필과 같은.

필도 그걸 알고 적수가 안 된다고 말하는 것이다.

"참고로 내가 개인적으로 맺고 있는 파티 멤버 둘도 S랭크 시험을 쳐."

나는 두 사람의 얼굴을 떠올리며 말했다.

필도 짚이는 데가 있는 모양이었다.

"흠, 그녀들도 시험을 치르는가."

필이 약간 불편한듯한 표정을 지었다.

그러고 보니 이 녀석, 길을 가다가 쿠에나와 실라에게 시비를 걸었다고 했었지.

"뭐야, 설마 아직도 사과 안 했어?"

"펴, 편지는 보냈다! 아직 만나지 않았을 뿐이지. 시간이 안 맞아서 말이야……."

"그럼 시험 때라도 사과해둬."

"그래, 알았다."

뭔가 거북함을 느끼면서도 필이 고개를 끄덕였다.

"지, 지지지, 지드 씨와 함께하는 파티라고 하면, 실라 씨와 쿠에나 씨죠?"

목소리를 전송하는 매직 아이템이 망가졌을 때처럼 말을 더듬으면서 소리아가 나에게 물었다.

"그래, 맞아. 알고 있어?"

"스피 씨한테 이야기를 들어서……! 그녀도 모험가 등록을 했으니까……!"

그렇구나. 의외의 접점이지만, 생각해보면 확실히 연결되어 있다.

아스테라교에서 진 아스테라교로 개종한 소리아. 진 아스테라교에 재적 중인 리더 스피. 스피와 같은 파티인 쿠에나와 실라.

······세상 참 좁구나.

"그보다 오랜만에 이름을 들었네. 스피는 잘 지내고 있어?"

"네. 어째 지드 씨에게 주고 싶은 물건이 있다면서 자주 이야기하고 있어요."

"아아······ 그건가."

성검 이야기일 것이다.

전에도 쓸 수 없다고 말했을 텐데, 어떻게든 그 검을 나에게 맡기고 싶은 모양이다.

뭐, 받는 것만이라면 문제없지만······.

"다음에 만나면 받겠다고 전해줘."

"아, 네!"

아직 약간은 거동이 이상하지만, 겨우 평범하게 대화가 가능해지기 시작했다.

슬슬 소리아도 내가 익숙해지기 시작한 때다. 화제를 만들자.

"그러고 보니 S랭크 시험은 뭘 하는 거야?"

"뭐냐, 모르는 거냐?"

필이 훗 하고 입꼬리를 올리면서 왠지 바보 취급하는 말투로 말했다.

"그야 모르지. 하루아침에 S랭크가 됐으니까. 넌 알고 있어?"

"모른다. 나도 친 적이 없으니까!"

필이 팔짱을 끼고 가슴을 강조하는 듯한 포즈로 말했다.

"왜 약간 자랑하는 것처럼 말하는 거야. 잘도 나한테 '모르는 거냐?'라고 했네. ……소리아는 뭐 좀 알아?"

"아, 아뇨, 저도 시험 없이 승격돼서……. 도움이 못 되어 죄송합니다……! 지금부터 전력으로 정보수집에 임할 테니……!"

"아니, 괜찮아! 자리에서 뜨지 마! 무섭다고. 고맙지만 그렇게까지 신경 써주면 오히려 무섭다니깐!"

아무래도 소리아는 나에 대한 과도한 신앙(?)이 있는 듯한 느낌이 드네…….

하지만 둘 다 모른다면 남은 사람은 유이다. 최연소로 S랭크가 되었다는 경력이 있으니 틀림없이 시험은 치렀을 것이다.

"유이, 넌 알지 않아?"

"시험은 매번 제각각."

유이가 소라빵을 먹으면서 말했다.

필이 시선을 던지며 물었다.

"네가 쳤을 때는 어땠지?"

"S랭크 급의 의뢰를 가장 빠르게 달성."

뭐, 평범한 범위군.

상위 마물 토벌 등을 적당히 선택해도 좋은 것이다.

그리고 달성하면 적성이 있다고 판단된다. 그것도 가장 빠르게 달성했다면, 단순히 생각해서 가장 빠르게 일을 할 수 있는 것이다.

이의 없이 S랭크에 걸맞다.

"참고로 어떤 의뢰였어?"

내 물음에 유이가 기억을 떠올리듯이 턱에 손을 댔다.

그것도 그런가. 이 녀석이 S랭크가 된 것은 몇 년 전이다. 기억은 이미 가물가물할 것이다.

"상위 드래곤 토벌."

"역시 토벌 임무가 되는 건가."

그야 내가 가끔 받는 F랭크 시궁창 청소 같은 의뢰 같은 건 당연히 아니겠지.

"훗, 뭐 됐어. 난 지지 않아, 절대로. 소리아 님의 기사로서."

설령 어떤 시험이 오더라도 지지 않는다.

그런 의지가 느껴지는 눈빛이었다.

"네, 저도 믿고 있어요."

그 말에 대답하는 소리아.

문득 소리아가 고개를 갸웃했다.

"그런데, 필. 쿠에나 씨랑 실라 씨와 무슨 일 있었나요?"

"윽······!"

어라, 혹시 필이 시비 걸러 간 걸 못 들은 건가.

필이 식은땀을 줄줄 흘리기 시작했다.

"그, 그건 그러니까······!"

"그 녀석이 말이지. 쿠에나와 실라한테 일방적으로 싸움을 걸었어."

나는 싱글벙글 웃으면서 말했다.

이건 약간의 벌이다.

필이 울상이 되어 나를 원망스럽게 노려봤다.

소리아는 놀라서 아이를 혼내는 듯한 얼굴이 되었다.

"그게 무슨 소린가요……?!"

"그, 그, 그거어어언~~……!"

필은 소리아 님의 기사로서, 라고 말했지만, 그 행동은 소리아에겐 묵과할 수 없는 일일 것이다. 그걸 알고 있는 필은 크게 당황하여 변명을 시작했다.

드디어, 나 이외의 셋이 돌아가는 날이 되었다.

셋은 도착했을 때와 마찬가지로 길드 지부 앞에 있었다.

"너는 안 돌아갈 생각인가?"

"난 바깥세상을 별로 모르니까. 이 기회에 하루쯤은 관광이라도 하려고."

"그런가. 엘프의 생활을 아는 사람은 오히려 거의 없을 것 같다만."

"뭐, 식견이 넓어서 있어서 나쁠 건 없잖아?"

난 다른 사람보다 세상을 모른다.

단 하루를 머물러도 세상을 알 기회를 늘리고 싶다.

"홋. 설령 오래 머무른다고 해도 수액은 마실 수 없을걸?"

필이 못을 박듯이 말했다.

"칫, 알고 있어……. 한 번쯤은 마셔보고 싶었는데."

결국 확보한 분량은 전무 마물들에게 돌아갔다.

다음에 신수가 개화하는 건 언제가 될지……. 반들반들하고 맛있을 것 같은 수액을 떠올리면 당장이라도 배에서 꼬르륵 소리가 날 것처럼——.

"응?"

갑자기 땅속 깊은 곳에서 마력이 느껴졌다.

소리아가 내 이변을 알아차리고 물었다.

"왜, 왜 그러세요?"

"아니……."

톡 하고 조심스럽게 지면이 솟아올랐다.

갑작스럽게 일이 일어나 필이 경계하면서 검을 뽑았다. 유이도 한 걸음 물러났다.

나도 소리아의 안전을 확보하기 위해 사이로 들어갔다.

"죄송합니다아아!"

말하면서 나온 것은 무려 저번에 봤던 토룡왕이었다.

토룡왕은 나를 발견하자마자 양손과 양발을 모으고 땅에 머리를 대면서 말했다.

"설마 지드 씨일 줄은 꿈에도 모르고 무례하게 굴었습니다! 촌뜨기 주제에 까불어서 죄송합니다!! 용서해주십시오오오!"

토룡왕이 반쯤 우는 상태로 매달렸다. 전에 만났을 때와는 태도가 전혀 달랐다.

여기서 이런 거구로 꿈틀대면 주위의 건물이 부서지지 않을까.

"이거! 수액입니다! 부디 받아주십시오!!"

수액이 든 나무통을 건네면서 말했다.

"갑자기 뭐야? 그보다 날 어떻게 알지?"

"지드 씨를 어찌 모르겠습니까. 로로아가 당신을 보고 계속 '괴물 같은 인간이 있다!'라고 말한다고요!"

"로로아……?"

어쩌지. 전혀 기억에 없는 이름이다.

내가 모르겠다는 얼굴을 하자 토룡왕이 고개를 갸웃거렸다.

"흑룡왕의 외동딸입니다. 기억나지 않으십니까?"

"가만, 흑룡왕이라면…….'

기억을 거슬러 올라간다.

문득 신성 공화국에서 일어났던 일이 떠올랐다.

"그러고 보니 용사 선정 때 붙잡혀 있던 용이 한 마리 있었지."

왕룡의 혈통이라면서 대단한 소란이 일어나 대량의 용이 몰려왔었다.

결국 큰 싸움으로 번지지는 않았지만, 까딱 잘못했으면 대참사가 일어났을 것이다.

"그겁니다, 그거! 그 녀석이 지드 씨 이야기를 엄청나게 해댄다고요. 이미 용족 사이에서도 소문이 자자합니다."

"으음……. 그래서, 이걸 나한테 주겠다고?"

아무래도 저번 소동을 사과할 생각인 모양이다. 아니면 헌상품인 건가.

토룡왕이 내 물음에 대답하듯이 고개를 끄덕였다.

"네, 부디!"

"아니, 그럼 네 몫은?"

"저는 땅에 스며든 수액으로 충분합니다!"

토룡왕이 기특하게 말했다.

땅을 쪽쪽 빠는 걸까. 참으로 기괴한 모습을 상상해버렸다.

"그럼 받을까. 사실은 관심이 좀 있었어."

"네, 부디!"

토룡왕의 거구와는 반대로 나무통에 든 수액은 적었다. 작은 병 몇 병을 채우면 끝일 것이다.

나는 파티 멤버 세 명을 보고 말했다.

"좋아, 그럼 토룡왕의 호의를 받아들여서 넷이서 나눌까."

"응."

유이가 어디선가 네 개의 병을 꺼냈다.

입이 좁고 용량이 채워지는 부분이 크다. 플라스크다. 요령 좋게 손가락 사이에 끼우고 있었다.

그보다 유이가 이렇게까지 감정을 드러내는 것도 드문 일이네.

요리를 잘할 것 같았던 것만큼, 식자재나 맛있는 것에는 사족을 못 쓰는 걸까.

유이한테 플라스크를 받아 나무통에서 수액을 떴다.

다 뜨면 각자 한 병씩 줬다.

딱 4인분으로 나무통의 내용물이 없어졌다.

"저기, 죄송합니다~!"

대뜸 룩의 목소리가 들렸다.

지부의 문을 열고 이쪽에 얼굴을 살짝 비치고 있었다.

"곧 전이 매직 아이템의 접속이 끊어지니 빨리 부탁드립니다!"

"그렇다네. 그럼 수액은 각자 즐기는 걸로."

그냥 마셔도 되겠지만, 상당히 걸쭉해서 한 번에 다 마실 수는 없을 것이다.

"……?!"

필이 '뭐라고……?'라고 말하는 듯한 표정을 지었다.

이에 소리아가 대변했다.

"모처럼 파티가 모였는데…… 아쉬워요."

"뭐, 또 만날 때도 있겠지. 그때는 다른 거라도 먹자."

"네. 다시 꼭 만나요!"

"그래."

이것만큼은 어쩔 수 없다.

소리아 일행이 길드 지부 안으로 들어갔다.

갑자기 유이가 이쪽으로 돌아왔다.

필이 눈치 빠르게 유이를 봤다.

"유이, 왜 그러나?"

"잊은 것. 먼저 가."

"없다. 다 확인했다. 돌아와라."

"있어."

갑자기 말싸움을 시작했다.

뭐야? 어떻게 된 거지? 필의 말투는 이렇게 될 것을 알고 있었던 것 같은데…….

"네놈, 역시 나와 소리아 님을 먼저 보내고 자기만 지드와 엘프 마을에 남을 생각이군?! 허울 좋은 변명을 하다니!"

"아니야. 먼저 가."

"아아아아! 지드를 노리고 있는데 우리랑 같이 먼저 돌아간다는 게 이상하다 싶었어! 절대로 못 남게 할 거다!"

대체 무슨 싸움을 하는 거냐, 이 녀석들은.

결국 필이 유이를 질질 끌고 지부 안으로 들어갔다.

창문으로 그녀들이 왕도로 향하는 모습이 보였다.

그녀들은 마지막에 나에게 손을 흔들었다.

"안녕."

들릴지 모를 목소리와 함께 그녀들에게 손을 흔들었다.

잠시 후, 그녀들의 모습은 빛에 감싸이며 사라져갔다.

"자, 그럼 나도 간다."

왜인지 남아있는 토룡왕에게 양해를 구했다.

"아, 한 말씀 드려도 되겠습니까?"

토룡왕에게서 처음보다 잔챙이 같은 느낌이 물씬 풍겨왔다.

드래곤에서 장식품으로 등급이 급락했다.

"뭐야?"

"흑룡왕의 딸이 지드 씨와 만나고 싶다고 난리인데, 세팅해도 되겠습니까?"

"그럼 만날 수 있는 날을 물어봐. 내가 시간을 낼게."

"알겠슴다!"

토룡왕이 앞발로 요령 좋게 척 경례했다.

볼일은 다 봤다는 듯이 토룡왕이 땅속으로 들어갔다.

상당한 거구라서 행동 하나하나가 주위에 미치는 영향이 크다. 하지만 조심하는지 피해는 없는 모양이다. 땅속으로 들어간 자리는 원래 지면과 변함이 없었다.

밟아봤는데 단단하기도 했다. 정말 재주가 좋다. '왕'이라 불릴 만하다.

문득── 사람의 기척을 느꼈다.

고민에 빠진 듯한 실레와 딱 마주쳤다.

"뭐 하고 있어?"

"지드 씨……! 아뇨, 전…….."

날 보자 딱 한순간 기뻐하는 표정을 지었다.

하지만 금방 그늘진 표정을 보였다.

"왜 그래?"

"……그. 의뢰하고 싶어요."

실레는 심각한 얼굴로 그렇게 말했다.

제5화 새로운 의뢰

길드 지부 안.

나와 룩은 실레의 '의뢰'를 듣고 있었다.

"가까운 숲에 다크엘프라는 종족이 있어요."

"아아, 예전에는 엘프와 함께 살았죠."

룩이 차를 마시면서 맞장구를 쳤다.

"맞아요. 하지만 얼마 전에 다툼이 일어난 이후로 다크엘프는 다른 숲에서 살게 되었습니다."

"얼마 전? 10년이나 20년 전까지는 이 근처에 엘프밖에 없다고 들었는데."

"네, 그러니까 50년이나 100년쯤 전일까요."

"……그런가."

시간 감각이 이해가 안 된다. 50년에서 100년은 어림잡기에 간격이 너무 크지 않아? 그럼 실레는 대체 몇 살이지? ……이건 신경 쓰지 말도록 하자.

"다크엘프와는 신수의 수액을 분배할 때 외에는 접점이 없습니다. 그들이 사는 숲은 신수의 가호가 닿지 않는 곳이지만, 옛날부터 살았던 자에 대한 배려로 수액을 제공하고 있었지요……."

"그런데 수액의 양이 적어져서 불평이 나오기 시작했다는 겁니까?"

룩이 말했다.

최근 분쟁이 일어날만한 요인이라고 하면 수액일 것이다.

하지만 실레는 고개를 저었다.

"불평 정도가 아니라, 실은 다크엘프가 이곳에 쳐들어온다는 밀고가 있었습니다."

"이럴 수가……!"

"강행 수단인가. 왜지?"

"이유는 모르겠습니다. 다만 다크엘프 중에서도 온건파인 옵티라는 남자가 말하기를 과격파와 중립이었던 파벌이 쳐들어가는 것에 합의했다고 합니다. 싸움을 피하고자 다크엘프와 대화의 장을 만들 생각인데, 들어줄지……."

단순히 생각하면 약해진 엘프를 흡수하려는 속셈일 것이다.

현로회가 사라지고 마물의 침공을 버텨냈다. 하지만 그 때문에 상당히 전력이 소모되었으니까.

다시 말해서,

"그래서 길드에 의뢰하고 싶은 거구나."

"네. 몇 번이고 죄송하지만, 엘프도 싸울 수 있는 자가 한정되어 있어서……. 이렇게 된 이상 외부의 전력에 기대는 수밖에 없습니다."

"그러기 위해 길드가 있으니 사양 말고 의뢰해주십시오. 쳐들어오는 건 언제인가요?"

"아직 불명하지만, 수일 안에는."

"……그런가요."

룩이 씁쓸한 표정을 지었다.

불안해 보이는 실레가 물었다.

"모일 것 같지 않나요?"

"그렇네요. 많은 돈이 들지만, 긴급 의뢰나 지명 의뢰를 하면 어느 정도는 모이지 않을까 싶습니다. 그래도 한 종족을 상대로 방어하려면……."

긴급 의뢰, 지명의뢰.

이미 의뢰를 수행 중인 모험가 중에는 의뢰를 받지 않는 자도 있다.

그리고 이 의뢰는 '전쟁' 규모의 의뢰가 될 것이다.

게다가 먼 곳에 사는 엘프가 한 의뢰다.

룩은 말을 흐리고 있지만, 올 수 있는 모험가는 적을 것이다.

"그런가요…… ."

사정을 헤아린 실레는 왠지 침울한 표정을 지었다.

"뭐, 낙담하지 마. 나도 도와줄 테니까."

"정말요?!"

실레가 경악했다.

어째 나는 의뢰를 받지 않는다고 생각한 모양이군.

그럴 만도 한가? 이번 의뢰만으로 벌써 한 달 가까이 머물렀으니까. 소리아 일행도 귀환했으니, 나도 곧 돌아가야 한다고 생각해도 이상하지는 않다.

"그래. 이번에는 파티가 아니라 나 혼자이지만."

"아뇨! 지드 씨가 도와주시는 것만으로도 다행입니다⋯⋯!"

그런 말을 들으면 나도 기뻐진다. 이런 식으로 누군가가 나의 도움을 바라는 건 나쁘지 않다.

갑자기 룩이 '앗' 하고 소리를 냈다.

"그럼 새로이 머물 곳을 알아봐야겠군요. 지드 씨가 빌린 집은 내일로 방을 뺀다고 이미 전해버린 터라⋯⋯."

"난 노숙이라도 딱히 상관없어."

지금까지는 필과 유이와 함께라서 집에서 묵었을 뿐이지, 사실 난 노숙도 익숙하다.

엘프 마을에는 여관도 없는 모양이고, 어쩔 수 없지.

그러자 실레가 표정을 바꾸며 말했다.

"안 됩니다! 지드 씨를 그렇게 대할 수는 없어요! 제가 모시죠! 라나도 환영할 겁니다!"

"어어, 그래⋯⋯."

실레의 기백에 살짝 기가 눌렸다.

"실레 님. 그러실 필요는 없습니다. 지드 씨를 저의 집으로 모시거나 새로운 곳을 빌리면 됩니다."

"아뇨. 그렇게까지 수고롭게 하면 면목이 없습니다. 제가 갑작스러운 의뢰를 냈으니, 지드 씨도 제가 모셔야지요."

"그, 그런가요. 정 그러시다면야……. 다른 모험가가 왔을 때를 위해서라도 임대 주택은 남겨두고 싶으니……. 지드 씨도 그래도 괜찮습니까?"

룩이 마지막으로 확인하듯이 물었다.

나로서는 노숙보다 훨씬 나으니 아무 불만 없다. 오히려 고마울 정도다.

"그래. 실레, 잘 부탁해."

"네."

실레가 만족스럽게 웃음 지었다.

그리고 밤이 되어 나는 실레의 집으로 안내를 받았다.

현관 앞에서 나를 맞이한 것은 실레의 동생, 라나였다.

완전히 건강한 모습으로 미소 짓고 있었다.

"지드 씨, 잡혀있던 절 구해주셔서 감사합니다!"

라나는 날 만나자마자 머리를 깊이 숙였다.

"건강해서 다행이네. 그렇게 예의 안 차려도 돼."

"아뇨, 그때는 정신이 없어서 제대로 감사도 못했는걸요. 그리고 마을과 신수도 구해주셨잖아요! 정말, 정말 감사합니다!"

"——그리고 저도 도움을 받았고, 앞으로도 도움을 받을 테니까요."

뒤에서 실레도 얼굴을 비쳤다.

양손에는 뭔가 들고 있었다. 조리기구일까.

그러고 보니 둘 다 앞치마를 두르고 있었다. 안쪽에서 좋은 냄새도 감돌고 있었다.

"지드 씨, 밥을 하고 있으니까 같이 먹어요."

라나가 손을 잡아당겼다.

아아, 그렇군. 요리 중이었나. 맡은 적 없는 냄새다. 엘프의 향토 요리일까.

그리고 짐을 맡기고 자리에 앉았다.

"그러고 보니 엘프의 요리를 먹은 적이 없었네."

맛이 다른 꼬치구이를 먹거나 간단한 식사가 가능한 가게라면 갔다.

확실히 뚜렷한 차이는 있었지만, 본격적인 요리를 먹는 건 처음일지도 모른다.

테이블에 차려져 있는 것은 채소가 메인인 듯했다.

셋이서 '잘 먹겠습니다'라고 말하고 입에 음식을 넣었다. 맛있다. 산뜻하지만 풍미가 좋아 입안에 여운이 남는다.

"지드 씨."

먹고 있으니 실레가 말했다.

"다크엘프와 만나는 일정이 정해졌습니다. 내일, 그쪽 영지에서 논의하게 되었습니다."

"그런가. 따라가면 되는 거지?"

"네. 당일에는 무장한 엘프도 몇 동행합니다만, 지드 씨도 부탁드립니다."

"알았어. 맡겨둬."

내가 받은 의뢰는 엘프 마을 방어다.

하지만 이 의뢰에는 실레의 호위도 포함된다. 만약 실레가 의식불명이나 사망하는 사태가 일어나면 일이 심각해진다.

"그렇구나. 논의하게 됐구나."

우리의 대화를 듣고 있던 라나가 손에 든 숟가락을 두면서 말했다.

"라나⋯⋯."

"⋯⋯괜찮아? 지금 전쟁 같은 걸 하면⋯⋯."

"괜찮아. 그런 일이 없도록 내가 가는 거야."

"하지만 만약 함정이라면? 실레 언니가 위험에 빠지는 것도 싫어⋯⋯."

순수한 마음이다.

싸우는 건 싫을 것이다. 가족이 위험한 곳에 가는 것도 싫을 것이다.

그래도 누군가가 가야만 한다.

그렇기에 내가 있다.

"──안심해. 의뢰를 받은 이상 엘프의 마을도 실레도 전력으로 지킬 테니까."

"지드 씨⋯⋯! 실레 언니와 엘프 마을을 부디 잘 부탁드립니다!"

"물론 지킬 거야. ──너도."

내가 지키는 것은 엘프 마을. 즉, 라나도 포함되어 있다.

그런 뜻으로 말하자 라나는 볼을 붉히면서 기쁜 듯이 고개를 끄덕였다.

◇

　"후우~."

　지금 난 욕실을 빌렸다.

　여기에는 인간이 생활하는 곳과 변함없이 샤워장과 욕실이 있었다.

　적당한 온도의 따뜻한 물이 나오는 매직 아이템으로 몸의 피로도 싹 풀려갔다.

　목욕은 좋다.

　침대와 화장실과 욕실은 정말 심신이 편해진다.

　어깨까지 몸을 담갔다.

　열이 몸 전체에 퍼져갔다.

　긴장이 풀려간다. 편안함에 눈꺼풀이 무거워졌다. 자연히 시야가 어두워졌다.

　갑자기 탈의실 쪽에서 소리가 났다.

　욕실 문 너머의 모자이크 된 실루엣을 보아하니 라나일까.

　"미안, 안에 있어~."

　"네, 알고 있어요~."

　"그렇구나~."

미적지근한 대답이다.

그런가. 그야 그렇겠지.

근데 어째서 라나가 옷을 벗고 있는 듯한 느낌이 드는 걸까? 내가 뭘 착각했나?

"나, 안에 있는데~?"

"네, 알고 있어요~."

"그렇지~…… 알고 있지……?"

마지막에는 소원을 비는 것처럼 중얼거렸다.

분명히 옷을 벗고 있다. 수건을 몸에 대고 당장이라도 문을 열 것 같다!

어라, 내가 모르는 이야기가 있었나?

"라나~? 어딨어~?"

갑자기 안쪽에서 목소리가 들려왔다. 실레다. 라나를 찾고 있는 모양이다.

"왜~?"

라나가 태연하게 대답했다.

잠깐 대화에 공백이 생겼다. 지금 생겨난 대화의 공백에서 실레의 경악이 전해지는 듯했다.

"아니, 설마 욕실에?! 지금은 지드 씨가 들어가 있는데?!"

"알고 있어~."

"알긴 뭘 알아?!"

실레가 탈의실 문을 여는 소리가 났다.

라나의 실루엣과 겹쳐졌다.

"자, 실레 언니도 벗자."

"무슨 소릴 하는 거야?! 야, 그만해! 지드 씨 앞에서 칠칠치 못한 모습을 보이면 안 돼!"

"엥~, 등을 닦아주는 정도는 괜찮잖아~."

"그런 건 더 가까워진 다음에 하는 거야! 파렴치하다고 생각하면 어쩌려고……?!"

"하지만 언니도 '지드 씨 같은 분이 있었으면' 하고 말했잖아! 동료가 없는 지금이 기회 아냐?"

"그, 그건! 에잇, 됐으니까 나가!"

"치~!"

두 사람의 실루엣이 붙었다 떨어졌다 하며 실랑이를 벌였다.

이미 그 그림만으로도 눈요기가 됐지만——.

욕실의 문이 쾅 하고 열렸다.

반동으로 두 사람이 바닥에 넘어졌다.

실레의 옷은 앞섶이 크게 열렸고.

라나는 아무것도 입고 있지 않았다.

맨살이 과할 정도로 노출되어 있었고——.

"꺄아아아아악~~~!"

실레의 비명.

라나도 부끄러움을 느끼는지 얼굴을 빨갛게 물들이고 있었다.

——엘프는 수명이 길다고 하지만 이럴 때 느끼는 수치심은 인

간과 별로 다르지 않은 모양이다.

나도 얼굴을 빨갛게 물들이고 있을지도 모른다.

그건 몸에 열이 올라서인가, 아니면 눈앞의 광경에——.

어쨌든 이대로 계속 바라볼 수도 없기에 나는 재빨리 욕조에 얼굴을 담갔다.

◇

다음 날 아침이 되었다.

실레와 몇몇 엘프와 함께 다크엘프의 땅까지 왔다.

신수의 가호가 닿지 않는다고 해서 먼 곳을 상상했는데, 생각보다 훨씬 가까운 곳이었다. 숲과 숲 사이에 초원 따위는 없었고, 그저 빛이 비치는 듯한 엘프의 숲과는 달리 어둑어둑한 분위기로 '아아, 다크엘프의 영지에 들어왔구나' 하고 깨달았다.

조금 더 가니 한 무리의 다크엘프와 만났다. 적의는 없었다.

탐지 마법을 이미 전개해놔서 존재는 알아차리고 있었다. 주위에 숨어있는 녀석도 없는 것 같다.

"옵티 씨, 안녕하세요."

"어서 오시죠, 실레 님. 지금부터는 제가 책임을 지고 안내하겠습니다."

옵티라 불린 중년 남자는 머리를 가볍게 숙이면서 환영했다.

다크엘프.

긴 귀는 엘프와 똑같지만, 피부가 갈색이었다.

옵티는 실레가 온건파라 말했던 녀석이다. 그가 이 논의를 세팅했을 것이다.

그리고 그의 안내를 받아 다크엘프의 영지를 걸었다.

……마물의 기척이 상당히 많다.

엘프 마을 쪽도 숲이라서 엘프보다 마물이 많았다. 하지만 서로의 영역을 침범하는 일은 적었고 공존하고 있었다.

하지만 이곳은 소란에 휩싸여 있었다. 방심할 수 없는 숲인 것 같다.

"여깁니다."

도착한 곳은 큰 가옥이었다. 다크엘프 마을 안은 아닌 것 같았다.

주위에 사람의 모습은 없으며, 건물 안에 몇 명이 있는 게 전부였다.

실레가 먼저 들어갔고, 난 그 뒤를 따랐다.

건물 안의 구조는 소박했다. 중앙에 원탁이 있고 주변을 에워싸듯이 의자가 놓여있었다.

의자에는 이미 다크엘프는 둘이 앉아있었다.

한 명은 평범하지만, 다른 한 명은 늙은 얼굴이었는데, 어쩐지 불손한 느낌이 있었다.

평범한 쪽이 일어섰다.

"안녕하세요, 에이토스라고 합니다."

에이토스. 아마 중립파 남자일 것이다.

적의를 그다지 보이지 않고 인사했다.

"처음 뵙겠습니다. 엘프 공주 실레입니다."

"——어이!"

실레가 이름을 대자 호통 소리가 울렸다.

호통을 친 자는 불손한 남자였다. 그 녀석은 나를 째려보듯이
봤다.

"왜 이 자리에 인간이 있는 거냐! 여긴 신성한 다크엘프의 대지
라고!"

신성한 다크엘프의 대지라. 신성한 것 치고는 광폭할 것 같은
마물의 기척이 대부분을 차지하는 것 같은데.

"죄송합니다. 답트 님."

"흥, 깔보는 것도 유분수지."

어째 실레와는 구면인 모양이다.

답트란 남자는 실레가 얌전히 사과하자 불만을 내뱉었다. 위협
을 겸한 허세였을 것이다.

어쩌면 내가 인간이 아니더라도 비슷한 반응을 보였을지도 모
르겠다.

그리고 옵티와 실레가 자리에 앉고 논의가 시작되었다. 난 호
위를 위해 실레 뒤에 붙어있었다.

——논의 내용은 그다지 좋지 않았다.

엘프가 현재 보유한 영지의 반을 다크엘프에게 양도할 것. 그

리고 자원을 조건 없이 제공할 것.

너무나도 불합리한 조건이었다.

실레는 어떻게든 타협점을 찾고 있는 듯했지만, 도저히 이야기가 정리되지 않았다. 옵티도 돕고 있지만, 중립파인 에이토스와 과격파인 답트는 양보하지 않았다.

이미 그들의 마음속에는 전쟁할 생각밖에 없는 모양이다.

(그래도…….)

다크엘프 측은 논의에 응하고 있다.

왜인가.

옵티가 회담을 하도록 설득해서일까. 그런 것 치고는 엘프 측이 조건을 받아들이게 하려고 꽤 끈질기게 물고 늘어지고 있다.

사실은 싸우고 싶지 않은 것일지도 모른다.

어째서지. 엘프를 치려면 지금이 절호의 기회다. 이런 논의는 오히려 엘프에게 시간을 줄 뿐이다.

아무래도 납득이 되질 않는다.

──문득, 탐지 마법에 거대한 존재가 걸렸다. 그것도 몇 개나.

그다지 넓게 전개하지 않아 알아차리는 게 늦었다. 이미 상당히 가까이에 접근했다.

바깥도 소란에 휩싸이기 시작했다.

"시, 실례합니다~!"

다크엘프가 들어왔다.

온 얼굴에 땀을 흘리고 있어서 얼마나 긴급한지가 전해졌다.

"대량의 흑룡이 영지로——!"

"뭐야?!"

답트가 펄쩍 뛰어올랐다.

역시 흑룡이었나.

——뭐, 탐지 마법에 걸린 시점에 알고 있었다. 익숙한 마력이었으니까.

"지드 씨."

괜찮아? 라고 말하는 듯이 이쪽을 봤다.

안심시키기 위해 웃음을 짓고 고개를 끄덕였다.

"괜찮아. 내가 가지."

밖으로 나왔다.

뒤에서 상황을 보려고 실레와 다크엘프들도 따라왔다.

태양 빛이 별로 닿지 않을 정도로 거목이 밀접하게 얽힌 틈으로도 거대한 그림자가 하늘 높은 곳에서 꿈틀거리는 걸 알 수 있었다. 육안만으로도 열 마리는 볼 수 있었다.

선두의 흑룡과 힐끗 눈이 맞았다.

그러자 기쁨을 몸으로 표현하듯이 돌풍처럼 이쪽을 향해 날아왔다.

다크엘프들이 반격에 나서려고 마법진을 전개했다. 나는 즉각 그들의 마법을 지워버렸다. 사태를 꼬이게 할 뿐이다.

다크엘프들이 혼란에 빠졌지만, 설명하기 전에 흑룡들이 먼저 지상에 내려앉았다.

"오랜만이구나, 지드!"

"이야기는 들었지만, 설마 먼저 만나러 올 줄은 몰랐는데."

"후후, 토룡왕에게 이야기를 들었더니 기다릴 수 없어서 말이지! 잘 지내고 있는 것 같아 다행이다!"

로로아가 쾌활하게 들뜬 모습을 보여주면서 말했다.

흔들흔들 흔드는 꼬리가 땅에 닿을 때마다 엄청난 소리를 냈다.

로로아 이외의 흑룡은 가까이에 착지하거나, 내려올 수 있는 공간이 없어서 큰 나무 위나 공중을 날고 있었다.

"지, 지드 씨, 이건 대체······."

실레가 쭈뼛거리며 말을 걸었다.

"옛날에 일로 잠깐 만난 적이 있어. 공격하러 온 건 아니니까, 걱정 안 해도 돼."

하지만 사정을 모르는 엘프나 다크엘프들은 이미 경계 상태에 들어가 있었다.

시야가 좁은 땅이었으니 망정이지, 만약 여기가 왕도 근처이거나 엘프 마을이었다면 주변 일대가 휘말리는 큰 소동이 벌어졌을 것이다.

"미안해. 지금은 의뢰를 수행하는 중이야. 이따 시간을 내서 만나러 갈 테니까 잠깐 토룡왕이라도 만나고 있는 게 어때?"

"끄응, 왕룡의 혈통인 나에게 그런 태도를······! 본래라면 있을 수 없는 일이지만, 지드의 말이니 기다려주지!"

"그래, 미안해."

그렇게 말하자 로로아가 날았다.

"기다리겠다~!"

로로아가 폭풍처럼 떠나고 회의가 재개되었다.

한때는 떠들썩했지만, 해가 없다는 것을 알 수 있도록 흑룡이 떠나갔기 때문에 평온을 되찾았다.

"소란을 일으켜 죄송합니다."

실레가 나 대신 사죄했다.

그러자 답트가 팔짱을 끼고 으스대며 몸을 뒤로 젖혔다.

"흥, 저 정도의 마물이 왔다고 소란을 피우다니, 가난한 엘프답 군. 우리 다크엘프에겐 일상다반사다. 그럼 의제로 돌아가도록 하지."

답트가 허세를 부리며 옆에 앉은 에이토스를 재촉했다.

하지만 에이토스는 부들부들 떨고 있었다.

에이토스가 나를 흘끗 보고 실레 쪽으로 몸을 돌렸다.

처음 만났을 때와는 달리 상당히 서먹서먹했다.

"거기 있는 인간…… 지드 씨는 대체 어떤 사람입니까……?"

엄청 새삼스러운 질문이네.

지금까지는 안중에 없었던 모양이다. 한 명만 엘프와는 다른 이물임에도 불구하고.

"그는 엘프와 협력 중인 길드의 모험가입니다."

"S랭크 모험가 지드다. 잘 부탁하지."

그들도 의뢰인이 될지도 모르는 사람들이다.

혹시 모르니 인사해뒀다.

하지만 경계하는 건지 아무도 대답하려 하지 않았다.

대신 에이토스가 고개를 숙였다.

"……그, 그렇군요."

상당히 기가 꺾였다. 아까 흑룡들이 찾아와 놀랐을 것이다. 그건 위압하기에는 충분하고도 남을 정도의 전력이니.

"하──! 웃기지 마라!"

원탁을 때리면서 답트가 일어서더니 날 향해 삿대질했다.

"엘프는 거기 있는 인간과 드래곤에 조종이라도 당하는 게 아닌가?! 이런 퍼포먼스를 해서 어쩔 작정이지?!"

"퍼, 퍼포먼스……?"

황당한 발언에 실레가 어이를 잃었다.

다만 다크엘프 측도 어이가 없었는지, 주변의 다크엘프들도 모두 답트를 바라보고 있었다.

"뭐냐, 저걸 퍼포먼스가 아니면 뭐라고 한단 말이냐! 용족을 불러서 우리의 기선을 제압하려는 속셈이 아니더냐!"

아니, 이런 일은 일상다반사라고 자기 입으로 말했잖아.

"아뇨, 그건 예상 밖의 일입니다. 애초에 저희는 여러분과 싸울 생각이……."

"에에잇, 닥쳐라, 엘프! 네놈들과는 교섭의 여지가 없는 것 같군?!"

답트가 에이토스에게 다가가더니 그를 한 손으로 붙잡고 일으켰다.

"그만 일어나라. 돌아간다!"

아무래도 에이토스가 이도 저도 아닌 태도라는 걸 알아차리고 한 행동인 듯하다.

하지만 에이토스는 그런 답트가 내키지 않는 모양이었다.

"이, 이봐…… 답트. 저 사람이라면 혹시……."

"이 자식……!"

에이토스가 뭔가를 말하려 하자 답트가 격노하며 팔을 치켜들었다.

다만 때리진 않았다. 위협이다. 그 이상은 말하지 말라는 신호였다.

"에이토스, 다크엘프의 긍지를 잊지 마라! 인간이 협력이라고?! 웃기지 마라! 놈들은 빼앗으려고 왔을 뿐이다!"

그렇게 말하고 답트는 에이토스를 질질 끌 듯이 하여 밖으로 나갔다.

마력의 기척이 점점 멀어져 갔다. 정말 허무한 끝이었다.

실레에게 물었다.

"이대로 보내도 되는 거야?"

"제가 말려서 어떻게 될 일이 아닌 것 같네요."

"그런가. 미안해, 자리를 어지럽혀서."

결과적으로 이렇게 돼버린 건 내 책임이다.

다크엘프와 엘프의 교섭 자리에 태평하게 오고 말았다. 의도하지 않았다고는 해도 흑룡을 불러들이고 말았다.

내 과실이다.

하지만 내 생각과는 달리 실레가 미소 지었다.

"오히려 감사하고 있어요. 어차피 그대로 논의를 이어갔어도 평행선을 달렸을 테죠. 어느 한쪽이 양보할 때까지요. 엘프도 다크엘프도 교섭은 익숙하지 않으니, 상대를 꺾을 결정타가 없었어요."

자리에 남아있던 옵티도 수긍했다.

"적어도 에이토스의 생각은 바뀌었을 겁니다. 이걸로 사태가 호전되면 좋겠는데. 다시 꼭 회담의 장을 마련할 테니, 그때는 잘 부탁드립니다."

옵티가 고개를 숙이고 방에서 떠나갔다.

"그럼 저희도 갈까요."

"그래."

마지막으로 엘프들이 일어섰다.

시간이 남아 로로아가 있는 곳으로 갔다. 탐지 마법이 있어서 장소를 알아내는 건 쉬웠다.

다가가면 다가갈수록 생물의 기척이 사라져갔다. 용은 존재감만으로도 격이 다른 것이리라.

이윽고 용이 많이 모인 곳에 도착했다.

거기에는 열 마리의 흑룡을 거느린 로로아가 있었다.

이렇게 보니 대단한 박력이 느껴진다.

"오, 이제야 왔는가!"

로로아가 들뜬 목소리를 냈다.

다크엘프의 땅에서 이미 만났지만, 다시 인사했다.

"오랜만이네. 신성 공화국에서 본 이래로 처음……이랄까, 오늘이 겨우 두 번째 만나는 거지만."

"음. 그 불손한 태도는 여전한 것 같아 다행이군. 하지만 나는 그때 원만하게 해결한 걸 고맙게 생각한다!"

"뭐야, 화가 난 게 아니고?"

그거 신기한 일이로군.

용이라는 존재는 제멋대로인 것이 특징이라고 여러 문헌과 자료에 실려 있다. 거의 완전한 생물이기에 마치 신인 것처럼 행동한다고.

나는 그들의 행동을 방해했으니 틀림없이 짜증이 났을 줄 알았다.

그러나 로로아는 전혀 그런 눈치가 아니었다.

"그 후에 웨이라 제국이란 자들이 우리를 함정에 빠트렸다는 걸 알아냈다. 지드가 막지 않았으면 무의미한 피를 흘릴 뻔했지."

"오오."

거기까지 파악한 건가.

그때는 제국이 위신을 보이기 위해 로로아를 잡아두었던 거다. 그리고 루이나는 용의 습격도 예상해서 함정 한두 개쯤은 준비할 만한 인물이다.

다만 난 용족이 냉정하게 사태를 조사했다는 점이 의외였다. 오만한 종족이라고 오해받고 있는 것 같지만, 이 녀석들 나름대로 적이 될 만한 세력은 조사하고 있을 것이다.

"뭐, 이유가 어쨌든 희생자가 나왔다면 아버지가 웨이라 제국을 모조리 불살랐겠지만!"

카하하, 하고 웃는 로로아.

……뭐, 이건 오만이라기보다는 자만심일까. 실제로 싸우지 않으면 결과는 알 수 없다.

"뭐, 내가 말려서 무의미한 희생자가 안 나왔다면 다행이야."

"음. 그러니 감사하고 있다!"

"신경 쓰지 마. 그것도 내 일이었으니까."

"후후, 부끄러워 마라."

놀리듯이 말했다.

부끄러워하는 건 아니지만, 뭐 그런 걸로 해두자.

"그런데 이곳은 이상하게 조용하구나."

"무슨 말이야?"

"아까 만났을 때는 다른 녀석들이 시끄럽게 굴었잖나. 뭐, 우리한테 겁먹었을 뿐일 테지만."

아, 엘프와 다크엘프를 말하는 건가.

신수의 영향도 있어서 엘프의 숲은 비교적 조용한 편이지만.

"그래서 무슨 일이야? 일부러 내 얼굴을 보기 위해서만 온 건 아니겠지?"

지금부터가 본론이다.

설마 그런 대화를 위해 일일이 만나러 오지는 않을 거다.

가능성이 있는 건 웨이라 제국을 멸망시키기 위해 가담하라는 이야기이려나.

그때는 물러났지만, 진범이 제국이라는 것은 이미 알고 있을 것이다.

받은 것을 돌려준다.

그러기 위해 범인을 얼버무린 나도 책임지고 도우라는 이야기를 할까.

그러자 로로아는 고개를 갸웃거리며 입가에 손가락을 댔다.

"흠……?"

"…………그냥 만나러 온 거구나. 억측해서 미안."

"음! 그 이후로 계속 지드 생각만 했다. 그러니 만날 수 있다면 만나러 가야지!"

뭐, 생각해보면 그렇군. 설령 그런 일이 있어도 용족이 굳이 인간의 손을 빌릴 것 같지는 않다.

근데 만나기 위해서만 오다니, 한가한 녀석이다. 아니, 행동력이 있다고 칭찬해야 하나.

"그런가. 하지만 다음부터는 사람의 눈에 띄지 않도록 하는 편이 좋아. 용족의 거구는 눈길을 끌어."

다크엘프도 꽤나 허둥거렸다.

만약 그런 일이 왕도 한복판에서 벌어졌다면 분명 혼란에 빠졌을 것이다.

"확실히 그렇군. 지난번처럼 잡히면 곤란하니 말이야. 뭐, 그래서 아버지가 호위를 붙였지만."

즉 뒤에 있는 10마리는 모두 호위인가. 한 마리도 좀처럼 보기 힘든 상위 용종이 10마리나 있는 건, 도무지 무시할 수준이 아니다.

한 마리 한 마리가 조용히 주위를 경계하면서 호위하고 있다.

"하지만 모처럼 와줬지만 미안하게도 의뢰를 수행하는 중이야. 대접 같은 것도 할 수 없어."

"신경 쓰지 마라, 그런 사소한 걸 신경 쓸 정도로 도량이 작지 않다."

"그렇긴 해도……."

나는 뭐가 없나 생각하며 온몸을 뒤져봤다.

플라스크가 있었다.

"이건 어때? 신수의 수액이야."

"오오오. 뭔가 좋은 향이 난다 싶었는데 그건가."

로로아가 플라스크를 요령 좋게 들고 냄새를 맡았다.

하지만 금방 머리 위에 물음표를 띄웠다.

"으음? 아니, 이건 다른 냄새군."

"응? 하지만 냄새가 나는 물건은 그거 외에는 아무것도……."

로로아가 얼굴을 가까이 댔다.

콧구멍을 킁킁거리며 씨익 웃었다.

"흠, 지드의 냄새였다."

"……그런가."

희희낙락한 표정이다.

뭐지. 그건 미각적인 의미에서 좋은 냄새가 난다는 뜻인 걸까.

그건 그거대로 싫은데.

하지만 체격 때문에 플라스크가 꼭 작은 돌 같은 사이즈로 보였다.

아무래도 선물로는 부족하지 않을까.

그렇게 생각했지만, 로로아는 만족스럽게 고개를 끄덕였다.

"모처럼 그대가 주는 선물이다. 고맙게 받도록 하지."

말투는 침착 그 자체지만, 꼬리는 힘껏 붕붕 흔들고 있었다. 너무 흔들어서 흙먼지가 일었다.

좋아하니 다행이다.

"그럼, 만나러 와줬는데 미안하지만 난 이만 갈게."

"뭐냐, 벌써 가는 건가."

"그래. 말했잖아, 의뢰 수행 중이야."

언제 공격당해도 이상하지 않은 상태로 엘프 마을에서 벗어날 수는 없다.

시무룩한 로로아.

"그렇다면 어쩔 수 없지. 그럼 언젠가 용의 마을로 와줘."

"용의 마을?"

"음. 거기서라면 인간 세상 따위는 관계없이 나와 있을 수 있으니 말이야."

"뭐, 조만간 갈게."

"정말이냐! 꼭 와야 한다!"

"알았어. 그럼 간다."

작별 인사를 했다.

로로아가 앞발을 흔들면서 또 만나자며 약속했다.

제6화 뒤집힌 참극

나는—— 무서웠다.

평온하게 살고 있단 내 생활은 갑자기 빼앗겼다.

온통 까만 옷을 입은 엘프들에게 끌려가 어딘지도 모르는 곳에 내던져졌다.

한층 더 평온함으로——.

나한테서 나는 잘그랑잘그랑하는 사슬 소리와 목소리 외에는 아무것도 안 들렸다. 그런 '평온'한 공간이었다.

드물게 마른 음식이 떨어지는 것 외에는 변화도 아무것도 없는 곳이다.

물은 매직 아이템으로 보급할 수 있다. 그 매직 아이템도 한 달이 지나면 사용기한이 다 되지만, 2주 전후로 또 떨어진다.

아무것도 없다.

아무것도 없다.

——아무것도.

마음이 부서질 것 같았다.

왜 나를 잡았을까.

그런 의문이 샘솟았다.

답은 간단하다. 언니가 엘프 공주가 되었으니까. 그러니 나쁜 세력에 납치당했다. 인질로.

어려운 이야기도 아니었다.

하지만 저항하는 것은 어려웠다.

사슬을 풀어낼 힘도 없고, 풀어낸다고 해도 암흑 속에서 무턱대고 움직일 수는 없다. 아마 여러 개의 마법진이 깔려있을 테니까. 해제 마법도 터득하지 못했다.

나는 이렇게 언니의 걸림돌이 되는 게 싫었다.

내가 다치는 것보다, 혼자가 되는 것보다 싫었다. 부모님은 안 계시고, 피가 이어진 친척이 있는 정도.

어릴 때부터 함께 자란 언니에게 폐를 끼치고 싶지 않았다.

그런 마음을 품고 있으면서도, 난 계속 붙잡혀 있었다.

혼자 10년, 20년의 세월이 지났다.

이젠 바깥의 경치를 잊었다.

집이 어떤 곳이었는지조차 잊었다.

언니의 얼굴도 목소리도, 머나먼 기억이 되었다.

의식마저도 희미해지기 시작했다.

분명 정말로 부서지기 시작했을 것이다.

하지만 이 몸도 마음도 힘을 내주었다. 만약 다른 종족이었다면, 이 정도로 긴 시간을 잡혀있었다면 열흘도 못 버틸 테니까.

무거운 눈꺼풀을 닫으려고── 했을 때.

"……──."

누군가의 목소리가 들렸다.

다른 사람의 목소리를 듣는 건 무척 오랜만이었다. 환청이라면 몇 번이고 들었지만, 이렇게까지 명확한 목소리는 정말 오랜만이었다.

나도 모르게 일어났다.

사람이, 확실하게 있었다. 얼마 만일까. 순간적으로 입을 열었다. 하지만 말하기 전에 눈앞에 있는 사람이 입가에 검지를 갖다 대고 '쉿~'이라고 했다.

조용히 하라는 뜻인 걸까.

그리고 바닥에 손을 댔다.

쩽, 쩽, 하는 소리가 연속해서 나기도 하고, 오망성이 희미하게 빛나기도 했다.

"이걸로 괜찮아. 네가 실레의 동생이야?"

남자가 그렇게 물었다.

목소리, 낼 수 있을까.

"……당신은?"

쉰 것처럼 잠긴, 오랜만에 듣는 자신의 목소리.

말조차도 잊을 뻔했다.

"난 지드야. 사정이 있어서 널 구하러 왔어."

지드라 이름을 댄 남자는 적의도 악의도 없이 순수한 마음으로 그렇게 말하는 듯했다.

날 구해……?

나도 모르게 이름을 댔다.

"전 라나에요. 라나 알루아……."

"알루아라는 건 동생 맞지?"

지드 씨가 확인하듯이 물었다.

이상하다. 내 이름을 모르는 건가. 구하러 왔는데? 확인하는 것일 뿐일지도 모르지만, 조금 신경 쓰였다.

"네. 저기……."

"왜?"

"당신과 언니는 어떤 사이인가요?"

"어……."

지드 씨가 머뭇거렸다.

역시 뭔가 이상하다. 구하는 사람의 이름도 모르고 이런 곳까지 올까.

"뭐…… 생판 남이지."

"……생판 남인데 절 구하는 건가요?"

"그게 내게 유리하니까. 자."

손을 내밀었다.

자신에게 유리해? 잘 보니 귀가 짧다. 평범한 인간이다.

어찌 됐든 나에겐 그에게 저항할 수단이 없다. 그렇다면 도박을 거는 수밖에 없을 것이다. 고개를 끄덕이고 손을 잡았다.

"갑자기 밝아지니까 눈을 감고 있어."

지드 씨는 그렇게 걱정해줬다.

어쩌면 좋은 사람일지도 모른다고 생각하면서 맞장구를 쳤다.

그리고 주위가 밝아졌다.

먼저 향기가 났다.

자연이 풍성한, 그리운 냄새가 코에 닿았다.

그리고 눈꺼풀을 찌르는 듯한 빛도 사라지고, 눈을 뜨니 그리운 집이 있었다.

한순간 당황했다. 하지만 금방 떠올렸다.

어릴 때부터 살던 집이다.

나와 실레 언니의 집이다.

"————……읏!"

그리움으로 눈물이 흘러넘쳤다.

그리고 집 안에서 언니가 나왔다.

그리운 얼굴이 시야에 들어왔다.

내 얼굴을 보고 땅에 무릎을 꿇었다.

"실레 언니……!"

의젓하게 행동한다고 언제부턴가 어리광을 부리지 않았던 내 안에서 어릴 적의 어리광이 눈을 떴다.

"라나……?"

"언니……!"

우리는 오랜만의 재회에 서로를 껴안았다.

◇

그 후로 한동안 여러 일이 있었다.

현로회가 엘프를 지배하려 하기도 하고, 신수님이 죽을 뻔하기도 하고……

하지만 그때마다 지드 씨가 도와줬다.

그는 분명 백마 탄 왕자님인 거다.

실레 언니도 상당히 마음에 드는지, 무슨 일이 있을 때마다 '지드 씨 같은 분이 엘프 마을에 있었으면'이라 말한다.

나도 언니와 같은 의견이지만, 언니의 생각은 내 생각과는 약간 다른 것 같다.

실레 언니는 지드 씨가 엘프의 '전력'이 되길 바라는 것 같았다. 그야 물론, 언니도 나와 같은 마음—— 그저 곁에 있으면 좋겠다는 생각도 있을 것이다. 역시 실레 언니에게는 엘프 공주의 책임감이 있는 것 같다.

뭐, 그래도 지드 씨를 원한다고 바라는 건 변함없다. 그러니 우리 집에 있는 동안에는 적극적으로 어필해야 한다.

우선은 요리 실력으로 마음을 사로잡아야 하는데——.

난 식재를 사러 와있었다.

팔에 걸친 삼베 가방을 확인했다.

좋아 좋아, 이걸로 오늘도 맛있는 요리를 만들 수 있어.

지드 씨가 맛있게 먹는 모습을 보면 웃음이 멈추지 않는다.

갑자기—— 옆에서 손이 뻗어 나왔다.

그 손은 집과 집 사이에 있는 어둠 속에서.

어딘가 비슷한 광경이었다.

그렇다.

내가 그때 잡혔을 때의——.

반사적으로 옆을 보니 다크엘프 남자가 있었다.

아아, 난 다시——.

싫어.

싫어.

실레 언니랑 떨어지는 건 더는 싫다.

그런 어둠은 이젠 질색이다.

이번에야말로 난 버틸 수가 없다——.

—————지드 씨!

내 마음의 소리에 호응하듯이 다가오는 손이 멈췄다.

아니, 제지당하고 있었다.

"나 참, 넌 인질 체질이냐?"

"——지드 씨!"

다크엘프의 손을 잡고 등장한 사람은—— 역시 나의 백마 탄 왕자님이었다.

◇

라나를 잡으려고 한 손을 잡았다. 갈색 피부다.

역시 다크엘프였다.

사람과 접촉하지 않도록 수상하게 움직이는 자가 있어서 쫓아봤더니, 목적은 라나였던 모양이다.

엘프 공주의 동생이라는 입장은 상당히 괴롭구나.

"괜찮아?"

멍하니 있는 라나에게 물었다.

내 말에 퍼뜩 정신을 차린 라나가 우물쭈물하면서 고개를 끄덕였다.

"아, 네. 감사…… 합니다."

"그래. 표적이 되기 쉬운 것 같으니까 단련해둬."

라나에게 그렇게 말하니 다크엘프 남자가 비어있는 손의 손끝으로 내 늑골 틈을 찔렀다.

뼈가 부러지는 듣기 싫은 소리가 났다.

다크엘프에게서 오열하는 목소리가 흘러나왔다.

"끄악……! 어째서……!"

부러진 것은 남자의 손이다. 그는 허를 찌른 것일 테지만, 대화하는 정도로 방심할 리가 없다.

"교섭 중에 납치하러 오다니, 악질이네."

"나, 나의 독단이다……! 다크엘프와는 관계없다!"

"그런 변명은 나한테 하지 마. 너희는 실레에게 넘긴다."

"너희라고……?"

남자가 깜짝 놀랐다.

놀란 토끼 눈을 한, 그런 얼굴이었다.

"너만 있는 게 아니잖아."

"아, 아니, 나밖에 없다! 아무도 안 왔······!"

"네 명이잖아. 널 포함하면 다섯 명."

"······──?! 미, 밀고자가······?!"

당황한 남자가 먼저 의심한 것은 동료였다.

이럴 때는 밀고자가 있다고 대답하는 편이 좋았던가. 동료끼리 의심하게 만들어 입을 가볍게 놀리도록 만드는 수법이 길드의 교본에 있었다.

일단 미심쩍게 웃고,

"글쎄."

남자의 얼굴이 새파래졌다.

좋아. 연기가 능숙해진 것 같다.

평소 웃긴 표정을 짓는 연습을 한 성과가 보이기 시작했다. 스틸비츠 왕국에서는 혹평을 받았지만, 조금은 나아진 것이리라.

"젠장······ 그 녀석들이 배신할 리가, 배신할 리가 없다······! 배신할 리가······!"

남자가 자신을 타이르고 있다. 아무래도 신뢰가 흔들리고 있는 것 같다.

뭐, 아무도 배신하지 않았지만.

단지 탐지 마법에 수상한 기척이 있어서 쫓기만 했는데 다른 네 명 모두 먼저 잡았을 뿐이다.

라나의 유괴 성공률을 높이기 위해 분산한 것이 잘못이었다는 것이다.

"흠, 이건 어때? 자백하면 죄를 면제해줄게."

내가 그렇게 말하자 다크엘프 남자가 당황했다.

어째 망설이고 있는 듯했다. 충성심인가, 자신의 안위인가.

──이거 재밌네.

교섭술 같은 건 지금까지 전혀 시험해볼 기회가 없었는데, 서로 치고받지 않고 싸우는 것도 즐겁다.

교섭에 가까운 술책은 전투 중에도 쓰지만, 말이 아니라 간격이나 시선을 유도할 때뿐이니까.

"저, 저기. 지드 씨…… 그, 엘프에겐……."

라나의 얼굴에 당혹스러움이 묻어났다.

아마 내가 멋대로 죄를 면해준다고 한 말이 곤란한 거겠지. 엘프의 법률이 어떤지 나는 모른다. 아마 라나의 반응을 보면 그런 조항은 없겠지.

하지만 상관없다.

"쉿. 괜찮아."

"……?"

난 라나에게 미소 지었다.

그에겐 여러 죄가 있다. 엘프령에 무단으로 들어온 것, 라나를 잡으려 한 것, 그리고 날 죽일 생각으로 손끝으로 찌른 것.

나는 '어떤 죄'를 면제한다고는 말하지 않았다. 날 죽이려고 한

죄라면 내가 용서하면 너그럽게 용서받을 수 있을 것이다.

매일 전투만 하던 내가 겨우 한마디 하는데 이렇게나 머리를 쓸 줄이야.

스스로 생각해도 성장을 실감할 수 있었다. 앞으로도 기회가 있으면 해보자.

"내, 내 가족의 안전도 보장해줬으면 한다……!"

"……좋아."

아무래도 입을 열어줄 모양이다.

뭐, 실레도 같은 편이 되어주는 녀석을 소홀히 대하진 않겠지.

일단 실레에게 데려갔다.

◇

엘프 마을의 일각.

거목 두 그루가 팔짱을 끼듯이 얽혀 한 그루의 작은 나무를 태양에서 멀리하고 있다.

그 작은 나무의 갈라진 줄기로 내려가면 엘프의 지하 감옥이 있다.

"청취가 끝났습니다."

실레가 안에서 나왔다.

내가 잡아 온 다크엘프에게서 이야기를 다 들은 모양이다.

"뭐래?"

"지드 씨의 말을 믿고 순순히 자백하더군요. 역시 과격파의 짓이었습니다. 답트의 명령을 받아 라나를 잡으러 왔다고 합니다."

사실 이 정도는 캐묻지 않아도 쉽게 예상할 수 있다. 인질을 잡아 교섭에서 우위를 차지하려는 술책이다.

안이한 생각이지만 직접적인 효과가 있다.

"어떻게 할 생각이야?"

"……사실, 다크엘프 측도 제법 상황이 어려운 것 같아요."

"그야 그렇겠지. 오히려 버티는 게 이상해."

"알고 계셨나요?"

"다크엘프의 땅에는 마물이 너무 많아. 신수의 영역에서 나가는 거야 자유지만, 마물 대책이 미비했어."

"……역시 대단하시군요. 그도 그렇게 대답했습니다. 더는 물불 가릴 상황이 아니라 부하를 보냈다고 해요. 아무래도 소극적으로 대응해서 넘길 수 있는 사태가 아닌 모양이에요."

"싸울 거야?"

"…………네."

고심 끝에 결단을 내리듯이 실레가 고개를 끄덕였다.

이 건으로 답트를 추궁한다고 해도, 궁지에 몰린 다크엘프는 결국 싸울 수밖에 없다. 어차피 일어날 싸움이라면 선수를 치는 것도 좋은 전술이다.

하지만 싸움이 시작되면 틀림없이 희생자가 나온다.

실레에게는 그다지 바라지 않는 길이었을 거다.

그때, 우리 쪽으로 한 엘프가 허둥지둥 다가왔다.

"다크엘프 옵티 씨가 왔습니다. 라나 님을 노리는 습격자들이 있다고 합니다!"

답트의 움직임을 포착하고 먼저 알리러 온 모양이다. 결국 한 발 늦었지만.

이걸 호의로 받아들여야 하나, 어쩌나.

"지금 옵티 씨는 어디에 있죠?"

"대기소에서 기다리고 있습니다. 호위도 몇 명뿐입니다."

평범한 대답 같지만, 이건 그를 인질로 잡을지를 물어보는 거다.

하지만 실레는 고개를 저었다.

"……제가 직접 가죠."

"죄송합니다. 라나 님은 무사하십니까?!"

우릴 발견하자마자 옵티가 입을 열었다.

실레는 그를 진정시키며 대답했다.

"네, 이미 지드 씨가 다섯 명의 다크엘프를 잡았습니다."

"그렇습니까. 다행입니다……. 정말 죄송합니다. 제가 답트의 움직임을 포착했을 때는 이미 움직이고 있었기에 대응이 늦어지고 말았습니다."

이렇게 될 것도 예상했어야 했다, 는 말을 덧붙였다.

온건파인 옵티는 전쟁이 일어나는 사태를 피하고 싶을 것이다.

하지만 이미 엘프 영지에서 실질적인 피해가 날 뻔했다. 없던 일로 하기는 어렵다.

"이 일을 어쩌실 겁니까? 저희는 대화로 결착을 지어볼 생각이었습니다만, 이런 일까지 일어나면 더는……."

"굉장히 송구스러운 부탁입니다만, 제가 답트를 추궁하여 대화의 장을 마련했습니다. 부디 거기서 대화를 해주시지 않겠습니까……!"

"저더러 거기까지 가라는 말인가요? 이런 일이 일어났는데?"

"……죄송합니다. 그게 저와 에이토스가 답트를 교섭의 장에 앉히기 위해 최대한 노력한 결과입니다. 그리고 이번에는 지드 님이 자리를 비웠으면 한다고 합니다."

이거, 부탁이 상당히 많군. 일은 다크엘프가 저질렀는데도.

"함정이 깔려있을지도 모르는 곳에 제 발로 가라고요?"

실레도 역시 쌀쌀맞게 말했다.

이건 다크엘프가 분쟁을 피하고 싶다면 답트의 목을 가져와서 사과해야 할 상황이다.

그러지 못하는 건 과격파를 통솔할 수 있는 게 답트 뿐이라서일까. 지금 다크엘프는 서로 협력하지 않으면 단숨에 날아가 버릴 정도로 위태로운지도 모른다.

"저희도 이게 한계라서……."

옵티도 머리를 조아리며 말했다.

이 상황에 실레가 가는 건 그다지 좋지 않다. 명백하게 얕보이고 있다.

함정이 아니더라도 답트를 완전히 억제하지 못하는 이상, 대화가 진행될 가망은 솔직히 없어 보인다.

하지만 지금 선택은 실레가 하는 것. 내가 정하는 것이 아니다.

그리고 실레의 사고방식을 생각하면——.

"——알겠습니다. 가도록 하죠."

적은 희생으로 되도록 대화로 결착을 짓는 선택을 한다.

옵티가 경악하면서도 머리를 한계까지 숙였다.

"……죄송합니다! 감사합니다!"

"단, 조건이 있습니다."

"조건?"

"지드 씨는 데려가겠습니다. 그가 있으면 어떤 함정도 문제가 안 될 테니까요."

날 높게 사는 건 고마운 일이지만, 절대적인 신뢰에 응할 수 있을 만큼 나는 만능은 아니다. 이거 곤란하군.

옵티는 한동안 망설였지만 끝내 동의했다.

"……알겠습니다. 상황을 생각하면 지드 님이 있는 편이 좋겠지요. 답트는 제가 설득하겠습니다."

"그리고 회담은 이걸로 마지막입니다."

"…………."

최후통첩이다.

즉 옵티와 에이토스는 전력으로 답트가 협력하도록 만들어야만 한다는 것이다.

이후의 미래는 평화나 전쟁밖에 없다.

"……알겠습니다."

옵티도 상당한 결의를 품고 고개를 끄덕였다.

그 후, 실레는 준비에 들어갔다. 만일 돌아오지 못하게 되었을 때의 일과 실레가 없어졌을 때의 일 등을 측근 엘프에게 이야기했다.

뭐, 실레도 상당한 각오를 하고 결단을 내렸을 것이다.

그리고 우리는 다시 다크엘프의 영지로 향했다.

◇

실레와 내가 옵티의 안내로 다다른 곳은 깊은 숲이었다. 이번에는 가옥이 아닌 바깥.

먼저 에이토스, 답트도 기다리고 있었다.

에이토스는 미안해하면서, 답트는 여전히 뻔뻔스러운 태도로.

많은 다크엘프가 거목 위에 서서 우리를 내려다보고 있었다.

"……인간은 데리고 오지 말라고 했을 텐데?"

답트가 나를 노려봤다.

설득은 잘 안 된 것 같네. 그 눈에는 거리낌 없는 적의가 담겨

있었다.

하지만 실레는 태평하게 응했다.

"왜 제가 그쪽 이야기를 전부 받아들여야 하죠?"

"서로를 믿고 회담을 할 생각은 없는 거냐?"

답트가 뻔뻔하게 말했다.

그로서는 '자기는 부대 같은 건 파견하지 않았다'라고 말하는 것이다.

뻔뻔한 태도로 나올 것이라는 건 알고 있었다. 어디까지나 일부의 다크엘프가 멋대로 움직였다고 하는 것이다.

하지만 옵티를 통해서도 이미 진위를 확인했다.

"처음부터 그쪽에 대한 신뢰는 없습니다만?"

"칫…… 대화할 생각은 없다, 이 말이군?"

그러니 이런 식으로 따지면 전쟁의 구실이 된다.

원만하게 대화를 해도 의미 없고 결론이 안 나는 논쟁이 이어질 뿐.

실레가 발을 내디뎠다.

"아뇨, 대화할 생각은 있습니다. 당신들을 받아들일 용의도 있습니다."

"호오, 좋은 마음가짐이 아닌가."

"단, 다크엘프는 난민으로 받아들이고, 영지 양도와 자원 제공── 그 너머에 당신들이 노리고 있는 국가와 종족 합병은 할 생각이 없습니다."

"뭐야?!"

답트가 굴욕감에 얼굴을 찌푸렸다.

난민. 사정이 있어 자국에서 타국으로 도망친 자들을 의미한다.

그건 어쩔 수 없는 일이다. 에이토스도 옵티도 납득하는 얼굴
이었다.

하지만 공격적이고 고압적인 답트가 보기에는 허용될만한 일
이 아니었다.

"웃기지 마라! 대등하게 엘프가 현재 보유하는 영토의 절반을
할양하고, 우리가 지배한다. 그 외에는 전쟁이다!"

"그게 뭐가 대등한 겁니까? 영토를 할양하는 것도, 자치하는
것도 인정하지 않습니다. 우리의 타협안을 받아들일 수 없다면
전쟁이 일어나도 어쩔 수 없죠."

"끄으……! 역시 네놈들은 저 인간에게 조종당하는 거다! 우리
다크엘프도 조종할 생각이겠지?!"

다크엘프 입장에서는 '외부인은 위험하다'라는 생각은 떨쳐낼
수 없을 것이다. 지금까지 계속 다크엘프끼리만 싸워왔을 테니까.

말해도 소용없겠지만,

"아니, 난 아무것도 안 했어. 정치를 비롯해서 그런 민감한 부
분은 무관해."

손가락을 딱 하고 울리면서──.

그렇게 전해졌다.

당연하다고 해야 할지, 답트는 들으려 하지 않았다.

화가 머리끝까지 났다는 듯이 팔을 뻗고 손끝으로 나를 가리켰다.

"나와라! 이놈들을 제거하고 다크엘프의 평화를 구축하겠다!"

그건 복병에게 주는 신호였다.

"역시 함정이었군요……?!"

에이토스와 옵티는 주위에 있는 다크엘프에게 언성을 높여 말했다.

""과격파를 막아라!""

여긴 이미 전장이다. 공황과 혼란이 이 자리를 점령했다.

하지만 아무리 시간이 지나도 복병이 오지 않았다.

에이토스와 옵티 파벌의 다크엘프는 적이 언제 오느냐며 준비를 하고 있을 뿐.

실레도 마법진을 전개한 채로 움직이지 않았다.

그리고 답트는 주위를 둘러봤다.

"어, 어이…… 왜 그러냐? 쳐라…… 쳐라아!"

그 목소리는 허무하게 메아리쳤다. 아무 의미 없는 목소리만이 멀리까지 울려 퍼졌다.

"──미안하지만 가까이에서 대기하던 복병은 내가 재워뒀어."

난 손가락을 포개면서 말했다.

손가락을 딱 하고 울렸다.

"설마……?!"

에이토스와 옵티의 부하도 재워버렸을지도 모르지만.

우리를 한 바퀴 빙 둘러서 에워싸고 있는 다크엘프와는 다른 약간 먼 곳에서 대기하는 녀석들을 재웠다.

그들은 확실하게 전투 준비를 하고 있던 부대였기 때문이다. 예상은 적중했군.

내 말을 듣고 둘은 쓴웃음을 지으면서도 어쩔 수 없다며 가슴을 쓸어내렸다. 쓸데없는 싸움이 일어나지 않아 안도하고 있었다.

하지만 답트는 화를 참을 수 없는 모양이었다.

"웃기지 마라! 그건 충분히 전투 행위가 아닌가! 인간인 네가 왜 간섭하는 거냐?! 역시 다크엘프를 쳐부술 셈이로구나?!"

"……아니, 먼저 공격하려고 한 건 너잖아."

"그건……!"

답트의 말문이 막혔다.

"──그런 것보다."

뭐, 끝난 일이니까 아무래도 상관없다. 난 말하고 싶은 것이 더 있다.

답트가 '그런 것보다?!'라며 소홀한 취급에 분개했지만, 신경 쓰지 않았다.

"너희 마을, 위험하지 않나?"

먼 곳을 보면서 물었다.

내 시선 끝에는 그저 검은 어둠이 있을 뿐. 하지만 안쪽으로 가면 다크엘프의 마을이 있다.

"무슨 말인가요……?"

옵티가 의아하다는 얼굴로 물었다.

난 생략해버린 말을 했다.

"탐지 마법에 대량의 마물이 보이는데. 이러는 중에도 다크엘프의 마을을 습격하고 있다고. 전력이 이쪽에 나온 걸 알아차리고 마물들이 너희의 빈틈을 노린 게 아닐까?"

"허풍이다! 그쪽에도 전력은 남아있고, 애초에 탐지 마법이 닿을 거리가 아니다!"

답트가 반론했다.

"──앞문에 있는 망루 세 개는 함락됐네. 마을 여섯 중 하나는 이미 다크니스 울프가 잠식했어. 다른 두 곳도 오크와 오우거 혼성군의 공격을 받고 있군. 아마 수십 분도 못 버티겠지."

내가 상황을 설명하니 다크엘프들의 얼굴이 순식간에 파랗게 물들어갔다.

믿어준 것 같아 다행이다.

"다, 당장 다크엘프 마을로 돌아간다!"

에이토스의 말에 옵티가 고개를 끄덕이고 각 파벌에 소속된 자들이 갔다. 답트도 어금니를 꽉 깨물면서 돌아갔다.

"지드 씨……! 저도 가겠습니다!"

"이건 다크엘프의 싸움인데?"

"다크엘프는 원래 '엘프'와 같은 종족이에요. 위기가 닥쳤다면 힘을 빌려주고 싶어요!"

"네가 그렇다면야."

실레가 그렇게 말한다면 어쩔 수 없다.

우리도 다크엘프의 뒤를 쫓아갔다.

◇

"……이건."

실레가 전장의 처참함을 보면서 눈을 가늘게 떴다.

오히려 사람과 사람의 싸움이 아닌 만큼 '목숨'을 사냥하기 위해서라면 무슨 짓이든지 하고 있었다.

다리를 물어뜯고, 눈을 후벼파고, 팔을 부수고 내장을 끄집어낸다.

짐승을 상대하면 싸우는 방식도 죽는 방식도 달라진다.

"우선은 최전선의 다크니스 울프 무리부터."

나는 그렇게 말하면서 순흑색 늑대들 눈앞에 얼음벽을 만들었다.

이제 더 이상 진군은 할 수 없다.

갑자기 나타난 적—— 나를 보면서 짐승들이 으르렁거리며 경계했다.

나는 전투태세를 취하고 마법진을 전개한 실레를 손으로 제지했다.

"지, 지드 님, 와주셨군요!"

옵티가 내 모습을 발견하고 말을 걸어왔다.

그 외에도 몇몇 시선이 나를 포착했다.

그중에는 답트도 있었다.

"인간! 넌 손대지 마라!"

"뭐?"

"인간의 힘은 필요 없다! 네놈이 우리를 회유할 수 있다고 생각한다면──."

답트가 이 상황에 이르러서도 고집을 부리려고 했다.

하지만 이대로 있으면 피해가 더더욱 확대된다. 웃어넘길 수 없을 정도로. 마물들은 그만한 기세로 몰려오고 있었다.

나는 답트가 말을 끝내기도 전에 멱살을 잡았다.

"네 의견을 들을 생각은 없어."

"끄윽."

"이러는 동안에도 다크엘프 주민들은 생사를 오가고 있어. 그건 네 마음대로 해도 되는 생명이 아니야."

"네, 네 지배는⋯⋯."

"나에게 회유당하고 싶지 않다는 말도 안 되는 망상이 좋으면 너 혼자 죽어. 하지만 네 망상에 다른 녀석들을 말려들게 하지 마."

"히익⋯⋯!"

발이 땅에 닿지 않아 공중에 뜬 답트를 아무렇게나 내던졌다. 더는 아무 말도 안 할 모양이다.

나는 마물 무리를 향해 갔다.

"지, 지드 씨⋯⋯."

실레가 다가왔다.

"나도 연기 실력 좀 늘었으려나."

난 혼자 중얼거렸다.

협박하듯이 말해봤는데, 답트의 반응을 보니 꽤 효과가 있는 듯했다.

이제 더는 연기를 못 한다는 말은 듣고 싶지 않다.

"네?"

실레가 무슨 말인지 이해하지 못했다.

난 혼자 웃음을 지으면서 고개를 저었다.

"아니, 아무것도 아냐. 어쨌든 이제 저 녀석은 우릴 방해하지 않을 거야."

옵티도 에이토스도 내 쪽을 지켜보고 있다. 막을 생각은 없는 것 같다.

난 마물들이 있는 곳을 노려봤다.

"꺼져라. 다크엘프는 더 이상 전투를 바라지 않는다. 너희의 거처를 빼앗은 녀석들은 원래 자리로 돌아갈 거다. 너희도 곧 옛날처럼 돌아올 수 있다."

그건 나의 경고였다.

마물 중에는 말이 통하는 상위종도 있다.

이래도 통하지 않으면 싸우는 수밖에…… 없지만.

"크르르……."

입가를 축축하게 적신 새카만 늑대가 다가왔다. 그 늑대는 무리 중에서도 덩치가 유독 컸다.

놈은 나와 눈을 맞추면서 무시무시하게 위협했다.

말로 위협하지 않아도 답트보다 수십, 수백 배나 더 박력이 있었다. 이 녀석이 소리를 한 번 내면 움직임을 멈춘 마물들도 다시 움직이기 시작할 것이다.

"그아~~~~~우!"

우렁차게 외쳤다.

그에 호응하듯이 멀리 떨어져 있는 곳에서 늑대의 외침이 울려 퍼졌다.

"마물이 물러가고 있어……?"

실레가 나지막하게 말했다.

늑대들을 시작으로 그 외의 마물도 발길을 돌렸다.

"미안해, 마물들을 놓아줘서."

마물이 다크엘프의 마을을 습격한 원인은 예전에 마물들의 거처였던 이 땅을 다크엘프들이 빼앗았기 때문일 것이다. 처음 숲에 왔을 때 느꼈지만, 다크엘프는 마물과 공존하지 못하고 있었다. 그들이 실레의 제안을 받아들이고 이 땅을 떠나면 문제는 해결된다.

하지만 어떤 결단을 내릴지는 다크엘프에게 달려있다.

그리고 어쩌면 강한 원한을 품은 마물은 다시 해를 끼치려 할지도 모른다.

여기서 철저하게 싸우는 편이 나았다고 말하는 날이 올지도 모른다.

하지만 실레는 만족스럽게 미소 지었다.

"피를 흘리지 않는 게 제일이에요. 오히려 감사할 정도예요."

"감사는 됐어. 의뢰니까."

"혼자서 상대할 수 있는데 일부러 놓아주는 것도 의뢰인가요?"

"뭐, 나는 마물과 오랫동안 알고 지냈으니까. 이번 일은 마물이 일방적인 시비도 아니고, 싸움을 피할 수 있다면 피하는 게 좋지."

"……당신의 그 상냥한 마음에 진심으로 경의를 표합니다. 감사합니다."

마물들 대신, 그리고 다크엘프들 대신 실레가 말을 남겼다.

"오히려 나는 누군가를 위해 머리 숙일 수 있는 게 대단하다고 생각해."

나만 그런 말을 들으면 쑥스러우니 나도 돌려줬다.

그러자 실레는 부끄러운 듯이 얼굴을 빨갛게 물들이고 "아뇨, 그렇지는……!"이라며 쑥스러워했다.

◇

그 후로 며칠이 지났다.

엘프 마을은 변화를 맞이했다.

마을 거리에 엘프와 다크엘프가 뒤섞여 있었다.

아직 저번 부상이 남은 자도 있지만, 극진한 간호를 받아서인지 지금은 다들 입가에 웃음을 짓고 있었다.

다크엘프는 난민이라고 가혹한 대우를 받지는 않았다. 양쪽이 완전히 마음을 터놓은 것 같아 다행이다.

"안녕하세요, 지드 씨. 잘 지내셨나요?"

토룡왕이 땅의 균열로 얼굴을 슬쩍 내밀고 말했다.

뭐지, 이 녀석.

토룡왕 나름대로 엘프들이 놀라지 않도록 배려하는 걸까.

"그래, 뭐, 잘 지내고 있는데."

"그렇습까."

"……"

"……"

토룡왕이 뭔가를 말하고 싶은 눈으로 나를 봤다.

난 딱히 할 말이 없지만…….

"뭐야?"

"아뇨, 그냥."

"뭐야. 말해. 좀 무섭잖아."

"……수액, 그 녀석한테 줬죠?"

토룡왕이 나지막이 말했다.

그 녀석이 누구인가를 잠깐 고민했지만, 곧 로로아에게 수액을 준 걸 기억해냈다.

"그랬었지. 왜?"

"그 뒤로 로로아가 틈만 나면 수액을 조른다고요! 다음에 나오는 수액도 갖고 싶다고! 헌상하라고!"

"……사실상 협박이네."

일이 그렇게 됐나. 거기까지는 생각하지 못했다.

토룡왕이 원망스럽다는 듯이 말했다.

"으으, 제 몫이 줄어들게 생겼어요……."

"신수를 부수려고 했던 녀석이 무슨 소리야."

"그건 그거고! 이건 이거예요!"

울상을 지은 토룡왕.

뭐, 몫이 있으면 탐이 나겠지.

"그럼 힘으로 지켜. 어차피 같은 용이잖아?"

"그쪽이랑은 격이 다르다고요. 애초에 토룡은 보통 각자도생인데, 흑룡은 무리를 짓고 마을까지 만드는 인싸 집단이잖아요. 안그래도 강한 녀석들인데, 숫자부터 싸움이 안 된다고요."

"아니, 너도 일단 왕이잖아? 동료를 불러."

"……토룡은 100년에 한 번밖에 안 모여서 사는 곳조차 모르는 녀석이 많아요."

용도 이런저런 녀석이 있는 모양이다.

바닥에서 빼꼼 튀어나온 얼굴이 축 가라앉은 걸 알 수 있었다.

"상황은 딱하지만, 내가 어떻게 할 수 있는 안건이 아니잖아. 차라리 딱 부러지게 거절하면 어때?"

"그게 되면 고생을 안 하겠죠……."

목소리가 이제는 울 것 같다. 진짜 싫다는 듯이 말하고 있다.

뭐, 이렇게 나한테 올 정도니까 어지간할 것이다.

"별수 없구만. 어떻게 해서라도 거절하고 싶으면 돈을 가지고 길드로 와. 나한테 의뢰를 해."

"……지드 씨도 협박하는 건가요."

"아니, 협박이 아니라 일인데……."

처음 봤을 때와는 성격이 너무 다르다. 다른 용과 바뀐 게 아닌지 의심이 들 정도로. 그리고 보니 로로아도 인상이 꽤나 달라졌지.

"뭐, 생각해두겠습니다. 일부러 불평을 들어줘서 감사합니다."

"그래, 잘 가."

"지드 씨도요."

축 늘어졌다는 걸 안 봐도 알 수 있었다.

그런 한심한 목소리를 남기고 땅속으로 돌아갔다.

저 녀석, 괜찮을까. 정신 차리고 보면 먼 곳으로 여행을 떠나 있을 것 같다.

그 뒤로 엘프 마을을 대강 눈에 새겼다.

엘프들이 지은 웃음이 상당히 즐거워 보였다. 여기에 머무르는 동안에 일어난 소동들이 거짓말처럼 느껴졌다.

의뢰를 달성했다는 느낌을 받았다.

보람, 이라는 것이리라. 마음속 어딘가에 만족감이 있었다.

그리고 난 실레의 집으로 향했다.

◇

　실레의 집에서 짐을 다 꾸렸다.

　많은 물건이 들어가는 주머니 형태의 매직 아이템에 전부 다 집어넣고, 난 현관에 섰다.

　"돌아가시는 건가요?"

　라나가 말을 걸어왔다.

　뒤돌아보니 라나 뒤에 실레도 있었다.

　둘 다 어딘지 가라앉은 표정으로 날 바라보고 있었다.

　"그래. 의뢰도 마쳤으니 왕도로 돌아가야지. 지금까지 신세 졌어."

　"아니에요. 신세를 진 건 저희죠……! 동생과 엘프 마을, 그리고 다크엘프도 구해주셔서…… 정말 감사합니다!"

　"의뢰니까. 또 무슨 일이 있으면 길드에 의뢰를 해줘."

　"의뢰가 아니면 와주지 않으실 건가요?"

　라나가 장난스럽게 물었다.

　"음, 가끔 관광하러 올게. 그때도 잘 부탁해."

　라나는 아마 이 대답을 원했을 것이다. 일로만 엮인 관계는 허전하니까.

　하지만 라나는 왠지 불만스러워 보였다.

　"엘프 마을을 제2의 고향이라 생각해도 된다구요~? 이 집에 또 '귀성'해주세요."

히죽거리며 웃음을 지었다.

앳된 얼굴이라 그런지, 아무래도 언동에 비해 요염함이 없었다.

"생각해볼게."

"치~. 지드 씨도 엘프가 돼요~!"

라나가 매달렸다.

엘프가 되라니, 상당히 터무니없는 소리를.

하지만 그 천진난만함이 애교가 있어서 귀엽다.

아 근데 라나도 실은 나보다 훨씬 나이가 많을 수 있지 않나…….

아니, 엘프의 나이를 생각하는 건 그만두자. 더 이상은 안 된다.

"라나, 지드 씨에게 너무 폐를 끼치면 안 돼."

라나보다 훨씬 연상인 실레가…… 아니.

실레가 나에게서 라나를 떼어냈다.

"뭔가 실례되는 생각 하지 않았어요?"

"아니, 아무 생각도."

그리고 실레가 싱긋 웃으며 말했다.

"지드 씨가 또 올 때쯤이면 엘프 마을은 좀 더 평화로워져 있을 테니까 라나의 말대로 언제든지 와주세요. 여관도 정비할 거니까요."

"여관이 없어도 우리 집에 오면 되지!"

라나가 쾌활하게 말했다.

실레는 그 말에 끼어들지 않고 얼굴을 빨갛게 물들이면서 부정하지 않았다.

"그럼 또 올게."

난 손을 가볍게 흔들고 문을 열었다.

라나와 실레의 시선을 받으며 나는 엘프 마을을 떠났다.

제 6 장

마족병은 암흑지대

The Slave of the "Black Knights" is
Recruited by the "White Adventurer's Guild"
as a S Rank Adventurer

3

제1화 의뢰와 시험과 마족

엘프의 의뢰를 끝낸 나는 길드 본부의 길드 마스터실 문 앞으로 전이했다.

곧장 리프에게 보고하려고 했지만, 안에 아무런 기척이 없었다. 접수처로 돌아가 아가씨에게 물어보니 일이 있어 외출했다는 말이 돌아왔다.

나는 어쩔 수 없이 접수처에 의뢰달성 서류를 제출하고 걸어서 숙소로 향했다.

왕도에 약 두 달 만에 돌아온 건가.

기사단이 막 붕괴했을 때 왕도의 거리는 어두운 분위기가 감돌고 있었지만, 지금은 활기를 되찾은 듯 보였다.

길에서 쿠에나와 실라를 발견했다. 그녀들도 동시에 나와 눈이 마주쳤다.

"안녕. 오랜만이네."

"지드!"

실라가 강아지처럼 기쁜 듯이 달려들었다. 마치 꼬리가 좌우로 흔들리는 것만 같았다.

"엘프 마을에 갔다며? 어땠어?"

"응. 우여곡절이 있었지만, 무사히 완수했어."

"에헤헤, 역시!"

"너흰 어땠어?"

"그럭저럭이야. 몇몇 의뢰를 완수했지만, 큰 의뢰는 안 받았어."

내 물음에 쿠에나가 답했다.

시선을 내리니 그녀들 허리춤에 채집용 주머니가 보였다. 장비도 평소보다 두꺼웠다.

큰 의뢰를 삼간 것도 그렇고, 시험 전에 다치는 걸 최대한 피하려는 걸 알 수 있었다.

"너희는 오히려 이제부터가 중요하겠지?"

"그래. S랭크 시험이 있으니까."

쿠에나의 표정에 결의가 비쳤다. 단단히 각오한 모양이다.

하지만 초보자처럼 몸이 굳어있지는 않았다. 적당히 긴장감과 냉정을 갖추었다. 최고의 상태다.

굳이 내가 조언할 필요는 없을 듯하다.

"두 사람 다, 기대하고 있어."

쿠에나는 나와 어깨를 나란히 하고 싸울 수 있는 존재가 되겠다고 했다. 이번에 승급하면 적어도 랭크는 동격이 된다.

"그래, 기대하라고."

쿠에나가 진지한 눈빛으로 응했다.

쿠에나와 시험 라이벌이 되는 실라가 내 가슴팍에서 속삭였다.

"지드, 부탁이 있어."

"뭔데?"

실라의 볼이 붉게 물들고 눈초리가 흐릿하게 풀렸다. 언젠가 본 적 있는 황홀한 표정이었다. 실라가 나를 유혹할 때의 얼굴이다.

"만약 내가 S랭크 시험을 통과하면, 키스해줘."

""키, 키스……?!""

쿠에나와 목소리가 겹쳤다.

그만큼 실라가 말한 '부탁'은 충격적이었다.

"응, 키스! 안 돼……?"

실라가 애원하듯 나를 올려다보았다.

내가 이제껏 받은 정신 공격 중에 가장 강력할지도……!

잘못하면 깜빡 죽어버릴 것만 같다.

쿠에나가 자신의 머리칼만큼 얼굴이 붉어져서는 소리쳤다.

"너, 너는! 무슨 소릴 하는 거야?!"

"그 여제인가 하는 여자한테 더 질 수는 없어! 쿠에나는 분하지 않아?! 지드의 입술을 빼앗았잖아!"

"나, 나는……!"

문득 쿠에나와 시선이 마주쳤다. 금방 얼굴을 돌렸다.

"그리고 목표가 있는 편이 더 의욕이 나잖아? 그러니까, 안 될까, 지드……?"

"목표는 S랭크 승급이잖아……."

이미 목적이 달라졌다.

실라는 고개를 좌우로 저었다.

"내 목표는 지드와 꽁냥거리는 것……! S랭크는 부차적인 거야."

실라가 들으란 듯이 당당하게 말했다.

호의는 기쁘지만, 너무 솔직 당당해서 오히려 내가 반응하기 힘들다. 어떻게 해야 할지 모르겠다.

"아니면 지드는 나랑 꽁냥하고 싶지 않아……?"

당황한 나에게 실라가 불안한 얼굴을 만들며 말했다. 마치 버려지기 직전의 강아지 같은 표정이었다.

"…………하고 싶어."

불쑥 속마음이 새어 나왔다.

당연히 하고 싶다……!

실라는 귀여운걸!

가슴도 큰걸!

그런 나의 속마음을 들은 실라는 기쁜 듯이 놀랐다.

"아아아아아아자아아아아!"

이번에는 기쁜 듯이 토끼처럼 뿅뿅 뛰었다.

하지만 쿠에나는 그다지 호의적으로 생각하지 않는 듯했다.

"자, 잠깐만! 그런 불순한 약속을 끼워 넣다니, 시험을 뭐라고 생각하는 거야?!"

웃, 그건 그렇군.

명백하게 동기가 불순하다. 이건 쿠에나의 말이 옳은 것 같군.

실라는 그렇게 생각하지 않는 것 같지만.

"엥~. 의욕을 내는 것도 중요하다고 생각하는데."

"······으극!"

실라의 반론에 쿠에나는 입을 다물었다.

하긴, 시험 참가는 대상자의 자유이며, 개개인의 이유는 쿠에나가 참견할 사항이 아니다.

쿠에나가 입을 삐죽 내밀고 울상을 지으면서 나를 봤다.

내가 실라를 말려주길 바라는 모양이다. 약속을 거절할 수 있는 사람은 나뿐이다.

아니, 마음은 알겠는데.

그······.

뭐냐···········.

저도 꽁냥꽁냥하고 싶은데요······?!

게다가 실라의 의욕이 상승한다면 일거양득이라 생각하는데요!

win-win이 아닐까요?!

내 뇌 속에서 다양한 변명을 하는 와중에 실라가 쿠에나의 볼을 콕콕 찔렀다.

"차라리 쿠에나도 약속하지~? 화가 나는 건 쿠에나도 하고 싶어서잖아~?"

"뭣······! 이제 됐어. 몰라!"

쿠에나가 분노(?)를 드러내고 이 자리를 떠났다.

"정말~, 화내지 마~! 지드, 또 봐! 약속 잊지 마!"

실라가 쿠에나의 뒤를 쫓았다. 그녀들은 S랭크 시험을 보러 갔다.

일단 둘에게 손을 흔들었다.

……키스라.

뭔가 엄청난 약속을 해버렸네.

아무것도 안 했는데 얼굴이 화끈해졌다. 가슴도 두근두근 뛰고 있다.

흥분이 다 가시지 않은 채로 나는 다시 숙소로 발걸음을 재촉했다.

"훗훗후, 지드 군이지?"

그때 은색과 분홍색이 섞인 머리칼과 밤색의 동글동글하고 커다란 눈동자를 가진 소녀, 아니, 소년이 말을 걸어왔다. 날씬한 용모 때문에 소녀라고 착각할 뻔했다.

더 정확히 말하자면 인간조차 아니다. 이 마력은 마족이다.

어째 나를 아는 것 같은데, 나는 모르는 인물이다.

"마족이 왜 여기 있지?"

너무 자연스럽게 인파에 녹아들어 있어서 중얼거리듯이 물었다.

그러자 쾌활해 보이는 어린 소년이 감탄했다는 듯 대답했다.

"설마 한눈에 간파할 줄이야. 상상 이상으로 대단하신걸! 유세프를 쓰러트렸다는 게 농담은── 자자자, 잠깐! 느닷없이 마법진을 펼치지 말라고!"

"……뭐야? 놈의 복수가 아닌가?"

녀석은 유세프의 이름을 입에 담았다.

유세프는 내가 토벌했으니 나에게 복수를 하러 왔을 수도 있다.

그런데 반응을 보아하니 그렇지 않은 모양이다. 하긴 내 목숨이 목적이었으면 기습을 했지, 말을 걸지는 않으려나.

"아니야! 나는 부탁이 있어서 왔을 뿐이라고!"

마족 소년이 울상을 지으면서 변명했다.

목숨만은 살려달라는 듯이 매달렸다.

"알았으니까 울지 마."

"와아. 이야기를 들어주는 거지?!"

"그래, 일단 듣기만."

"에헤헤~. 그럼 호잇."

어린 남자는 가볍게 말하면서 품에서 말도 안 되는 양의 금은보화를 꺼냈다.

땅에 온갖 가치 있는 물건이 산더미처럼 쌓였다.

이건 사람의 왕래가 활발하고 물건에서 나는 소리와 목소리가 넘쳐나는 왕도에서도 눈에 띈다.

"바보가, 집어넣어. 이런 곳에서 꺼낼만한 물건이 아니잖아."

"에엥~…… 알았어."

내 말을 듣자 어린 남자는 마지못해 다시 집어넣었다.

하지만 아직도 사람들의 시선이 이쪽을 향하고 있었다.

어쩔 수 없으니 장소를 옮겼다.

"그래서 무슨 부탁이지? 그런 보물을 꺼낸다는 건 의뢰를 하고 싶다는 거겠지?"

"맞아! 당신은 길드라는 조직에 소속돼있지?"

"소속이라 해야 할까, 고용과 비슷한데."

"으음……? 뭐, 뭐든 좋아. 돈만 주면 뭐든지 해준다! 맞지?"

마족 소년이 순진무구한 눈길로 이쪽을 봤다.

얼핏 보니 아이가 물건을 조르는 듯한 표정을 짓고 있었다.

하지만 그만한 보물의 산이 놓이니 아이 같은 몸짓이 이상하게 보인다.

"의뢰에 맞는 보수만 받으면 어느 정도의 일을 할 뿐이야. 길드에도 규칙이 있어."

"흠흠."

어린 남자가 턱에 손을 대고 생각에 잠겼다.

잠시 뒤에 입을 열었다.

"그럼―― 유세프의 영지에 같이 가는 것도 가능한가?"

"……침략전쟁인가?"

"그렇게도 볼 수 있겠네. 지금은 주인이 없는 땅이니까 개척이란 말이 정확하지만!"

선뜻 터무니없는 이야기가 튀어나왔다.

이게 농담이라면 그냥 웃어줄 수도 있지만, 그렇지 않은 것 같다.

전쟁. 침략. 개척.

일단 길드 입장에서는 전부 문제없다.

"그런가. 하지만 우선 길드의 접수처에서 의뢰를 수리해주지 않으면 의뢰는 시작이 안 돼. 내가 직접 받을 수 있는 건 아니니까."

"으음. 그건 성가시네……."

"성가실지도 모르지만, 다들 하는 일이야. 나도 따라갈까?"

"진짜?! 그럼 고맙지~!"

어린 남자가 내 팔을 붙잡고 말했다.

"그러고 보니, 너 이름은?"

아직 이름조차 듣지 못했다.

어린 남자는 잊고 있었다는 듯이 얼굴을 활짝 펴고 대답했다.

"퓨리야."

"그렇군."

그리고 난 퓨리를 데리고 다시 길을 되돌아 길드로 향했다. 어차피 멀리 오지도 못했다.

"어라, 지드 씨. 무슨 일이세요?"

내가 금방 다시 돌아오자 접수처 아가씨가 나를 이상하다는 듯이 봤다.

뭐, 하루에 몇 번이고 오는 곳은 아니니, 어쩔 수 없지.

"새 의뢰인을 데려왔어. 의뢰서를 준비해줄 수 있어?"

"아아, 마침 잘됐네요. 방금 길드 마스터가 돌아왔어요."

"그런가……. 차라리 리프를 끼고 이야기할까."

나는 잠깐 생각하고 순순히 고개를 끄덕였다.

의뢰달성서 제출은 얼굴을 봐야 할 안건이 아니다.

하지만 이 새 의뢰는 상황이 조금 다르다. 의뢰자가 무려 마족이다.

적의는 없고 정전 중이라고는 해도 인간과는 사이가 나쁘다.

이 이야기는 리프가 직접 이야기를 듣는 편이 좋을 것이다.

나는 마족 소년을 데리고 리프가 있는 위로 올라갔다.

◇

길드 마스터실의 문을 노크하자 '들어오게~'라는 대답이 돌아왔다.

오랜만에 하는 리프와의 대면이다.

"허, 이거 또 별난 인물을 데려왔군. 왕도 한복판에 마족인가?"

리프는 우릴 보자마자 그런 말을 했다. 그녀의 시선이 지긋이 퓨리에게 향했다.

역시 길드 마스터라는 건가. 그냥 귀엽기만 마스코트가 아니다.

"처음 뵙겠습니다! 길드 마스터 리프 씨. 난 퓨리야!"

"음. 어서 오시게."

몹시 평범하게 대답하는 리프.

"뭐야. 별로 안 놀라네~?"

"내게 마족은 그리 낯선 존재가 아니야. 적대적인 녀석도 있는가 하면 그대처럼 적의가 없는 자도 있지. 7대 마귀족의 의향에 따라 성향이 달라진다는 것쯤은 알고 있다네."

아무래도 따르는 주인의 사고방식에 따라서 인간을 대하는 방식도 변하는 모양이다.

그런 것도 알고 있다니, 과연 스스로 나이를 먹었다고 할만하다.

"얘기가 잘 통해서 다행이야~. 그래서 말이야, 지드 군한테 할 의뢰가 있는데 들어줄 수 있을까!"

"그래 알았다. 하지만, 그 전에 지드."

"응? 왜?"

리프가 나를 봤다.

그리고 활짝 웃으며 엄지를 세웠다.

"엘프의 의뢰 수고했다! 덕분에 길드 지부 확대 계약과 거래를 몇 맺었다. 역시 대단했다!"

"오오. 잘됐네."

"그 태연한 태도는 여전히 밉살스럽구먼."

호의밖에 없는 비아냥거림을 들었다.

그만큼 내가 엘프 마을에서 쌓은 공적이 리프에게 좋았다는 것을 나타내는 것이다.

옆에서 퓨리가 얼굴을 내밀고 나와 리프의 얼굴을 봤다.

"엥~! 뭐야뭐야! 지드 군, 엘프 마을에서도 의뢰를 완수한 거야? 거긴 다시 폐쇄적인 환경이 된 거 아니었어?! 정말~! 역시 난 보는 눈이 있는 걸까."

흐흥, 하고 퓨리가 혼자 자랑스러워했다.

뭐, 그렇게 생각해준다면 영광이라 받아들여야 하나.

하지만 리프는 역시 미심쩍게 여겼다.

"마족치고는 상황을 잘 아는군. 엘프는 마족을 상대로는 쭉~

외교를 닫아뒀을 텐데."

"뭐 그렇지. 한가해서 정보를 수집하고 있었어!"

우쭐거리며 대답했다.

하지만 그 대답으로는 리프의 불신감을 걷어내지 못한 듯했다.

"흠……. 자네, 의뢰가 있다고 했었지. 어떤 의뢰인가?"

"그건 있지, 구 유세프령을 차지하는데 지드 군이 협력해줬으면 좋겠어! 물론 사례는 준비해뒀어!"

뭐, 언젠가 마족 사이에서 유세프의 영지를 둘러싸고 움직임이 나올 건 쉽게 예상할 수 있는 일이었다.

하지만 리프의 반응은 내 반응과는 정반대였다.

"——!"

리프의 눈빛이 의심에서 경계로 바뀌어 있었다.

적의는 없지만 건드리면 뛰어서 공격해올 것 같은 분위기였다.

"자네, 그게 무슨 의미인지 알고 있겠지?"

"물론!"

"흠……."

리프가 생각에 잠겼다.

난 그 질문과 대답의 의미가 잘 이해되지 않았다.

길드는 의뢰만 있으면, 설령 전쟁이라 해도 수리한다.

그러니 리프가 골똘히 생각하는 건 전쟁과는 다른 문제다.

다른 종족의 전쟁에 끼어들어도 되는지 생각하는 건가?

아니, 그건 아니겠지. 엘프와 다크엘프의 싸움에는 참견도 하고 끼어들 수도 있었다. 만약 문제가 있었다면 지부원인 룩이 말렸을 것이다.

여기에는 다른 문제가 있다.

난 솔직하게 물었다.

"무슨 소리야? 보통 전쟁과는 달라?"

"음."

리프가 고개를 끄덕였다. 그리고 이어서 말했다.

"지드는 7대 마귀족이 뭔지 알고 있나?"

그러고 보니 깊이 조사한 적은 없었네. 인간의 상식과 정보를 조사하는 걸로 힘에 부쳐서 다른 종족에 관한 문헌은 그다지 접하지 못했다.

"그다지. 마족 중에서도 특히 지위가 높은 일곱 명을 뜻하는 건가?"

"훗후~, 아니야 지드 군! 7대 마귀족은 7개로 나뉜 마족의 영토 중 하나 이상을 지배하는 자를 말하는 거야."

"영토를 소유한 마족이란 건가……?"

조금 혼란스러웠지만 금방 이해할 수 있었다.

즉, 마족에게는 일곱 개로 나뉜 영토가 있고, 그 영토 중 하나라도 소유하고 있으면 7대 마귀족이라 칭할 수 있다는 뜻일 것이다.

"그럼 영토 하나를 반씩 소유하고 있으면 8대 마귀족이 되는 건가?"

"흐흥~. 그럴 때는 그 영토를 소유한 둘은 7대 마귀족에 포함

되지 않아! 온전히 영토 하나를 점령하는 게 조건이야!"

"흐음. 그렇구나."

즉 순서가 반대다. 마귀족 7명이 영토를 나눈 게 아니라, 7개로 나뉜 영역을 하나라도 차지한 자가 마귀족이 된다.

"그뿐만이 아니네. 마귀족 중에서 네 곳 이상을 차지하는 마족이 나오면——."

리프가 이어서 말했다.

"——그자가 '마왕'이 된다네."

그 말은 왠지 무거웠다.

"마왕이라……."

어느 문건에도, 소설에도, 아이가 읽는 그림책에도 마왕은 위험하고 야만적인 놈으로 묘사되어 있다.

옛날의 마왕들은 모두 힘이 있는 대로 날뛰었다. 그 영향이 다른 종족에게까지 미쳐 침략전쟁으로 이어졌다고 한다.

내 옆에 있는 어린 남자는 별로 좋은 이야기가 없는 '마왕'이 되는 조건에 손을 대려고…….

상상이 안 된다.

"하지만 말이다, 만약 구 유세프령을 지드의 힘으로 차지한다고 해도 그대는 영토를 지킬 수 있나? 7대 마귀족의 특성상 강자들은 하극상을 일으키려고 할 텐데."

"괜찮아! 그건 어떻게든 할게!"

퓨리가 계획이 없을 것 같은 대답을 했다.

실력주의인 마족 사이에서는 당연하다는 듯이 일어나고 있다고 하는 하극상.

리프의 걱정도 이해가 된다.

"흠…… 하지만 지금은 살짝 번잡하군."

리프가 미간을 찌푸렸다. 정말로 곤란한 모양이다.

"무슨 일 있었어?"

"S랭크 시험은 비어있는 구 유세프령―― 즉 '아드리스타'령에서 진행되고 있네."

그건 참…… 어지간히 번잡하게 됐다.

만약 퓨리와 다른 마족 사이에서 영지 쟁탈전이 일어나면 전쟁이다.

그렇게 되면 시험을 칠 상황이 아니게 될 것이다.

"왜 마족령을 시험장으로 한 거야?"

당연하게 떠오르는 의문을 던졌다.

애초에 마족과는 정전 중이다. 불씨를 만들 수도 있는 짓은 피하는 편이 좋을 것이다.

"인간과 수인의 영토는 A랭크쯤 되면 익숙하기 때문이네. 신선하면서 위험도가 높은 곳이 아니면 본래의 힘은 발휘되지 않네."

"그래서 마족령이구나. 엘프 마을 등은 안 되는 거야?"

"엘프는 영역 의식과 단결력이 강하지. 외부 세력에는 민감해. 만약 모험가가 떼를 지어 가면, 도무지 반기지 않겠지. 당시에는 엘프 마을에 아직 현로회가 있었고 말이야. 그리고 가장 중요한 건 위험도이네."

"위험도?"

"딱 좋은 정도였어. 마족령에는 마물 중에서도 제일 강한 녀석들이 돌아다니고 인간을 미워하는 과격파 마족도 서성이고 있지. 장소에 따라서는 A랭크 마물조차 먹이사슬의 가장 아래쪽에 있을 때도 있지."

인간의 영역을 벗어나는 S랭크를 정하기에 걸맞은 장소라는 것이다.

뭐, 길드 나름대로 생각해서 한 일이겠지.

종족 간의 관계를 고려해도 주인이 없는 아드리스타령은 좋은 기회였을 거다.

"……그래서, 어떻게 할 거야. 시험이 끝날 때까지 의뢰 수행을 기다릴까?"

"엥~! 그건 안 돼!"

"무슨 소리야?"

"아드리스타령을 차지하려는 녀석이 이미 있는걸! 내가 아니어도 어차피 모험가는 싸우게 되지 않을까~?"

"뭐라고?"

퓨리의 말에 가장 먼저 반응한 사람은 리프였다.

"말도 안 된다. 여러 정보통으로부터 아무도 아드리스타령을 탈취하기 위해 움직이지 않는다는 이야기를 들었다. 어떤 다른 요인이 없는 한······."

"그 다른 원인이 있었다는 게 아닐까."

"흠······. 하지만 아직 그런 이야기는 못 들었네만······."

리프는 반신반의인 듯했다. 그녀도 정밀도가 높은 정보를 가지고 있을 것이다.

"뭐, 딱히 상관없지 않을까. 공격당하고 있든 말든, 의뢰를 수행할 뿐이야."

"그렇구먼. 그리고 이렇게 됐다면 아드리스타령에 길드 측 사람이 조금이라도 더 있는 게 고맙지."

리프가 내 말에 동의하고 탁상에 의뢰서를 꺼냈다.

그 의뢰서를 퓨리 앞까지 가져갔다.

"그래서 의뢰금은 어느 정도인가? 지드를 지명한데다 마족령을 차지하라는 내용이라면 상당한 금액이 필요하다고."

"오! 드디어인가."

퓨리가 어떤 마법을 써서 금은보화를 우수수 꺼냈다. 길드 마스터실을 완전히 메워버릴 정도의 양이었다.

"값이 상당한 것들뿐이군."

리프는 감정도 할 줄 아는지 보물의 산에서 반지와 목걸이를 꺼내 눈여겨보고는 고개를 끄덕였다.

아무래도 마음에 든 모양이다.

"가격으로 치면 다해서 백금화 30개 정도군."

백금화는 하나당 금화 1,000개 정도다. 책 안에서나 보던 단위였다.

"오~, 다행이다~. 인간에게 가치가 있을지 어떨지 몰랐거든. 안심했어."

"──하지만. 이 큰돈을 어디서 조달했지? 그뿐만이 아니다. 왜 지드에게 왔지?"

질문 공세다.

수상쩍어하는 리프의 표정과는 달리, 퓨리는 긴장 풀린 표정을 풀지 않았다.

"에헤헤. 그거, 중요한 거야?"

"당연하지. 길드 제일의 전력을 보내는 것이니 말이야. 그대에 대해 자세히 알고 싶네. 그리고 움직이고 있는 건 어느 세력이지? 두 개의 마족령을 지닌 쿼츠인가. 아니면──."

리프의 말을 가로막듯이 퓨리가 말했다.

"물론 그 쿼츠야!"

"……흠. 이 보화의 출처는?"

"우연히 발견했어."

"……우연히? 웃기지 마라. 이건 역대 마왕의 보물창고에서나 볼 수 있는 수준의 물건들뿐이다. 백금화 30개는 값을 매길 수 있는 물건만 봤을 때의 가치. 나머지는 값을 매길 수 없는 미술적, 역사적 가치가 있는 물건들 뿐이야."

어라라. 어쩌 이야기가 이상해지기 시작하는데.

하지만 나는 짐작 가는 바가 아무것도 없다. 퓨리와 리프의 진의는 알 수 없다.

"음~. 하지만 진짜로 우연히 찾았는데? 일부러 찾던 것도 아니고."

사실이니까 아무 말도 할 수 없다는 듯이 어깨를 으쓱였다.

더 이상은 따질 수 없다는 걸 깨달은 리프가 눈을 가늘게 떴다.

"……흠. 이 의뢰는 길드에서는 받아들일 수 없다."

"엥~! 어째서?!"

"말하지 않아도 알겠지. 너무 수상하기 때문이네."

"수상하다니! 내가 뭘 했다고!"

"모른다. 하지만 마족의 위협을 제거하고자 계략을 꾸밀 수는 있겠지. 지드는 틀림없이 인간 탑클래스의 힘을 지니고 있다. 마족에겐 무슨 수를 써서라도 제거하고 싶지 않겠나."

그게 리프의 판단이라면 나도 따르는 수밖에 없다.

하지만 퓨리는 끈질기게 대응했다.

"그건 어떨까? 만약 이게 마족의 함정이라면, 모험가 길드에는 아무래도 안 좋은 소식이 하나 있지 않아?"

고개를 작게 까딱하고 갸웃거렸다.

리프도 예상했는지 망설임은 없는 것처럼 보였다.

"S랭크 시험 말인가."

"그래 맞아! 모험가는 상당한 강자 집단이지? 그것도 A랭크나 되면 상위 중에서도 상위! 그 귀중한 A랭크 모험가를 한 번에 제거할 기회란 의미가 되지 않을까? 날 무시하고 돌려보내는 건 별로 좋은 생각이 아닌 거 같은데?"

"……."

퓨리의 말을 듣고 리프가 눈을 감고 망설이고 있다.

잠시 후에 리프가 눈을 뜨고 의뢰서에 붓을 놀렸다.

그리고 퓨리의 눈앞에 의뢰서를 내밀었다.

"알았다, 의뢰를 받아들이도록 하지. 단, 이 보화들과 함께 길드 지부를 마족령에 설치한다는 조건을 걸겠다. 괜찮겠지?"

"……그렇구나. 그래서 한 번 거절했구나?"

퓨리가 씨익 웃었다.

수면 아래에서 서로 속을 떠보고 있는 모양이다. 왠지 모르게 분위기만으로 짐작할 수 있었다.

하지만 퓨리는 가볍게 수긍해 보였다.

"좋~아, 그 조건으로 하지! 음~, 이름과 기타 등등인가……."

퓨리도 펜을 놀렸다.

의뢰서 기입을 끝내자 리프에게 돌려줬다.

리프가 의뢰서를 봤다.

"역시……."

"에헤헤, 뭐 이상한 거라도 썼으려나?"

"아니, 확정은 아니지만 말이다. 좋다. 그럼 지명의뢰를 접수하도록 하지. 지드, 나중에 모험가 카드에 의뢰를 보내마. ──받아

주겠나?"

이 의뢰는 단순한 영토 쟁탈전이 아니다.

어떤 예측할 수 없는 사태에 대비하여 시험 응시자인 A랭크 모험가도 봐줬으면 한다는 의미일 것이다. 의뢰에는 공식적으로 적혀있지 않겠지만, 그런 의도가 담겨있다.

"막중한 임무네."

입가에 저절로 웃음이 지어졌다.

마족 영토 쟁탈전?

생각하지 않아도 알 수 있다. 지극히 어렵다.

원래라면 많은 인원을 모아서 가야 하는 일일 것이다. 그야말로 길드에 소속된 모두가 나서서 해야 하는 일이다.

하지만 그렇게는 할 수 없다.

이건 어디까지나 '의뢰'이기 때문이다.

인간과 마족의 전쟁이 아니다. 천 명이나 만 명의 모험가를 준비하면, 그야말로 종족 단위의 전쟁으로 발전할지도 모른다.

그렇기에 나 혼자 가는 것이다. 위험은 나에게만 닥친다.

하지만 그게 의뢰라면——.

"——맡겨둬. 반드시 달성하지."

내 대답에 리프가 기쁜 듯이 미소 지었다.

"부탁하네. 믿고 있어."

"좋~아! 그럼 바로 마족령으로 가자~!"

퓨리가 내 손을 잡고 길드 마스터실에서 달려 나갔다.

그 모습을 본 리프가 책상을 치고 몸을 앞으로 내밀며 허둥거렸다.

"기, 기다려라! 지드에겐 아직 아무런 설명도——!"

하지만 퓨리의 기세는 멈추지 않았다.

이미 길드 마스터실에서 나가버렸다.

리프가 마지막으로 한마디만 덧붙였다.

"——지드, 조심하거라!"

그 말에는 여러 의미가 담겨있는 듯했다.

제2화 마족령으로

난 퓨리의 안내를 받아 마족령으로 향하고 있었다.

전이도 도보도 아닌, 곳곳에 썩어가고 있는 언데드 드래곤을 타고서.

이건 퓨리가 불러낸 드래곤이다.

아무래도 영토를 차지한다는 발상이 나올 만큼의 실력은 있는 모양이다.

내 눈으로 봐도 그 힘의 끝을 알 수가 없으니, 모험가 기준으로 S랭크 이상이라는 것은 틀림없다.

하지만, 그렇기에 궁금했다.

이미 영토를 가지고 있는 7대 마귀족이 얼마나 강한지.

언젠가 7대 마귀족 중 하나인 유세프와 전투한 적이 있지만, 그 녀석은 실전 경험이 없는 것 같았다.

하지만 만약 유세프 정도의 마력이 있고, 많은 전투를 겪은 자가 있다면──.

반드시 고전할 것이다.

그때를 대비해서라도 마족령에 대해 알 필요가 있다.

"있잖아, 지금 7대 마귀족의 세력도는 어떤 느낌이야?"

"세력도? 음~, 그러니까. 지금은 여섯 개의 영토에 주인이 있지. 아드리스타령 외에는 전부 지배자가 있어."

희희낙락한 말투다.

전혀 경계하고 있지 않다. 7대 마귀족이라는 이름을 댄다면 언젠가 그들과 싸우게 될 텐데.

"하지만 이제 쿼츠 군이 중요해지려나."

"쿼츠?"

"그래그래. 영토 두 곳을 소유하는 마족이야. 엄청난 무투파고 지금까지 단 한 번도 진 적이 없어!"

"한 번도……?"

전투는 서로의 목숨을 빼앗는 싸움이다. 살아있으면 승리한 때가 더 많을 것이다.

하지만 단 한 번도 진 적이 없다는 건 이상하다.

"느흐흐~! 엄청나게 강해! 실제로 그 힘은 틀림없이 진짜야. 나도 본 적이 있으니까! 천 번을 넘는 모반을 겪어도 무패. 선대 7대 마귀족 중 둘을 죽이고 출세했어! 틀림없는 마왕 후보지!"

"그렇구나. 어떤 식으로 싸워?"

"올라운더, 이러나. 육탄전이든 마법전이든 뭐든지 해! ──그래도 말이야, 그의 강점은 그게 아니라고 생각해."

퓨리가 드물게도 진지한 표정을 지었다.

무심코 "그러면?"이라 말하며 다음 내용을 재촉했다.

하지만,

"글쎄?"

장난스럽게 퓨리가 고개를 갸웃했다.

한쪽 눈썹이 내려갔다.

"모르는 거냐."

"이거다! 싶은 필살기 같은 게 아닌걸! 작열하는 불꽃을 내뿜거나, 날카로운 검극을 보여주거나 하는 게 아니야. '왠지 강하다', 그런 느낌이야."

"흐음."

힘의 정체에 대한 후보가 떠오르긴 했다.

하지만 역시 실제로 보지 않으면 알 수 없을 듯하다.

"그리고 있지."

퓨리가 말했다.

"그는 6마장이라고 하는 강한 여섯 장군을 거느리고 있어."

다른 7대 귀족에 대해 말하는가 싶었는데, 다른 이름이 튀어나왔다.

여섯 장군이라.

"그 녀석들은 얼마나 강해?"

"S랭크 마물보다는 강해!"

"모두가?"

"응, 모두가! 아마 S랭크 마물이 떼를 지어 덤벼도 못 이길 거야!"

강한 놈이 얼마나 많은 건지.

뭐, 그 정도가 아니면 7대 마귀족의 영토를 두 곳이나 지배할 수 없다는 건가.

하지만 오히려 그만한 녀석들이 있는데 다른 영토를 평정하지 못하는 것도 이상하네.

문득 생각했다.

만약 그런 녀석들이 시험을 치르고 있는 A랭크 모험가들과 맞닥뜨리면 어떻게 될 것인가.

필은 걱정 없을 것이다. 그 녀석도 퓨리가 말하는 S랭크 마물이 떼를 지어 덤벼도 이길 수 없는 힘을 지닌 자에 포함된다.

하지만 쿠에나와 실라는 어떨까.

확실하게 말하자면 이길 수 없을 것이다.

그 정도 영역에는 이르지 못했다.

"왜 그래?"

갑자기 질문을 받았다.

하지만 그 질문의 의도는 헤아릴 수 없었다.

"뭐가?"

"왠지 걱정스러운 표정을 짓고 있었으니까."

"……걱정스러운 표정인가."

딱히 의식은 하지 않았다.

하지만 지금 생각하고 있던 것이라면 쿠에나와 실라에 대한 생각이다.

그녀들이 지는 모습을 상상하고 있었다.

그건 싫다.

왠지 화가 치밀어 오르기 시작했다.

걱정스러운 표정.

그런 표정을 짓고 있었을지도 모른다.

하지만 그건 내 사사로운 감정이다.

"신경 쓰지 마. 의뢰에는 지장 없어."

설령 S랭크 시험에 떨어질 것 같더라도 도움은 줄 수 없다.

그녀들도 그런 도움을 바라지는 않을 것이다.

"──그런가. 그런 느낌이 들었어."

이상한 대답을 하는 퓨리.

그리고 나도 그녀들을 걱정할 때가 아니다.

쿼츠에 6마장, 그리고 수많은 마족을 상대해야만 하니까.

"그러고 보니, 아군은 어때?"

"아군?"

"그래. 있지? 한 영토를 차지한다고 하면 천 명이나 이천 명쯤
은……."

"아하하. 없어. 지드 군뿐이야!"

퓨리가 산뜻하게 웃으며 말했다.

……어?

난 분명 하나의 군세라도 이끄는 줄 알고 있었다.

그런데 뚜껑을 열어보니 둘 뿐?

이건…… 아니. 확인하지 않은 내 잘못이다.

조사도 없이 의뢰를 맡아버렸지만…….

"리프, 적어도 확인 좀 해달라고……."

"그만큼 신뢰하고 있다는 게 아닐까."

"신뢰받는 방법이 참 위험하네."

"느흐흐. 근데 길드에서 가장 대단하다는 말을 듣는 사람보다 지드 군을 더 의지하는 게 아닐까. 길드의 분수령이 될 만한 의뢰를 맡겼으니까."

가장 대단한 사람? 그 녀석과도 만난 걸까.

하지만 그보다 더 신경 쓰이는 것은 길드의 분수령인가 뭔가 하는 것이다.

"무슨 소리야? 분명 큰 의뢰이긴 하지만 명운을 가를 정도는……."

"지드 군이 생각하는 것보다 더 엄청난 일이야. 그건 의뢰금 같은 게 아니라, 내가 승낙한 마족령에 길드 지부를 세운다는 것."

"……그렇다는 건?"

"인간과 마족의 연결점도 되고, 만일 전쟁에서 마족이 인간에게 지면, 그 땅에 남아있는 길드가 어떤 세력보다 빠르게 영토를 실효 지배하겠지. 장사를 엄청 잘하는 것 같아. 보통은 거절해 마땅한 일이니까. 하지만 지드 군이라는 비장의 수단이 있으니까 리스크를 생각해도 리턴을 취한 거지."

"어렵네."

그 외에도 여러 설명이 생략된 듯한 느낌이 들었다.

하지만 그 이야기를 자세히 하기에는 시간이 없겠지.

퓨리가 앞을 보고 말했다.

"응. 슬슬 마족령이려나."

한눈에 알 수 있었다.

인간과 마족의 경계선이 선명했다.

이쪽은 아직 청록색으로 빛나는 초원이 바람에 나부끼고 있지만, 어느 지점부터는 어두침침하고 몹시 거친 바위 밭이 이어지고 있었다.

◇

S랭크 시험을 위해 A랭크 모험가들은 왕도 근처에 있는 초원에 모여있었다.

이 정도의 인재가 한 번에 모이는 일은 좀처럼 없다. 모두가 소국의 장교급 스카우트를 받은 경험이 있을 정도다.

쿠에나, 실라, 그리고 거북한 듯이 멀리서 두 사람을 곁눈질로 보고 있는 필. 그 외에도 딧지와 위그 등 지드와 안면이 있는 사람도 있었다.

"그럼, 슬슬 시험 내용을 발표할까요오."

풍채 좋은 중년 남자가 말했다.

대량의 도구가 든 가방을 메고, 한 손에는 피켈을 들고 있었다.

S랭크 모험가—— '탐험가' 토이포.

시험을 치를 때는 비상사태를 대비해 S랭크 모험가가 감독으

233

로 입회하게 되어 있다.

옆에는 길드 직원도 있지만, 그가 자리를 주도해서 말했다.

"시험 장소는 '마족령 아드리스타'다아."

그렇게 말하자 술렁이는 소리가 터져 나왔다.

누설하면 시험을 치는 의미가 없기에 시험 내용도 장소도 시작 직전까지 숨긴다. 자연스러운 반응이었다.

토이포는 수험자의 심정을 간파하면서도 거침없이 내용을 말했다.

"시험 내용은 '마초' 회수다아. 가장 가까운 서식지는 아드리스타령의 폴리아 평원~. 가장 먼저 확보해서 나에게 전해주는 것이다아. 알겠나아?"

마초.

마력을 풍부하게 축적하는 풀이다. 이건 다양한 곳에 쓸 수 있다. 인간이나 마물이 먹으면 마력을 회복할 수 있고, 매직 아이템의 동력원으로도 쓸 수 있다.

주로 마족령에서 나는데, 장소는 상당히 한정되어 있다.

누구도 질문하지 않는다는 것을 알자 토이포가 말했다.

"미리 동의서에 사인을 받았지마안, 한 번만 더 확인해두겠다아. 여기서 시험을 포기해도 상관없다~. 만일의 경우에는 나도 움직이겠지마안, 죽는 경우는 꽤나 있으니 말이야아~."

여기까지 와서 하는 충고.

아무도 손을 들지 않았다.

위험을 무릅쓰고서라도 S랭크가 되고 싶다. 그 마음은 누구나 같을 것이다. 한 사람은 다르지만.

(S랭크가 된다! 지드와 같은 랭크! 그리고 키, 키, 키스! 잘하면! 동거!!)

실라는 사고회로를 알 수가 없었다.

옆에 있는 쿠에나에게 생각을 읽는 능력이라도 있었다면 '진짜로 불순한 동기로 참가할 줄이야, 기가 막히네……'라며 딴지를 걸만한 생각이었다.

"아무도 없지이? 마족령은 위험하다고오. 고랭크 마물이 척척 튀어나오고오, 마족 중에도 인간을 보면 공격하는 과격파가 있으니 말이다아~?"

토이포가 꼼꼼하게 물었다.

모인 A랭크 모험가 중에서 마족령에 간 적이 있는 자는 적다. 하지만 시험이 어려울 건 상상하기 어렵지 않았다. 뛰어난 실력을 지닌 A랭크 모험가들일지라도.

하지만 위험을 감수하더라도 'S랭크'에는 그만한 가치가 있다.

고작 한 조직의 랭크. 하지만 그 고작으로 앞으로의 인생이 크게 변해간다.

의뢰내용도, 의뢰자도, 포상금도 배 이상으로 뛴다.

스카우트 조건은 더더욱 좋아질 것이다.

무엇보다도 내년의 S랭크 시험도 분명 이번보다 어려울 것이다.

그들에게는 시작도 전에 시험을 포기할 이유가 없다.

마지막으로 의지를 확인한 토이포가 고개를 끄덕이고 응시했다.

"오케이~. 그럼 지도를 주지이. 먼저 갈 사람은 가도 돼~."

토이포가 말하자 먼저 몇 명이 움직였다.

마족령의 지형을 알고 폴리아 평원까지 일직선으로 갈 수 있는 멤버다. 경험이 풍부한 딧지가 이 면면 중에 섞여 있었다.

그리고 다음으로 길드 직원한테서 지도를 받은 멤버도 움직이기 시작했다. 그중에는 쿠에나와 실라, 그리고 필이 있었다.

필도 지도 없이 폴리아 평원까지 갈 수 있었다.

하지만 쿠에나와 실라에게 사과할 기회를 엿보고 있어서 먼저 달려가지 못했다.

이리하여 지금도 쿠에나와 실라가 알아차리지 못한 채로 가만히 뒤를 쫓기 시작했다.

그 모습이 지드를 쫓는 소리아와 비슷했는데…… 애완동물은 주인을 닮는다는 걸까.

◇

A랭크 모험가들의 시험이 시작되고 얼마 후.

상당한 거리를 걷고 있지만 목적지가 멀어 이미 해 질 녘이 되었다.

쿠에나와 실라는 숲 한복판에서 쉬고 있었다.

"너, 언제까지 따라올 생각이야."

쿠에나가 옆에서 냄비를 젓고 있는 실라에게 말했다.

그 말을 듣고 실라가 볼을 부풀렸다.

"뭐야~. 그럼 밥 필요 없어? 지금 먹고 있는 거 빼앗는다?!"

"윽, 그건⋯⋯."

쿠에나가 자기도 모르게 손에 들고 있는 그릇을 뒤로 뺐다.

그건 실라가 조리한 수프였다. 땅에 깔아둔 손수건 위에는 빵도 있었다.

"하지만 오늘은 파티로 움직이는 게 아니니까 함께 행동하는 건 좀⋯⋯."

"그런 규칙은 없으니까 괜찮아. 어차피 결국엔 우리 중 한 명만 S랭크가 될 수 있고."

서로 협력해도 마지막에는 S랭크의 자리를 두고 쟁탈하게 된다.

어디까지 이용할 수 있는가, 이용당하는가. 믿는 마음과 의심하는 힘이 필요해진다.

"⋯⋯A랭크 모험가들 사이에서 담합이 일어날 것 같네. 돈으로 매수해서 다른 A랭크 모험가를 같은 편으로 끌어들이거나 해서."

쿠에나가 나지막하게 현재 상황을 돌아보면서 말했다.

"그런 건 실력주의 세상에선 아무 의미도 없을 것 같지 않아?"

"너, 진짜 가끔 진지해지는구나."

"가끔이 뭐야~! 난 계속 진지해!"

한창 그런 대화를 하는 와중에 무언가의 울음이 들렸다.

바람이 협곡을 빠져나가는 듯한 장대한 메아리가 숲 전체에 울렸다.

순간적으로 쿠에나와 실라가 검을 잡고 경계했다.

여긴 마족령. 결코 방심할 수 없는 곳이다.

「뭔가, 있어.」

사검의 마력을 두른 실라의 입이 움직였다.

그 시선이 향하는 곳은 큰 잎 건너편이었다. 어떤 기척을 감지했다.

실라가 앞으로 나와 잎에 손을 댔다.

쿠에나와 한순간 시선이 교차했다.

실라가 경계하면서 한 번에 잎을 걷어냈다. 그곳에는 필이 있었다.

필은 손에 과일을 들고는 입에 한가득 넣어 먹고 있었다.

"머, 머냐, 너이느!(뭐, 뭐냐, 너희는!)"

"너야말로 뭐 하는 거야…….."

이 무방비한 모습.

필이 숨어서 쿠에나와 실라를 감시하고 있었을 뿐이라는 것은 알 수 있었다.

꿀꺽, 하고 입 안에 있던 것을 삼킨 필이 당황해서 변명했다.

"따, 딱히 아무것도 안 했다! 우연히 가까이에 있었을 뿐이지 이유 같은 건 없다!"

「기척까지 숨기고 무슨 소릴 하는 거야.」

"그, 그건 말이다……!"

필이 결심하고 말했다.

"사, 사과하고 싶었다! 너희에게……! 전에 싸움을 걸어서 두들겨 팼잖나. 그 일에 관해서 꼭 사과하고 싶었다……!"

"저번에 했잖아?"

「그래. 정중하게 편지를 보냈잖아.」

필의 새삼스러운 사과에 쿠에나와 실라가 멍하니 봤다.

하지만 그것만으로는 부족하다며 필이 고개를 저었다.

"난 소리아 님이 관련되면 제어를 잃는다. 지금은 냉정해졌기에 안다……! 난 너희에게 터무니없는 짓을 했다……!"

눈에 눈물을 머금고 자세를 홱 고치고 양손을 땅에 댔다.

그리고 필은 숨을 들이쉬고 계속 말했다.

"정말…… 미안했다!"

「응, 괜찮아.」

"엎드려 사과하는 검성이라니, 엄청난 걸 봤네. 딱히 아무래도 상관없지만."

"엄청 시원스러운데?!"

"계속 앙심을 품을 일도 아니니까. 오히려 수준이 더 높은 사람과 싸울 수 있어서 운이 좋은 수준이야."

「그렇네. 그때는 수준 높은 사람과 싸울 수 있어서 운이 좋았어. 그때는 말이지.」

"그때는?…… 끄응."

사과하는 마음은 있지만, 뭔가 도발당한 듯한 느낌이 들었다.

받아치고 싶지만, 이 자리에서는 사과가 우선이었다.

하지만.

「응. 똑같은 상황이라면 이겨. 2대1이라면.」

필의 미안한 마음을 실라가 날려버렸다.

"……배짱 한번 좋구나. 확실히 이전과는 달리 기괴한 오라를 네 몸에 두르고 있는데, 그것만으로 날 웃돌고 있다고 생각하나."

「기괴가 뭐야! 난 나(사검)랑 사이좋다고!」

"아니, 하지만 확실히 조금 동화되고 있는 것 같은 느낌이 들어. 너 옛날엔 사검이랑 인격이 따로였을 텐데, 지금은 누가 누군지 모르겠는걸."

「쿠에나까지 왜 그래?!」

"너희 사정은 아무래도 좋지만 무시당하는 건 간과할 수 없군. 이 힘은 소리아 님과 함께한다. 유세프에겐 뒤졌지만, 이래 봬도 '검성'이다."

전투태세.

필의 눈빛이 날카롭게 변했다.

「어라, 제어가 안 되는 상태로 들어갔어?」

"철회할 거라면 지금이 기회다. 난 의심할 여지 없이 너희보다 강하다."

「우와~! 싸울 생각이 가득해, 이 사람!」

"기다려. 이번 시험은 도중에 싸워도 의미 없잖아."

위태로운 분위기 속에서 쿠에나가 제지했다.

여기서 전투를 벌여서 얻는 메리트는 대수롭지 않다. 시험에 집중하는 것이 우선이다.

"……좋다. S랭크가 되는 것이 더 중요하다."

냉정함을 되찾은 필이 칼을 거두었다.

하지만, 이라며 덧붙였다.

"이대로 물러서서 결론을 내는 걸 미루는 것도 성가시다. 그러니 승부하지 않겠나."

"승부?"

"그래. 이 시험을 돌파한 쪽이 승리. 그걸로 어떤가?"

"단순 명쾌하네. 뭐, 괜찮지 않아? 승부 같은 건 아무래도 상관없지만."

「잠깐! 난 2대1이라면 이길 수 있다고 했어! 나랑 쿠에나는 개인으로 참가했으니까 결국 1대1대1이잖아!」

"바보 같은데 이상한 이치를 내세우는구나."

「불합리하지 않아?!」

"딱히 상관없지 않아? 아니면 실라는 혼자서는 불안해?"

쿠에나가 도발하는 말투로 말했다.

「왜 쿠에나가 도발하는 거야! 역시 지드랑 한 약속을 질투하는 거야?!」

"무슨. 딱히 그런 건……!"

"약속? 무슨 소리냐."

「만약 시험을 통과하면 지드랑 키스하는 거야. 그러니까 난 지지 않아! 쿠에나한테도, 필한테도!」

팔짱을 끼고 가슴이 강조되는 자세로 실라가 자신만만하게 말했다.

"키, 키스라고오?!"

필이 과잉반응했다. 실라와 입술이 닿을 것만 같을 정도로 몸을 앞으로 내밀면서.

"그런 건 안 된다! 용서 안 한다!"

「뭣. 왜 안 되는 거야?! 그, 그럼 필도 지드를……?!」

"바, 바보 같은 소리 하지 마라! 난…… 그거다! 소리아 님이 지드에게 호의를 품고 있다! 그러니 안 된다! 지드는 소리아 님의…… 것이다!"

「뭔가 곳곳에 틈이 있었어! 필도 사실은 좋아하는 거지?! 자신에게 솔직해지라고!」

"왜, 왜 네가 응원을……. 아니, 아니아니아니, 난 딱히 좋아하는 건 결코…… 아니다! 우선 이유가 없다! 그래, 이유 같은 건 없다! 신성 공화국을 구해주기도 하고 나도 구해주기도 해서 은혜를 못 느끼는 것도 아니고, 서투른 상냥함을 접했다던가, 그런 건 상관없다! 처음에 질투했었던 만큼 관계가 회복된 뒤의 갭이 엄청나다고 생각하면 안 된다고! 소리아 님이 제일로 지드를 생각하고 있을 테니까……!"

필이 말을 빠르게 내뱉으며 변명했다.

하지만 마음이 전부 다 새어 나왔다.

「그건 소리아를 핑계로 삼는 것일 뿐이잖아! 누군가를 우선해서 자기 마음을 솔직하게 말하지 못하다니, 그러면 안 돼!」

실라의 진심이 담긴 말이었다.

부패한 아버지와 그의 동료들. 만약 그때도 자신의 의견을 확실하게 주장할 수 있었다면.

그런 마음이 있기에 지금 실라는 솔직하게 살아가고 있다.

"하, 하지만 소리아 님은 내 마음으로 정한 주인이다. 거역하고 등을 돌리는 짓은······!"

「······흠. 확실히 나도 지드에게 등을 돌리는 짓은 할 수 없어. 그럼 타협점을 찾으면 되잖아! 소리아와 필 둘 다 지드랑 들러붙으면 돼! 엄청 편한 이론이야!」

"끄응······! 하지만, 그건······!"

실라와 필의 이야기는 점점 더 뜨거워져 갔다.

그런 가운데 쿠에나는 혼자 남겨졌다. 그녀는 지드와 어깨를 나란히 하고 싶다는 마음을 밝혔지만, 그래도 거리감을 잘 파악하지 못하고 있었다.

"끄하악!"

마족 남자가 주먹에 맞아 뒤로 쓰러졌다.

난 주먹을 흔들면서 남자를 내려다봤다.

"항복이냐?"

"······그래, 내 패배다. 인정하지. 그 꼬맹이가 이 일대의 주인이다."

남자가 그렇게 말하자 뒤에서 보고 있던 퓨리가 미소를 지으면서 걸어왔다.

"좋~아! 역시 지드 군! 아드리스타령 대부분을 손에 넣었네!"

"시간이 좀 걸렸지만."

나와 퓨리는 아드리스타령에서 위세를 떨치는 세력을 모조리 제압했다.

앞으로 퓨리의 부하가 될 남자가 일어서면서 말했다.

"근데 왜 인간이 마족에게 손을 빌려주지?"

지금까지 여러 지역의 주인을 제압할 때마다 들어온 질문이다. 확실히 다른 종족의 문제에 관여하는 녀석은 수상하게 보일 거다.

"의뢰니까. 일이라는 것이지."

"돈인가. 얼마나 받은 거냐."

"너도 의뢰하고 싶냐?"

"딱히 흥미는 없다. 다만, 궁금했을 뿐이다. 기한은 얼마를 의뢰받았지?"

"아드리스타령을 차지할 때까지야."

"그런가. 과연."

딱히 위화감을 못 느꼈는지 응응 이라며 고개를 끄덕였다.

"근데, 퓨리······ 님이었나. 넌 왜 아드리스타령을 차지하려 하는 거지? 이 일대에선 본 적이 없어. 다른 영지 출신이지?"

"그냥 기분이야. 굳이 말하자면 인간의 영토에서 가장 가깝기 때문이려나."

"⋯⋯흐음. 만약 네가 있던 지역의 주인에게 겁먹고 하극상을 피했다면 영역을 차지할 생각은 버리는 게 좋을걸?"

그건 자신의 새로운 주인을 생각해서 한 말인가.

아드리스타령을 차지하면 의뢰는 종료된다. 즉, 내가 퓨리 곁을 떠나게 되는 것이다.

이제 퓨리가 혼자 통치하기만 하면 된다.

"음~. 뭐, 그때라도 생각하지."

남자의 말을 듣고 퓨리는 딱히 별일 아니라는 듯이 행동했다.

태평한 건지, 배포가 큰 건지.

"이봐. 어차피 다른 아드리스타령의 세력을 쓰러뜨린 것도 그 인간이지? 의뢰가 끝나고 이 녀석이 사라지면, 굴복시킨 세력이 반기를 들고 하극상을 할 거라고. 느긋하게 있을 때가 아니잖아."

이는 경고였다.

퓨리의 적은 많다. 부하도 경계해야 하고, 다른 영지에서도 적이 온다. 내가 일시적으로 제압했어도 그건 퓨리의 실력에 굴복한 게 아니다.

즉, 남자가 하고 싶은 말은 이런 것이다.

용병 따위로 영지를 손에 넣어도 유지할만한 힘이 없으면 무의미하다. 백성은 네 편이 아니다.

어떻게 보면 모욕과 경시지만, 퓨리는 그 의미를 아는 건지 모르는 건지 올린 입꼬리를 흩뜨리지 않고 넘겨버렸다.

"괜찮아~ 괜찮아~."

겉으로 보기에는 그냥 즐겁게 웃는 미소년이지만, 그가 짊어지고 있는 것은 크다.

자각이 있는지는 차치하더라도.

퓨리와 언데드 드래곤을 타고 다음 목적지로 향했다.

"그래서 다음은 어떡할 거야?"

내 말에 퓨리가 본론을 말하는 듯이 입을 열었다.

"각 영지에는 성이 있어. 성에 지배자의 깃발을 세우면 영역의 주인을 자칭할 수 있어."

깃발인가.

인간 사회에도 국기가 있다. 마족 사이에 비슷한 게 있어도 이상하지 않다.

"그럼 처음부터 깃발을 세웠으면 됐잖아. 왜 다른 세력의 녀석들을 치고 다닌 거야?"

"영주라 칭해도 불복하는 마족이 잔뜩 있으니까. 깃발부터 세우면 성에 하극상을 일으키려는 녀석들이 몰려왔을 거야. 그냥 처음에 이렇게 인사하고 다니는 편이 편해."

"흐음, 그렇구나. 그럼 다음은 그 성에 가는 건가?"

"맞아. 다른 영역에는 대체로 3~5개의 성이 있지만, 아드리스타령은 하나뿐. 거길 차지하러 가는 거야!"

퓨리는 제법 들떠 보였다.

지금부터는 쿼츠가 이끄는 군세와 싸우게 될 것이다. 그쪽도 아드리스타령을 노린다고 하니, 정식으로 지배하려면 결국은 한 번 싸워야 한다.

그런데도 퓨리는 아무리 봐도 그런 걸 걱정하는 태도가 아니었다.

전투에 관해서는 나에게 전부 맡길 생각인 걸까.

상대는 이미 영지를 두 곳이나 가지고 있는 마족이다. 당연히 엄청난 군단을 보유하고 있을 것이다.

숫자가 많으면 나 혼자서 모든 적에 대한 대처를 할 수 있을 것이라 보긴 어렵다.

즉 이건⋯⋯──.

"응?"

"왜 그래?"

"저거 봐, 저거. 인간 아니야?"

"⋯⋯아아."

상당히 멀다.

지평선 끝에 드문드문 보이는 정도다. 어중간한 시력으로는 알아차릴 수 없는 정도의 거리.

모험가다.

아무래도 상처를 입고 철수하는 것 같다.

더 안쪽으로 가면 쿠에나나 실라 일행이 있을 것이다.

"상황이 좀 안 좋을지도 모르겠네~."

"무슨 소리야?"

"이 너머에 우리가 가려고 하는 성이 있으니 말이야. 쿼츠 군단의 진군 루트이기도 할 거란 말이지."

"그런가."

"어라, 신경 쓰이지 않아?"

퓨리가 의외라는 듯이 물어봤다.

그는 내가 시험을 멈추리라 생각한 모양이다.

"길드의 시험이야. 방해할 생각은 없어."

"친한 사람이 있어도?"

"그래. 그녀들도 위험하다는 건 다 알겠지."

"······흠~."

뭔가 재미없다는 듯이.

뭔가를 잘 보고 확인하듯이 퓨리가 나를 봤다.

"뭐야?"

그 시선의 의미를 살피기 위해 물었다.

하지만 퓨리는 금방 다른 쪽을 보고 시치미 뗐다.

"아무것도 아냐."

여전히 미소 지으면서.

◇

감독역 토이포는 높이 솟아오른 산 위에서 수험자들의 모습을 보고 있었다.

당연히 수험자들은 하나 되어 움직이고 있는 게 아니다. 그래서 모두를 빈틈없이 추적할 수는 없지만, 그래도 어느 정도는 파악하고 있었다.

(저건 탈락이구만~. 쟤도 집으로 돌아가고 있구나아~.)

이미 몇 명이 도주하고 있다.

시험 이탈은 신고할 필요가 없다. 기권 판단은 각자에게 맡긴다.

A랭크쯤 되면 신변의 위험은 알아차릴 수 있다. S랭크 시험은 또 내년, 내후년에도 기회가 있다. 그래서 합격할 수 없다는 걸 알자 빠르게 철수했다.

하지만 도망치지 못하는 모험가도 있다.

(아. 저건 위험하네.)

숲을 달리는 모험가가 토이포의 시야에 들어왔다.

명백하게 피신 중이었고, 전의는 완전히 상실했다.

사자 머리에 말의 다리, 몸통은 코끼리, 등에는 드래곤의 날개가 난 키메라 떼가 그를 덮치고 있었다.

그냥 내버려 두면 틀림없이 죽는다.

평범한 감독은 도와주지 않을 것이다.

왜냐하면 이건 시험이고, '방해'를 하면 안 되기 때문이다.

그래서 죽을 때가 임박한 모험가는 절망하고 있었다. 더는 희망이 없다고.

하지만 토이포는 주저하지 않고 마법을 전개했다.

묵직한 소리와 함께 숲 전체가 흔들렸다.

수험자와 키메라 사이에 땅이 갈라지며 균열이 생겼다.

땅을 달리는 키메라의 발이 멈췄고, 그 틈에도 균열은 넓어져 갔다.

살짝 들여다보니 바닥이 보이지 않을 정도로 깊었다.

"……!"

수험자가 뜻밖의 요행에 놀라면서도 전력으로 인간의 영지로 돌아갔다.

그 모습을 보고 토이포가 만족스럽게 고개를 끄덕였다.

몇 명 없는 개인 S랭크의 '모험가'── 토이포.

그 실력은 진짜다.

문득 토이포가 깨달았다.

먼 곳에서 괴이한 집단이 다가오고 있다는 것을.

(저거언?)

그것은 확실하게── 파란의 개막이 될 것이다.

제3화 움직임

마족.

그 모습은 다양하다. 하지만 인간이나 수인과는 다른 점이 여럿 있다.

수인은 짐승과 인간이 섞인 듯한 외모인데, 마족은 마물과 인간이 섞인 듯한 외모이다.

그야말로 드래곤과 울프, 거기에 오우거에 이르기까지.

마물과 짐승은 보유한 '마력량'으로 구분한다.

마력량은 신체의 성장과 강도, 생명력의 강도 등에 비례한다.

마물의 마력량은 많고, 짐승은 적다.

당연히 종합적인 종족의 힘은 마족이 더 높다. 인간도 수인도, 일부 특이한 자를 제외하면 뒤떨어진다. 게다가 마족 중 일부는 그 힘이 크게 뛰어나다.

왜 그런 '진화' 혹은 '퇴화'를 한 건지는 해명되지 않았다.

아직도 다양한 설이 제창되어 연구되고 있다.

다만 가장 널리 믿고 알기 쉬운 설명은 '신이 그렇게 되도록 만들었기 때문'이다.

그 마족이 천 명 이상 모여 규율을 유지한 채로 행진하고 있었다.

그 행렬 안에는 '격'이 다른 자가 합쳐서 일곱 명이 있었다.

한 명은 행진의 선두에 있었다. 날개를 비틀린 흑룡 위에 걸터앉아 여섯 개의 팔로 팔짱을 끼고 있었다. 거미와 인간을 섞은 듯한 모습에 2m의 체구를 지닌 남자──론라였다.

또 한 명, 선두에서 가는 자가 있었다. 날씬한 몸에 황동색 머리칼을 지닌 여자──리스트. 그녀는 라이오넬이라는 사자와 비슷한 붉은 마물의 등에 엎드려 손발을 힘없이 축 늘어뜨리고 있었다.

그 뒤쪽에도 두 명 정도가 배치되어 있었다.

하지만 가장 많은 오라를 발산하며 마족 병사들을 긴장시키는 자들은 중앙에 있는 세 명이었다.

오른쪽에는 은백색 날개로 오른쪽 눈을 가린 조용해 보이는 남자가 있었다. 이 대륙에서는 보기 드문 기모노를 입고 흑도를 지니고 있었고, 천천히, 하지만 주위의 페이스에 맞춰 움직이고 있었다.

왼쪽에는 오만해 보이고 자신만만한 웃음을 띠고 있는 해골이 있었다.

"하쿠, 이스타."

하쿠라 불린 오른쪽의 남자가, 이스타라 불린 왼쪽의 해골이 각자 뒤돌아봤다.

중앙에 있는 자는 열 명의 마족이 짊어진 가마에 앉은 남자──쿼츠였다. 자존심 강한 마족이 누군가를 가마에 태우고 짊어지는 것은 굉장히 굴욕적인 일이지만, 그걸 가능하게 할 만한 힘이 쿼츠에게 있는 것이다.

인간형이지만 온몸이 검은색. 날개는 한쪽밖에 없고, 이마 좌우에 직각으로 자란 뿔이 있었다.

"무슨 일이십니까?"

하쿠가 솔선하여 반문했다.

"너희가 해치워라."

"······──."

처음엔 쿼츠의 말을 듣고 있던 누구도 그 의도를 이해하지 못했다.

하지만 곧 길옆의 초목에서 모험가가 튀어나왔다. 거리로 치면 100m 정도인데, 마족들이 기척을 알아차리기에는 충분했다.

늦게 알아차린 해골이 오른손을 펼쳤다.

모험가 아래에 마법진이 전개되고── 몸 안쪽에서 뼈가 튀어나왔다. 보기에도 처참한 모습으로 변모되었다.

"이거이거. 인간이 이 땅에 숨어들어와 있을 줄이야."

해골이 느슨한 목소리로 말했다.

가차 없이 죽였다.

적의를 느끼기 전에 목숨을 빼앗는 의미가 있었는지 분명하지도 않은 채로.

"사소한 일이다. 앞으로도 똑같은 일이 생기면 너희에게 맡기지. 이대로 전진해라."

쿼츠는 그대로 사체는 거들떠보지도 않고 성으로 군대를 전진시켰다.

이 명령과 비슷한 일이 있을 것이라고 넌지시 두 사람에게 말하고.

◇

시험 중단은 있을 수 없는 일이었다.

길드의 방침으로 아무리 곤란한 상황이더라도 타파하지 않으면 최고위 칭호인 'S랭크'에 적합하지 않다고 여겨졌다.

그래서 S랭크는 매년 탄생하는 게 아니다. 오히려 몇 년에 한 번 정도밖에 나오지 않는다.

A랭크에 포인트를 상한까지 꽉 채운 모험가에게는 자신의 미숙함을 이해할 좋은 기회가 된다.

하지만 이번에는 상황이 달랐다.

감독역인 토이포가 위화감을 느끼고 제일 먼저 길드에 연락할 정도로 예년과는 동떨어진 '이례'였다――.

"!"

필이 어떤 기척을 감지했다.

옆에 있는 실라가 그런 필의 상태를 알아차리고 물었다.

"왜 그래?"

"넌 참 태연하게 물어보네. 좀 더 스스로 알아차리려고 해봐.

우리가 개별로 시험을 치르고 있다는 건 알고 있어?"

"괜찮잖아, 닮는 것도 아니고!"

"전 기사다운 공정한 의견이네……."

실라의 당당한 태도에 질려서 쿠에나는 야유했다.

하지만 그렇게 말하는 쿠에나도 필이 감지한 기척은 찾지 못하고 있었다.

"……── ."

필은 전혀 입을 열려고 하지 않았다.

볼에 땀이 흘렀다. 그건 사태의 심각함을 이야기해주었다.

"야~, 필~. 왜 아무 말 안 하는 거야. 혹시 꽃 따러 가고 싶은 거야~?"

실라가 바보취급 하는 듯이 필을 쿡쿡 찔렀다.

하지만 필은 농담에 어울리지 않고 둘을 봤다.

"모르는 건가."

그저 한마디.

드디어 쿠에나와 실라도 신경을 곤두세웠다.

딱히 경계는 게을리하지 않았지만, 필의 말을 듣고 한 층 더 집중했다.

"왠지 저쪽이 엄청 조용하네."

실라가 오른쪽을 보면서 말했다.

후에 쿠에나도 수긍했다.

"그렇네. 꺼림칙할 정도로."

다른 방향에서는 짐승과 마물이 술렁이는 소리가 들린다.

고요함. 숲 한복판에서 그렇게 고요한 것은 확실히 이질적이었다.

필이 사태를 파악한 두 사람에게 엄숙하고 무게가 느껴지게 말했다.

"이 숲의 일각을 침묵시킬 수 있는 녀석, 혹은 녀석들이 있는 것이다."

"……다른 수험자도 있을 거야. 그 녀석이 그랬다거나?"

쿠에나가 말했다.

다른 A랭크 모험가가 이 숲에 있을 가능성은 목적지가 같은 이상 높다.

"그렇네. 이렇게 대담한 짓을 하는 자도 있을지도 모르지. 그렇다고는 해도——."

필이 말을 마치기 전에 셋의 모험가 카드가 붕붕 진동했다.

길드에서 알림이 온 것이다.

동시에 왔으니 지명의뢰가 아니라는 걸 바로 이해하고, 세 명은 모험가 카드를 들었다.

내용을 보고 바로 반응을 보인 사람은 실라였다.

"와, 시험포기 권장 알림이래."

예상했던 것보다 위험한 소식이었다.

길드 측에서 시험 포기를 권장할 정도라면 상당한 일이었다.

하지만 이는 어디까지나 '권장'이지 강제가 아니다. 시험 중지

통지는 아니니, 돌파가 가능하면 S랭크가 될 수 있는 것이다.

"너희는 어떡할 거지? 난 이대로 간다."

필은 개의치 않는 눈치였다. 그녀에겐 그만한 자신감과 실력이 있었다.

반대로 쿠에나는 신중했다.

"……어쩔까. 어느 정도 위험도 상정한 시험일 거야. 그런데 이렇게 알림까지 보낸다는 건 어지간한 일이잖아. 앞서서 강의를 듣는 게 아니니까 임기응변의 대응이 필요하지 않겠어?"

"아마 이건 감독이나 길드 직원이 직접 보낸 알림이겠지. 이런 빠른 대응은 현장에서밖에 못 하니까. 길드의 상층부가 내린 판단이 아닐 거다."

"그 말은 감독역이 약하니까 겁먹었다는 거야?"

필의 말을 듣고 실라가 되물었다.

긍정하는 것이라고도 부정하는 것이라고도 볼 수 없는 표정으로 필이 말했다.

"길드의 S랭크가 감독하고 있어. 약한 건 아니겠지. 다만, 어디까지나 현장에 있는 사람이 자신의 척도로 판단한 결과가 통지되었을 뿐이라고 말하는 것이다."

"그 말은 은근히 자기보다 격이 낮다고 말하는 것과 마찬가지잖아."

쿠에나가 필의 숨겨진 생각에 딴지를 걸었다.

"……뭐, 거만하다는 말을 들어도 상관없다. 하지만 난 그래도 가야만 한다. 소리아 님이 기다리고 계시니까."

그건 기사 필의 긍지였다.

그녀에겐 무슨 일이 있어도 양보할 수 없는 부분이 있다.

그리고 그런 말을 들으면 실라도 가만히 있을 수 없었다.

"치~. 나도 지드를 위해서 가야만 하는걸!"

그것은 약속을 위해.

실라의 기사의 긍지와 같은, 그런 느낌의 것이다.

하지만 쿠에나는 입을 강하게 꾹 다물었다.

(⋯⋯스틸비츠 왕국에서는 내 고집으로 전장에 나와서 질 뻔했어. 또 무리하게 나아간다는 결단을 내리면 못 돌아올지도 몰라.)

그렇게 망설일 틈은 없다는 듯이 풀숲이 사박사박 흔들렸다.

세 사람이 눈을 크게 뜨고 전투태세에 들어갔다.

그때, 목소리가 들렸다.

"그러니까 애송이는 순순히 돌아가라고. 여긴 베테랑이 아니면 어렵다고."

수염을 기른 딧지.

"애송이가 뭐냐! 난 스틸비츠의 왕자이지 A랭크 모험가 위그라고!"

가슴에 손을 대고 자신감을 드러내는 위그.

"A랭크는 똑같다고."

"똑같아도 된 나이가 다르잖아! 난 젊을 때 A랭크가 됐다고!"

"실력과 경험을 충분히 쌓은 내가 더 위다."

그런 말싸움을 하는 두 모험가.

위그와 딧지도 세 사람을 발견했다.

"뭐야, 너희도 가는 거냐?"

"오, 지드 형님의 여자 친구분들 아닙니까!"

두 사람의 반응을 보고 필이 쿠에나를 봤다.

"물러나는 건 자유다. 하지만 자신이 있다면 가야 하지 않겠나. 관심은 없지만 넌 '놈'의 파티 멤버잖아."

"……."

필의 말을 듣고 쿠에나가 잠깐 침묵했다.

마음속 깊은 곳에서 포기할 수 없는 감정이 울컥울컥 솟아올랐다.

"……아~! 진짜. 알았어! 간다고! 그리고 난 딱히 지드의 여자 친구가 아니야!"

망설임을 털어낸 쿠에나도 간다는 판단을 내렸다.

◇

"……이거 놀랍네요."

그건 소리아의 목소리였다.

반투명한 수정에 비친 그녀의 모습에서 나오고 있었다.

리프는 심각한 표정을 지은 그 수정을 바라보고 있었다.

두 사람 모두 손에는 한 장의 용지를 쥐고 있었다. 그건 의뢰서 사본이다. 지드가 받은 의뢰, 그리고 의뢰자의 이름이 적혀있었다.

"프라우퓨 아이리. ──세 곳의 영토를 지닌 마족, 인가요."

"그래. 마왕의 자리에 가장 근접한 자지. 그자가 지드를 데리고 영토를 차지하러 가버렸다."

의뢰서에 동봉된 서류에는 길드 마스터실에 설치된 매직 아이템으로 촬영된 사진도 첨부되어 있었다.

거기에 찍힌 것은 길드에서 지드를 데리고 나온 날씬한 소년의 얼굴이다.

──통칭, 퓨리.

프라우퓨 아이리가 바로 퓨리의 원래 이름. 그 정체는 마왕에 근접한 마귀족이다.

"이런 얼굴이었군요."

"벌써 마왕이 목전인데 역대 마왕 중에 가장 존재감이 옅고 눈에 띄지 않아."

"그가 일으킨 수많은 사건에 대한 소식은 귀에 들어오는데, 말인가요."

"퓨리에 관한 중요한 정보를 누설하려 한 자는 사라지니 말이야."

싹둑싹둑하는 듣기 좋은 소리가 났다.

소리아가 리프에게서 받은 사진을 자르고 있었다.

"뭘 하는 겐가?"

"퓨리의 사진을 잘라서 신성 공화국 안에 퍼뜨려둘게요. 각국에도 손을 써둘까 싶어서."

"아니, 그건 알겠지만……."

굳이 자를 필요가 있나?

그게 리프의 의문이었다.

리프가 보면 소리아는 왼손에 서류와 사진을 들고 오른손으로 자르고 있었다. 즉, 무엇을 자르고 있는지 알 수 없었다.

하지만 소리아가 잘라낸 사진을 책상 위에 놓았을 때, 그때야 알아차렸다.

"그럼 이 사진만 정보 공유를 위해 쓰도록 하겠습니다."

그렇게 말하면서 퓨리가 찍히지 않은 사진, 원래 버려야 하는 부분을 소매에 넣었다. 그건── 지드가 찍힌 부분이다.

리프에게도 같은 사진이 손에 있다. 퓨리가 잘리면 어느 부분이 남는지 알 수 있다.

사진에는 지드가 퓨리에게 손을 끌려 넘어지지 않도록 균형을 잡으면서 걷는 모습이 찍혀있다.

(이 와중에 지드의 사진을 챙기다니, 실라를 방불케 하는 수준이구면.)

혹은, 그 이상인가.

리프도 소리아의 지드 신앙은 알아차리고 있었다.

"그래서 제게 용건이 있다고 들었는데, 어떤 취지인가요?"

이제부터 본론에 들어간다.

리프가 소리아와 연락을 이유는 아직 이야기하지 않았다.

"아니, 그 뭐냐. 자네는 '성녀'이니 말이네. 마왕이 탄생하려는 조짐을 전하려 했을 뿐이네."

"……흠. 지드 씨를 돕는 건 아니군요?"

"이상한 소릴 하는군. 그 녀석이 도움을 바란다고 생각하나?"

"아뇨, 전혀. 다만 길드에 있어서 지드 씨는 소중한 분이니, 만일의 경우가 일어나지 않도록 해야겠다고 생각했습니다만."

"후후, 안심해라. 이쪽도 이미 '여러' 수를 써놨다."

그 웃음에는 정체를 알 수 없는 뭔가가 있었다.

그런 리프를 보고 소리아는 더 이상 아무 말도 하지 않았다.

"그럼 그냥 대비하라는 이야기인가요."

"음. 지드가 실패하지는 않을 테니. 이제 마왕 탄생은 피할 수 없다."

"……성공 보수로 마족령에 길드 지부를 설립한다고 적혀있네요. 이건 인간과 마족의 평화를 위한 건가요?"

소리아의 착상은 지극히 자연스럽다. 마왕이 탄생해도 길드가 평화의 가교가 되지 않을까. 그러기 위해 마족령에 길드를 설립하는 게 아닐까.

실제로 수인과 인간 사이에는 다양한 조직이 왕래하고 뒤섞여서 양호한 관계를 유지하고 있다.

"아니. 그렇게 잘 되진 않을 게야."

마치 뭔가를 알고 있는 것처럼.

리프가 먼 곳을 봤다.

"인간과 마족 사이에는 '뭔가'가 작용하고 있네. 검을 맞부딪치는 일은 있어도, 손을 잡는 일은 없겠지."

"그건……."

"애초에 쉽게 길드를 설립하게 해줄 것 같지도 않고 말이야."

뭔가를 말하려고 한 소리아를 보고 리프가 캇캇캇 하고 웃어넘겼다.

그건 분명 뭔가를 얼버무리는 듯한 언동이었다.

리프가 계속해서 말했다.

"뭐, 마왕이 탄생하면 틀림없이 소리아── 그대가 성녀겠지."

"……."

네, 라고는 대답하지 않았다.

용사 파티의 멤버는 어디까지나 여신이 정하는 것이니까.

여기서 수긍하는 것은 오만. 소리아에게는 그런 겸허함이 있었다.

하지만 지금 세상에 성녀라 부를 수 있는 존재는 소리아밖에 없다.

그것을 '광성의 성녀'라는 별명이 나타내주고 있었다.

그래서 리프는 연락을 취했다.

"다른 직업은 누가 신탁으로 선택받을지 몰라. 하지만 용사는 아마── 지드가 선택되겠지."

"네."

이번에는 소리아도 수긍했다.

"그렇게 되면 지드에게도 말할 생각이네만, 그대들은 길드에서 빠지게."

"네?"

시원스럽게 나온 그 말에 소리아가 눈을 휘둥그레 떴다.

"어째서인가요?"

"길드는 앞으로 인간과 마족을 가리지 않고 인재를 모으는 조직이 되겠지. 마족령에 관해서도, 실은 길드의 전신이 될 조직을 이미 보내놨네."

"……여신의 신탁으로 선택받은 용사들을 마족이 소속된 조직에는 둘 수 없는 거군요."

그건 표면적으로는 골칫거리의 추방이다.

하지만.

소리아는 다르게 생각했다.

그것은 상냥함이 아닐까, 하고.

만약 길드에 남으면 지드도 소리아도 움직이기 어려울 것이다.

온갖 방면에 있는 사람들의 심중을 헤아려야만 한다. 그런 상태로 만들고 싶지는 않다. 리프에겐 그런 생각이 있는 게 아닐까 하고 생각했다.

하지만 그뿐만이 아니다.

소리아는 아직 리프의 속마음을 헤아리지 못했다.

지드와 소리아를 소중히 생각해주고 있다면.

왜 굳이 마왕을 탄생시키는 의뢰를 받아들인 것인가?

온갖 사고의 끈을 이어봤지만, 어느 것도 정연한 답이 되지는 않았다.

소리아는 그저 고개를 끄덕였다.

"——전 용사 파티의 '현자' 리프 님의 말씀이라면, 저도 납득할 수밖에 없습니다."

"그런 직함보다도 이 몸을 봐줬으면 하네만."

어딘가 그리운 듯이 리프가 웃었다.

◇

웨이라 제국.

제도에서 수천의 군세가 바깥을 향해 행진하고 있었다.

중앙에는 루이나, 옆에는 제0군 군장 유이와 제2군 군장 이라츠가 있다.

민중은 큰 환성을 지르며 그 군세를 배웅하고 있었다.

"엄청난 환성이군요."

이라츠가 주위를 둘러보면서 감탄했다. 루이나의 수완을 칭찬하는 것이다.

스틸비츠 왕국에서 패전한 이후, 웨이라 제국의 사기는 크게 떨어져 있었다.

그뿐만 아니라 마침내는 몇몇 속국이 웨이라 제국에 반기를 들어 연합까지 하는 형편이다.

하지만── 그런 불만을 한 번에 억눌러버렸다.

게다가 멀어졌던 많은 사람의 마음을 이렇게나 쉽게 사로잡았다.

그것은 한계를 모르는 인심장악술.

"민중은 어리석기도 하면서 현명하기도 하니까. 일전에 신성공화국을 뒤집어놓은 7대 마귀족 유세프의 정보를 퍼뜨려 그 원한을 갚기 위해, 위험을 제거하기 위해 마족 정벌을 한다고 널리알리면 이렇게나 간단히 손바닥을 뒤집지."

루이나는 모습이 어린 여자와 같은 길드 마스터를 떠올리면서 말했다.

"그자의 책략에 놀아나는 건 재미없지만 그 이상으로 마족령 획득은 이익이 된다."

"……그렇습니까. 그렇긴 하지만 이번에야말로 실패할 수는 없겠군요."

이라츠가 씁쓸한 표정을 지었다.

스틸비츠전, 연합전, 그 외에도 크제라 왕국 침공이나 웨이라 제국에서는 사소한 분쟁과 같은 작은 규모의 전투를 몇 번.

아무리 거대한 군사 국가라 해도 간과할 수 없는 피해였다.

"알고 있다. 이걸 실패하면 몸에서 목이 떨어져 나가게 되겠지."

각오.

그것은 루이나의 힘의 정체이기도 하다.

언동 하나하나에 자신의 목숨을 건다. 루이나는 정말로 목이 떨어질 각오를 했다.

그렇기에 거대한 나라를 다스리는 주인일 수 있다.

그렇기에 많은 희생을 발판 삼아 나아갈 수 있다.

그렇기에 잔악무도하게 있을 수 있다.

모든 것은 나라를 위해──.

"하지만 괜찮다. 그 암여우한테서 좋은 정보를 들었으니까."

유이가 고개를 끄덕였다.

"유이도 그렇게 생각하느냐. 후후."

"······길드입니까."

이라츠의 표정은 씁쓸한 그대로다.

그에게는 그다지 좋은 기억이 없는 조직이었다.

"A랭크들이 승격시험 때문에 마족령에 있다고 하지만, 도움이 될지 어떨지······."

"그런 말 마라. 내가 본 바로는 내 동생 쿠에나와 그 옆에 있던 금발 소녀는 스카우트할 만한 자질이 있다. 그 둘만으로도 충분한 전력이다."

"······."

끄덕, 하고 유이가 고개를 끄덕였다.

그녀가 실제로 싸워봤기에 알 수 있는 이야기였다.

그리고 이라츠도 그에 의문을 가지지 않았다.

"하지만 길드 마스터는 우리를 오히려 방패처럼 취급하려는 것 같습니다. 모험가들을 지키는 것처럼."

"후후, 그 또한 암여우의 노림수겠지. 결국엔 이해관계의 일 치라는 것이다. 우리는 대의명분과 성과를 원한다, 그 또한 사 실이다. 그리고 무엇보다도――."

"지드."

유이가 나지막이 중얼거렸다.

그걸 들은 이라츠가 공포에 얼굴을 일그러뜨렸다.

이라츠는 이래 봬도 제2군의 군장을 맡을 정도의 남자다.

길드로 치면 S랭크와 호각 이상의 힘을 지니고 있으며, 만의 군 세를 이끄는 카리스마와 지식을 겸비하고 있다.

그러나 그 남자의 이름만은 듣기만 해도 놀라서 심장이 뛴다.

루이나가 씨익 웃었다.

"아아. 지드도 참전했다고 한다. 의뢰를 받았다는데. 그건 역 대…… 아니, 사상 최초이자 사상 최후의 괴물이다."

"대단히 그자를 높게 사시는군요. 우리는 그게 적인지 아군인 지도 모릅니다. 우리 웨이라 제국뿐만이 아닙니다. 인간, 혹은 이 대륙마저 멸망시킬 재앙이 될지도 모릅니다."

이라츠가 말했다.

그건 얼핏 보면 적의로도 볼 수 있다.

하지만, 아니다.

명확한 경외심이 담겨있었다.

차원이 다른 존재에 대한 공포와 경의가 있어서―― 그저 경계심을 품고 있는 것에 불과하다.

이라츠로서는 도저히 당해낼 수 없다는 걸 이해하고 있기에 적의는 전혀 없었다.

"그렇지. 녀석이 마음만 먹으면——."

루이나 일행이 제도의 커다란 문을 빠져나갔다.

그 앞에는 지평선 끝까지 가득 메울 정도의 군세가 대기하고 있었다.

"이만한 군세를 갖춰도 의미가 없겠지."

"······그렇겠지요."

실제로 그랬다.

숫자로 보면 수만, 수십만이다.

웨이라 제국에서, 속국에서, 용병단, 길드, 거기에 마족 정벌이라는 대의를 따르는 민병으로부터.

이건 '전쟁'이다.

7대 마귀족 유세프가 비열한 수법으로 신성 공화국을 함락시키려 했다. 그 보복으로.

마왕이 없는 지금이기에.

복수는 중요하기에.

제국이 더 거대해진다면.

인간이 더 큰 번영을 이룩한다면.

이유는 얼마든지 만들 수 있다.

찬동자는 얼마든지 위장할 수 있다.

인간의 민의는 한 독재자에 의해 온갖 물음표가 지워지고 움직이기 시작했다.

"자, 시작할까. ──침략을."

◇

그곳은 마족 아드리스타령에 있는 거대한 연구시설.

"호오. 이곳이 동력원이 되어 마력을 잘 분배하고 있군요."

단안경을 낀 인간형 마족.

흰색 꼬리가 있으며 끝부분은 뾰족하다.

노출이 적은 연미복을 입은 남자의 손등과 볼에는 용의 비늘이 나 있었다. 눈동자는 파충류와 같은 사나움을 지니고 있었다.

남자가 손에 들고 있는 것은 여신 아스테라를 본뜬 인형이다.

예전에 지드가 물리친 7대 마귀족 유세프가 아스테라교 사람들의 마력을 회수하기 위해 쓰던 것이다.

"하. 이런 약아빠진 물건 따위에 의지하니까 잔챙이라고, 그 녀석은."

거한이 7대 마귀족이었던 유세프를 깔보며 말했다.

피부는 바위처럼 울퉁불퉁했다.

좌우로 합계 열 개의 팔이 있으며, 똑같은 수만큼 눈이 존재했다.

"실력에 자신 있는 덴더 군은 그렇게 생각하겠지만요. 제가 보기에는 굉장히 흥미로운 물건뿐이에요. 일시적이라고는 해도 7대 마귀족이 될 만합니다."

연미복을 입은 남자가 응응 이라며 고개를 끄덕였다.

"로큰이라도 유세프를 대신할 수 있을 텐데."

"하하하. 유세프 씨 정도라면 간단히."

팔이 열 개 있는 남자, 덴더.

연미복을 입은 남자, 로큰.

예사롭지 않은 분위기를 띠고 있었다.

"어~이. 곧 퓨리 씨가 있는 곳으로 간다~."

갑자기 둘에게 말을 거는 존재가 나타났다.

그것은 목소리로 겨우 여자라는 걸 알 수 있는 반투명한 언데드 같은 마족. 곳곳이 문드러졌고 장소에 따라서는 피가 나오고 있었다. 광채 없는 백발을 기르고 있었다.

"이거, 리리루레 씨. ·········흐음. 가능하면 좀 더 보고 싶었습니다만."

"그딴 건 아무 부하들한테 시키고 나중에 해."

"그렇군요. 잠깐, 거기 자네. 여길 단단히 지켜주게."

반투명한 리리루레에게 불려 세 명은 연구시설에서 나왔다.

동시에 로큰이 밖에서 대기하고 있던 한 명에게 말을 걸었다. 그것은 로큰의 부하 한 명이다.

갑주로 몸을 감싼 기사 같은 병사는 가만히 무릎을 꿇고 있었다. 그 옆에는 거대한 무당거미를 닮은 마물이 누워있었다. 크기로 치면 3m는 될까.

S랭크 마물──── 퀸 리베라.

로큰의 부하는 그만한 마물을 쓰러뜨린 뒤에도 전혀 상처가 없었다. 그뿐만 아니라 흙먼지조차 묻지 않았다.

그런 자를 거느리고 있는 그들의 힘이 어느 정도인지 짐작할만하다.

마왕에 가장 근접한 퓨리의 최측근, '3마제'.

왕이라 칭하지는 않지만, 강대한 힘을 기반으로 '왕'을 웃도는 '제'를 붙인 별명을 지닌 진정한 괴물들이다.

퓨리와 만나지 않았다면 각자가 7대 마귀족이 되었을 자들.

그럼, 퓨리는──.

◇

나와 퓨리가 성으로 향하니, 이미 A랭크 모험가들과 퀴츠 진영 마족의 전투가 시작되어 있었다.

아직 멀어서 하늘에서 상황을 파악하는 수밖에 없지만, 대강은 알 수 있다.

모험가는 열다섯 명.

이에 대적하는 마족 측은 천 명을 거뜬히 넘었다.

숫자는 명백히 불리하다.

그리고 실력의 차이.

모험가들은 모두가 A랭크의 포인트를 끝까지 다 올린 자들이다. 모두 강하다.

그러나 마족들은 아무리 낮아도 B랭크 이상은 된다. 그게 잡졸급이다. S를 뛰어넘는 괴물도 드문드문 있다.

"6마장은 안 움직이고 있는 것 같네."

흠흠, 이라며 퓨리도 옆에서 봤다.

즉 내가 감지한 '괴물'들에 대해 말한 것일 것이다.

합쳐서 여섯 명.

아직 모두 건드리지 않고 보고 있지만, 움직이면 전황은 길드 측에 더더욱 불리해질 것이다.

하지만 그뿐만이 아니다.

혼자만 앉아서 전장을 부감하는 녀석이 있었다.

"저게 쿼츠인가?"

"맞아맞아. 어때? 지드 군의 눈으로 봤을 때 그는."

"강하네. 하지만 저게 보스라는 건…… 어떻게 된 거야?"

확실히 강하지만, 그래도 6마장과 큰 차이가 없는 것처럼 보인다.

만약 저 여섯 명이 하극상을 꾀한다면, 쿼츠가 살아남기는 어려워 보였다.

적어도 마력으로 본 역량 차이는 비등비등한 것처럼 보였다.

퓨리가 대체로 동의한다는 듯이 고개를 끄덕였다.

"그러니까 신기하단 말이지~. 그는 진 적이 없어. 6마장도 예전에는 쿼츠와 싸웠지만 모두 깔끔하게 졌어. 대체 뭘까~?"

"——뭐, 금방 알게 되지 않을까."

직후, 산 하나가 통째로 하늘에서 떨어졌다. 땅에서 전투를 벌이고 있는 녀석들도 부자연스러운 그림자가 생겼으니 금방 알아차렸을 것이다.

바람을 가르는 소리와 함께 피할 수 없는 물체가 눈앞에 떨어졌다.

"휴~! 엄청나네!"

퓨리가 절찬하는 목소리와 함께 산이 땅에서 튀어 올랐다.

크레이터가 생겼다.

아래에 깔린 마족은 사지가 날아가거나, 납작하게 눌리는 등, 원형도 남아있지 않았다.

바람에 날아간 자도 있었다. 산산이 부서진 산의 조각도 주위 사방에 흩날렸다.

산을 떨어트린 자는 약간 뚱뚱한 인간이다.

나도 본 적이 있는 얼굴이었다.

자주 '미답의 땅을 발견했다' '아무도 나아가지 못한 던전을 답파했다'라고 뉴스에 나와 화제가 되는 S랭크 모험가, 토이포.

아무래도 이상 사태에 감독이 직접 참전한 모양이었다.

◇

갑자기 하늘에서 산이 떨어지자 마족은 혼란에 빠졌다.

전황이 뒤집힐만한 상황에 6마장이 무거운 엉덩이를 들었다.

"슬슬 움직인다!"

라이오넬의 등에 누워있던 마족 여자, 리스트가 쾌활하게 말했다.

옆에서는 여섯 개의 팔에 거구를 지닌 남자가 고개를 끄덕였다. 그의 시선 끝에 딧지와 위그가 있었다.

"그래. 난 저 수염과 꼬맹이를 처리하지."

"좋아! 그럼 난 저 빨간 머리랑 거유 금발!"

그리고 전장에 6마장이 뒤섞였다──.

◇

토이포가 던진 산으로 인해 전장의 시간이 멈췄다.

"나 참…… 왜 아무도 도망치지 않는 거냐고오~."

토이포가 불평하듯이 말했다.

모험가 한 명이 소리를 질렀다.

"토, 토이포 씨……! 역시 지금 공격은 당신이……!"

"아무래도 이 사태는 그냥 지켜볼 수 없으니 말이야아. 정신 차려, 온다아."

토이포의 눈빛이 날카로워졌다.

갑작스러운 토이포의 공격에 당황했던 마족과 6마장이 다시 움직이기 시작했다.

마족 측의 노도와 같은 맹공이 시작됐다.

"큭…… 끝이 없네!"

쿠에나가 소리치자 토이포가 대답했다.

"이 사태는 리프 씨에게도 보고했지만, 중지하라는 말은 듣지 못했어어. 리프 씨에게도 생각이 있는 거야아. 뭐, 그때까지 버티라는 뜻이겠지이."

토이포가 양손을 모았다.

그러자 마족 군세 양쪽에 있는 땅이 솟아올랐다.

"──'분류요철'."

직후, 두 산이 힘차게 부딪쳤다.

하지만 흙이 마족을 뭉개기 직전, 누군가에 의해 저지당했다.

흙먼지 사이로 검은 잔상이 사라졌다 나타나기를 반복했다.

하쿠였다.

"……단단하군."

하쿠 주변에는 다른 6마장과 쿼츠의 모습이 있었다.

「온다!」

실라가 소리쳤다.

쿵, 하고 먼지를 일으키며 한 그림자가 쿠에나와 실라를 노리고 돌격해왔다.

너무나도 빠른 움직임에 반응이 늦었지만, 쿠에나는 불꽃의 검으로 어떻게든 응전했다.

직후 쿠에나의 검이 적과 충돌하며 묵직한 소리가 울려 퍼졌다.

"후~! 꽤 하네! 한 방에 끝날 줄 알았는데!"

리스트가 즐거운 듯이 말했다.

그와는 반대로 쿠에나의 표정은 그다지 좋지 않았다.

(위험해라……! 조금만 더 늦었으면……!)

쿠에나가 발치를 봤다. 바닥에 자신의 발이 길게 밀린 자국이 있었다.

리스트에게 그만한 힘이 있었다는 증거였다.

「쿠에나!」

실라가 옆에서 끼어들어 리스트를 향해 검을 휘둘렀다.

하지만 리스트는 검을 간단히 붙잡아 막았다.

"고작 이 정도──음?!"

리스트가 위화감을 느끼고 바로 손을 뗐다.

그것은 야생의 감이었다. 하지만 리스트의 반응은 한발 늦고 말았다.

"큭……?! 뭐냐 이건……!"

리스트의 몸 전체에 무겁고 검은 안개가 휘감겼다.

그것은 마력이었다.

「이건 사검이야. 넌 저주에 걸린 거지.」

리스트의 팔다리가 추를 매단 것처럼 무거워졌다.

직후 그에게 다른 방향에서 살의가 날아들었다. 쿠에나였다.

"──홍타(紅打)!"

하늘까지 닿을 것 같은 불꽃이 리스트를 덮쳤다.

리스트가 씨익 웃었다.

"좋아, 당연히 이래야지~!"

리스트가 방대한 마력을 방출하기 시작했다.

실라의 저주마저도 그의 마력 방출에 버티지 못하고 흩어지고 말았다.

그와 동시에 쿠에나의 공격이 그의 몸에 닿았다.

「어때?!」

실라가 말했다.

하지만 쿠에나의 표정은 밝지 않았다.

"하핫. 내가 너희를 너무 얕봤나 보군."

리스트의 노출된 살에서 짐승의 피부가 보였다.

입가에는 덧니가 보였고, 머리 위로는 호랑이의 귀가 달려있었다.

「수인……?!」

"아니. 마족이야."

실라의 물음에 쿠에나가 답했다.

"정답이야. 선조 중에 인간과 라이오넬이 있었다더군. 인간과 수인과 그리고――."

번쩍.

섬광이 일었다.

"마족의 피가 섞여 있지!"

리스트가 인지를 벗어난 속도로 실라에게 향했다.

「잠깐잠깐! 너무 빠른데?!」

실라가 리스트의 맹공에 버티면서 말했다.

리스트의 뒤에서 쿠에나가 검을 휘둘렀다.

하지만 리스트는 뒤도 보지 않고 검을 피했다.

"하핫. 역시 좋은 검술이야! 하지만 감을 뚫기에는 턱없이 부족해! 그 정도는 안 통한다고!"

「어, 어떡하지 쿠에나! 적이 너무 빠른데?!」

"우는소리 하지 마! 너도 '순광'의 실라라고 불렸잖아. 속도로 맞서라고!"

「왜 쿠에나가 그런 걸 아는 거야?!」

얼굴을 빨갛게 물들이면서 실라가 말했다.

스스로 그렇게 칭하는 게 아닌지, 쿠에나에게 별명으로 불려 부끄러운 모양이다.

"그 기사단, 전적 하나는 화려했으니까!"

「그건 지드가 있어서 그런 거지——!」

"——전투 중에 무슨 이야기를 하는 거냐!"

리스트의 맹공이 다시 시작되었다.

둘이서 싸워도 상황은 점점 나빠지기만 했다.

"이봐, 아저씨! 괜찮아?!"

"……아야야. 그래, 살짝 까진 거다. 그것보다 집중해라! 온다!"

딧지와 위그는 팔이 여섯 개 달린 남자를 상대하고 있었다.

오른팔을 붙잡은 딧지의 얼굴에 고통의 흔적이 나타나고 있었다.

"쓸데없이 저항하지 마라. 어차피 너희는 이길 수 없어."

남자, 론라는 냉정하게 실력 차를 확인하면서 두 사람을 보고 있었다.

◇

"……꽤 하는군."

필이 검을 상단 자세로 쥐면서 중얼거렸다.

그녀의 앞에는 한 손에 흑도를 든 하쿠가 있었다.

"……."

주변에는 검극이 남긴 흔적이 가득했다.

잘려서 쓰러진 나무.

갈라진 대지.

필과 하쿠의 실력이 높은 경지에 있다는 걸 알 수 있었다.

하지만 필의 상대는 하쿠만이 아니었다.

필의 발아래에 마법진이 나타났다.

"칫……!"

필이 자리를 벗어나자, 기다렸다는 듯 네 방향에서 동시에 마법진이 나타났다.

필이 마력을 담은 검으로 마법진을 베어 흩어버렸다.

하지만 동시에 옆에서 하쿠의 칼이 닥쳐왔다.

필은 다시 몸을 비틀어 어떻게든 검으로 막았다.

도무지 공격에 나설 틈이 없었다.

"……이거 참. 왜 나한테만 둘이 붙은 건지."

무심코 불평했다.

"그건 당신이 강하기 때문이죠~. 알고 있었을 텐데요."

대답한 자는 해골 이스타다.

"난 한 명도 벅찬데."

그건 필의 진심이었다.

모험가의 수는 적다. 마족은 전력을 집중시켜 확실하게 이길 수 있는 상황을 만들기만 하면 된다.

◇

그 전장만은 상식을 벗어나 있었다.

갑자기 산이 치솟거나 땅이 갈라지거나.

그 전장에 있던 마족은 대부분 사라졌다.

하지만.

"왜에 공격이 전부 안 맞는 거야아?"

"네 공격이 단순하고 생각이 없기 때문이다."

쿼츠가 무심하게 대답했다.

그는 토이포의 공격이 지루하다는 듯이 바라보기만 할 뿐, 피해를 전혀 입지 않았다.

마족 최고봉의 일각과 S랭크 모험가가 맞붙고 있었다.

6마장이 아닌 7대 마귀족 스스로가 움직이고 있었다.

토이포는 이미 자신이 패배하는 이미지밖에 떠오르지 않았다.

최초의 일격으로 마족을 상당히 줄였지만, 모험가들은 여전히 고전 중이었다.

토이포가 팔을 들었다.

그 순간, 일대의 토지가 물렁하게 일그러졌다.

치익.

꺼림칙한 융해음이 났다.

토이포가 선 곳을 제외한 일대가 마그마로 변했다.

당연히 쿼츠의 발밑도 예외는 아닐 터였다.

하지만 그에게는 아무런 이변도 일어나지 않았다.

"마법으로…… 상쇄했어어?!"

"죽어라."

쿼츠가 내쏜 한줄기 광선이 토이포의 옆구리를 꿰뚫었다.

"……어, 째서……?!"

마그마에 둘러싸여 움직일 수 없게 된 토이포에게는 이 공격을 피할 수단이 없었다.

토이포는 한 가지 가설을 세웠다.

쿼츠의 진짜 강점은 전술을 짜는 두뇌가 아닌가, 하고.

상황이 변한 한순간에 약점을 찾아 찌를만한 분석력, 판단력…….

토이포도 당연히 다음 전략을 세웠다. 약점을 바로 제거할 행동을.

하지만 손을 쓰기 전에 당했다.

그 두뇌로 전장을·부감하고 적을 확실하게 쓰러뜨리는, 무시무시한 마족──.

그때, 흐릿해지는 토이포의 시야에 검은 머리의 남자가 끼어드는 모습이 보였다.

"──지드…… 씨……?"

자주 벽지로 탐색을 나가는 토이포조차 아는 남자.

S랭크로 길드에 들어와, 전대미문의 사건에 휘말리거나 차원이 다른 뉴스를 만드는 남자.

"이 정도면 괜찮……으려나."

정신을 차리고 보니 마그마였던 일대가 얼어붙어 있었다.

제4화 도착

내가 현장에 도착했을 때는 이미 감독관으로 보이는 남자가 허리를 꿰뚫린 상태였다.

"이봐, 너. 설 수 있겠어?"

"……으……으…….."

의식은 있는지 감독관 남자가 뭔가를 꺼냈다. 작은 병이었다. 아마 포션일 것이다. 그는 떨면서 병을 열려고 했다.

나는 일단 그를 손으로 부축하고 포션을 입에 대신 넣어주었다.

"푸하아……. 덕분에 살았어어. 지드 씨."

"당신, 날 알아?"

"일단 같은 S랭크니 말이지이. 난 토이포다아."

상황이 이런데 토이포는 태평하게 자기소개를 했다. 이 자도 S랭크인 모양이다.

"그래, 잘 부탁해."

난 그렇게 말하면서 토이포를 일으켰다.

"이야아, 지드 씨가 도와준다면, 이 이상으로 믿을만한 건 없지이."

"과찬이야. 그보다 싸울 수 있겠어?"

"보시는 바와 같이~."

토이포가 괜찮다는 듯이 자신의 복부를 두드렸다. 어느새 토이포의 상처가 사라졌다. 엄청난 회복약을 마신 모양이다.

"하지만 솔직히 그 남자를 쓰러뜨릴 수 있을 것 같지는 않은데에."

토이포가 말하면서 퀴츠가 있는 쪽을 봤다.

녀석은 우리를 가만히 바라보면서 서 있었다.

뭔가를 기다리고 있는 건가. 아니면…….

「지드?!」

갑자기 익숙한 목소리가 들려왔다. 실라였다.

실라의 목소리에 쿠에나와 필, 그리고 딧지 등, 주변에 있던 사람들이 내 존재를 알아차렸다.

"안녕."

나는 가볍게 손을 들었다.

이어서 그녀들에게 물었다.

"도움이 필요해?"

길드 측에게는 절망적인 전장이다.

하지만 그녀들은── 도망치지 않았다.

"「필요 없어!」"

쿠에나와 실라가 미리 짠 것처럼 말했다.

뒤이어서 위그가 "지켜봐 주십시오, 형님!" 하고 격하게 말했다.

그들의 사기는 아직 떨어지지 않은 듯했다.

하지만 전황이 불리하다는 건 틀림없었다.

나도 아직 의뢰가 끝나지 않았다.

"토이포. 쿼츠는 내가 맡지. 넌 A랭크 모험가가 대처할 수 없는 적을 상대해줘."

"으음~, 난 괜찮지만…… 쿼츠는 엄청 강하다구우?"

"뭐, 할 수 있는 데까지 해보지."

그렇게 말하고 나는 쿼츠를 돌아봤다.

"……흠."

쿼츠는 신기하다는 듯이 고개를 갸웃거렸다.

내가 누구인지, 왜 여기에 있는지 불가사의하게 여겼을 것이다.

적어도 이름은 말해둘까.

"난 지드다. 길드의 S랭크 모험가지. 의뢰가 있어서 이 땅의 주인을 옹립하러 왔다."

"그딴 건 아무래도 상관없다."

"아아, 그러셔."

"네놈, 무슨 잔꾀를 쓰고 있는 거지?"

"응?"

이야기가 갑자기 비약되어 이해가 안 됐다.

보충하듯이 쿼츠가 이어서 말했다.

"어떤 공격수단을 취해도 네놈에겐 통하지 않는다. ……어째서냐?"

진심으로 납득이 안 되는 모양이다.

내가 대답하는 것보다 먼저 토이포가 입을 열었다.

"조심하게, 지드 씨. 놈의 짜는 전술은 경이적이야아."

"전술?"

"응~. 지금도 분명 머릿속에서 예측을 해서어……."

"아니……."

이곳의 마력을 느꼈다.

이 일대를 둘러싸는 듯한 얇은 막.

퀴츠가 펼친 마력이다.

만약 리프라면 곧장 감지할 수 있었을 것이다.

하지만 토이포는 눈치채지 못한 모양이었다.

최근 깨달았는데, 나의 마력을 감지하는 힘은 일반인의 영역을 벗어났다. 아마 금기의 숲속에서 살기 위해 얻은 '눈'과 '감각'일 것이다.

그로 인해 나는 오감 이상의 정보를 얻을 수 있는데, 만약 상대의 마력이 내가 생각하는 것 이상의 것을 꿰뚫어 볼 수 있다면 어떨까?

그리고 아까 퀴츠가 한 말도 아울러서 생각하면——.

"행동의 결과가 미리 보이나 보군?"

"흠. 뭐, 정답이다. 알게 쉽게 말하자면 '미래 예지'다."

아무래도 숨기려는 건 아닌지, 퀴츠가 직접 대답했다.

"아하하…… 그런 마법은 들은 적도 없는데에."

토이포가 절망과 호기심이 뒤섞인 표정으로 식은땀을 흘리며 말했다.

나도 그런 마법은 들은 적이 없다.

적어도 내가 읽은 문헌 중에는 그런 마법이 없었다. 내가 자란 숲에도 그런 마법을 쓰는 마물은 없었다.

미래가 보인다면, 그건 파격적인 힘일 것이다.

"토이포. 빨리 쿠에나와 모두가 있는 곳으로 가."

"……혼자서 괜찮겠나?"

난 조용히 고개를 끄덕였다.

"아무래도 원군도 온 것 같고."

익숙한 마력의 기척이 느껴졌다. 숲 일대를 뒤덮을 정도의 마력이었다.

쿼츠도 주위를 둘러봤다.

그 순간 엄청난 군세가 나타났다.

"──대규모 전이 마법은 역시 목표지점에서 어긋나는군요."

"괜찮다, 딱히."

"……."

그것은 웨이라 제국의 면면들이었다.

"그으렇군. 리프 씨의 '어떻게든 한다'라는 말은 이거였나……."

토이포가 중얼거렸다.

아무래도 제국군이 길드 측의 지원인 모양이다. 이건 나도 조금 의외였다.

웨이라 제국은 원래부터 전장으로 갈 각오였는지, 즉각 쿼츠의 군세를 공격하기 시작했다. 마족 측도 금방 응전했다.

전황은 한 번에 뒤집혔다.

"흠, 성가시군."

퀴츠가 그런 말을 했다.

"그래, 상황이 바뀌었어. 얌전히 항복하는 게 어때?"

나는 퀴츠에게 말했다.

웨이라 제국의 참전으로 전선은 단번에 마족에게 불리해졌다.

군장급이 6마장과의 싸움에 끼어들었다. 그래도 역시 난적이라는 점은 변함이 없는지, 쿠에나 일행도 아직 싸우고 있었다.

"흐하하, 아니지."

"뭐가?"

"내가 성가시다는 건 널 말한 것이다, 인간."

전황이 아니라, 나.

퀴츠가 오직 나만을 보며 말했다.

"아마 프라우퓨 아이리한테 꼬였거나, 돈으로 고용됐겠지?"

"프라우퓨……?"

"본명을 모르는 건가. 퓨리라고 말하면 알아듣겠나?"

"아아, 그 녀석이라면 알고 있어. 의뢰주다."

내 대답에 퀴츠가 납득이 간 모습으로 고개를 끄덕였다. 그리고 잠시 생각하는 표정으로 하늘을 올려다봤다.

"그럼, 어떤가. 나와 한패가 되지 않겠나."

"그건 길드의 규약으로 금지되어 있으니까 무리야."

"금지…… 금지라. 그럼 대가로 영토를 주지. 마귀족의 일각을 주마, 인간이여."

"난 영토에 관심 없어."

"어째서지?"

쿼츠가 말했다.

……어째서, 라.

"필요 없으니까. 지금보다 가혹한 환경에 있었을 때도, 거기서 더 나은 곳으로 가기를 바랐을 뿐이었지."

"그래서 더 좋은 환경이 어떤 것인지 모른다는 건가."

"나는 아직 '지금'도 전부 맛보지 못했어. 아직 다른 건 흥미 없어."

"……후. 욕망이 없는 것처럼 보이지만, 실은 끝이 없을 뿐인 건가."

내 속을 들여다본 듯한, 그런 말.

그리고 포기한 것처럼 쿼츠가 이어서 말했다.

"시기가 나빴던 모양이군. 널 빼내지 못하면 이 싸움은 패배한 것과 마찬가지."

그이기에 할 수 있는 말인가.

"미래를 봤나?"

"내 눈에 보이는 건 기껏해야 몇 분 앞이 고작이다. 대신 수많은 패턴을 읽지."

"……"

어떻게 숨을 쉬는가.

어떻게 발을 옮기는가.

어떻게 팔을 움직이는가.

어떻게 마법을 먹이는가.

어떻게 상처를 입히는가.

어떻게 죽음을 줄 것인가.

"──어떻게 해도 패배한다. 전부 몇 초, 몇십 초 안에."

그래서 싸우지 않았다.

교섭으로 나를 같은 편으로 만들 수밖에 없다.

"그럼 내 대답은 알고 있었을 텐데."

"미래를 보는 조건은 다양하다. 그리 만능은 아니지."

말은 그렇게 했지만, 어떨까. 어쩌면 미래를 알고도 묻고 싶었을지도.

"전군, 철수하라!"

쿼츠가 큰 소리로 말했다.

그걸 들은 녀석들이 분하다는 듯이, 기쁜 듯이, 다종다양한 반응을 보였다. 눈앞에 있는 쿼츠도 철수에 맞춰서 물러나고 있다.

웨이라 제국이 패잔병들을 확실하게 격파하고 있다. 매우 집요하게──.

"흠. 나는 네가 저 남자를 쓰러뜨릴 줄 알았다. 지드."

루이나가 뒤에서 말을 걸어왔다.

여전히 대차게 행동했다.

"사실상 항복을 받았어."

"그렇지 않으면 놈들이 뺄 이유가 없겠지. 네가 있으면 패배와는 인연이 없겠구나."

"상당히 고평가네."

"그래. 난 널 사랑하고 있으니까. 아무리 애써도 과대평가를 하고 말지."

어…… 그렇군.

엄청나게 부끄럽네.

마음이 둥실둥실 뜬다.

"너희는 왜 여기 온 거야?"

"너희 길드 마스터한테서 이야기를 들었다. 지금이라면 마족의 영토를 차지할 수 있을지도 모른다고 말이지."

그럼 루이나도 유세프의 영토를 노리는 건가.

"……그럼 나하고 충돌할 수도 있겠네?"

"후후. 그럴 생각은 없다. 너를 적으로 돌리는 건 죽어도 싫다."

"그럼 어딜…… 아아, 그런가."

그러고 보니, 아까 쿼츠의 패잔병을 쫓고 있었다.

분명 그거다.

"맞다. 이미 쿼츠령 한 곳은 이쪽 손에 떨어졌다. 또 한 곳도 한창 침공하는 중이지."

혼란을 틈탄 건가.

"상당히 불온하게 움직이네. 인간과 마족은 정전 중이잖아."

"이번에 온 건 웨이라 제국의 군대뿐만이 아니다. 혼성군이다."

"아예 전면 전쟁을 할 생각이야?"

"기운이 고조되고 있을 뿐이야."

루이나가 대담하게 웃었다.

그 기운을 고조시키고 있는 게 누구인데.

"아~! 어제!"

그때 우리의 대화에 그런 목소리가 끼어들었다.

실라였다.

꽤 만신창이가 됐는데도 우리가 있는 곳으로 척척 다가왔다.

"이거이거, 내가 직접 한 권유를 차버린 면면들이 아닌가."

그 외에 쿠에나와 필도 있었다.

루이나의 태도를 보아하니 필도 권유를 받은 적이 있을 것이다. 분명 소리아도 그럴 것이다.

성녀와 검성은 이름만으로도 가치가 있으니까.

"으으으응! 지드, 안 잊었지?!"

실라가 갑자기 따져 물었다.

루이나를 의식해서 그런지 어조가 강했다. 하지만.

"……뭘?"

"만약 내가 이 시험을 돌파하면! 키ㆍ스! 해준다는 거!"

"아, 아아…… 그거 말이지……."

"크흐흐, 재밌군. 상은 중요하지. 잘 알고 있군."

루이나가 재미있다는 듯이 말했다.

하지만 실라는 재미없었는지 볼을 부풀렸다.

"당신만 하는 거 아니거든! 지드는 나하고도 키스할 거거든!"

"크크크…… 그렇군. 인기가 많구나? 지드."

"……기쁘기 그지없습니다."

반응하기 어렵다.

갑자기 루이나가 쿠에나를 봤다.

"쿠에나도 약속했는가?"

"……따, 딱히."

"부끄러워 마라. 말하지 않았나. 상은 중요한 것이다. 의욕도 오르고 신기하게 힘도 솟아나지."

"사, 상이라니! 키스 같은 건 딱히……!"

문득 쿠에나와 눈이 맞았다.

그녀는 얼굴을 붉히고 외면했다.

그걸 본 루이나가 추격했다.

"내 권유를 거절하면서까지 지드를 따라가겠다고 정하지 않았나? 기회를 놓치는 건 어리석은 일이라고."

"윽……."

쿠에나의 얼굴이 다 익은 토마토나 사과의 색보다 더 빨개졌다.

그리고 각오한 것처럼 나를 봤다.

"……지드. 나, 나, 나…… 나도…………!"

그리고 잠깐의 틈이 있었다.

쿠에나가 주먹 쥔 손을 떨고 깨문 입술이 보라색으로 변할 정도로 힘을 담아서.

수치심 때문인지, 자존심 때문인지, 말이 잘 안 나오는 듯했다.

보는 사람도 마음이 아파진다. 내가 다가가야겠군.

"그래, S랭크가 되면 하자."

"!"

쿠에나의 눈이 딱 한순간 촉촉해졌다.

그 뒤로는 말을 하지 않고 빠르게 도망가버렸다.

그녀 나름대로 용기를 짜낸 결과인가.

"끄으응…… 쓸데없이 라이벌을 늘리기나 하고."

실라가 루이나를 째려봤다.

그리고 다시 말했다.

"다시 말해서 시험을 돌파한 사람이 지드랑 키스하는 거네! 난 절대로 지지 않겠지만!"

"자, 잠깐만?! 그건 나도 해당하는 건가?! 아, 아, 안 된다. 소리아 님이 있는데 그런 발칙한 짓은……!"

실라의 말을 듣고 필이 뭔가 착각을 하기 시작했다. 뭐지 이 녀석.

그리고 실라는 쿠에나의 뒤를 쫓았다. 필도 그 등을 쫓아 달리기 시작했고, 도중에 소녀처럼 내가 있는 쪽을 애틋한 눈으로 한번 봤다. 뭐냐 그 갭은. 이 녀석 뭐지.

"그럼 난 퓨리랑 빨리 성으로…… 어라. 그 녀석 어디 갔지."

둘러봤다.

하지만 퓨리의 모습은 어디에도 없었다.

그러고 보니 퀴츠랑 싸우던 도중에 (싸웠다기보다는 서로 마주 보고 있었지만) 한 번도 얼굴을 안 비쳤네.

"난 여기에 있어."

퓨리가 그렇게 말하며 모습을 드러냈다.

몇 명의 격이 다른 분위기를 지닌 마족들을 데리고.

"있잖아, 지드 군. '마왕'이 되어주지 않을래——?"

나에게 그런 말을 했다.

난 대체 몇 번을 권유받는 거냐.

"어이!"

"왜 그래?"

필의 부름에 실라가 반응했다.

아직도 얼굴의 열이 식지 않은 쿠에나의 걸음도 자연스럽게 멈췄다.

"자, 마셔라."

필이 작은 병 안에 든 것을 살짝 입에 머금은 뒤에 두 사람에게 던져줬다. 먼저 실라가 받았다.

"이게 뭐야?"

"신수의 수액이다. 봐라."

필이 자신의 팔을 두 사람에게 보여줬다.

아까 격전 중에 입은 상처가 순식간에 아물어 가고 있었다.

쿠에나가 말했다.

"엘프라면……."

"그래. 카리스마 파티 의뢰를 수행했을 때 받은 보수……같은 거다."

"필요 없어. 우리 여기선 라이벌이잖아."

"'여기서'가 아니다. '여기서도'다."

필이 두 사람을 바라보며 이어서 말했다.

"적어도 소리아 님과 유이는 너희를 의식하고 있다. 그러니 너희와는 전력을 다해 싸우고 싶다. 랭크나 실력은 아직 너희가 아래지만."

"한 마디가 엄청 쓸데없는데?!"

실라가 얼굴에 핏대를 세우면서 말했다.

하지만 부정하지 않는 걸 보니 그녀도 그 점은 자각하고 있었다.

그렇다고 해서 시험을 포기할 리가 없다.

단순한 일 대 일이라면 질지도 모르지만, 시험 결과를 좌우하는 요소에는 지혜와 운도 있기 때문이다.

"……뭐, 그래도, 고맙게 받을게! 지드랑 키스하고 싶으니까! 너희한테 양보할 생각 없으니까!"

실라가 작은 병에 든 액체를 마셨다.

조금 남기고 쿠에나에게 손을 쑥 내밀었다.

잠시 작은 병을 보던 쿠에나가 고개를 돌렸다. 뭔가를 생각하듯이.

"쿠에나, 안 마셔? 상처도 안 나았잖아?"

"난⋯⋯."

자존심 때문인지 쿠에나는 작은 병을 건드리지 못했다.

그때 실라가 말했다.

"쿠에나!"

"!"

갑자기 큰 소리로 불려 쿠에나가 몸을 떨었다.

"너 아까도 그랬잖아! 지드가 '키스하자'라는 말을 하게 만들고 말이야!"

선망과 쿠에나의 언동에 대한 짜증으로 실라가 볼을 빵빵하게 부풀리면서 말했다.

그 속마음을 알면서도 말을 잘할 수 없는 쿠에나는 시선을 맞추지 못하고 있었다.

"하지만, 난 쭉 혼자 해와서, 다른 사람에게 부탁하는 일은 거의 없었으니까⋯⋯. 서로에게 win-win이 되는 것 이외의 조건으로 다른 사람과 약속한 적 없어."

"거짓말 좀 작작 해~!! 너, 내가 한 밥을 얼마나 먹은 줄 알아! 지금 쿠에나의 몸은 100% 내가 직접 만든 요리로 구성돼 있잖아!"

"그건 실라가 내 집에 살고 있어서 그런 거잖아?!"

"시끄러워! 가사는 비싸다구! 넌 이미 다른 사람에게 마구 의지하고 있어! 그러니까 필이 베푸는 호의 정도는 고맙게 받으라고!"

"그, 그래. 예의 같은 건 신경 쓸 필요 없다. ……전에 갑자기 싸움을 건 것도 있으니까. 그 일에 대한 사죄라고 생각하면 된다."

"……."

쿠에나는 고민했다.

잠깐의 틈도 주지 않고 실라가 말했다.

"그래서는 지드한테 못 기댄다? 좋아하잖아?"

쿠에나는 아무런 반응도 보이지 않았다.

동요한 끝에 일종의 달관과 같은 경지에 다다른 것이리라.

"아마, 좋아해. …………처음엔 질투했을 거야. 하지만 그게 동경으로 변해갔어. 함께 행동하는 사이에, 분명……."

쿠에나가 자신의 손을 왼쪽 가슴에 올렸다. 고양된 기분을 확인하듯이. 그 가슴은 확실히 평상시보다 더 고동치고 있었다.

"──나도 좋아해. 엄청 좋아하는걸!"

"!"

"그러니 난 이 시험을 무슨 방법을 써서든 돌파하고 싶어! 적의 손을 빌리게 되더라도 지드와 키스하고 싶어!"

"……그렇구나."

"그래. 그렇게 행동하는데 의지한다고 생각할 필요 없다. 이용한다고 생각해도 좋다고."

두 사람이 쿠에나를 밀어줬다.

쿠에나가 이를 받아들였다.

실라에게서 작은 병을 받아 한 번에 들이켰다.

쿠에나는 빈 병을 필에게 돌려주고 수액의 효과를 확인했다. 상처가 사라져갔다.

"……고마워."

"흐흥. 그럼 지금부터는 더 이상 말할 것도 없이 승부! 사검 씨는 마초가 있는 곳도 최단루트도 알고 있지! 잘 있어라~~!"

실라가 마력으로 다리에 번개를 두르고 고속으로 이동했다.

"으아아?! 저 녀석 비겁하다!"

그 뒤를 필이 쫓았다.

쿠에나는 그런 모습을 보면서 큭큭거리며 웃고는 한 걸음 내디뎠다.

제5화 전환점

"——마왕이 되어주지 않을래?"

퓨리가 나에게 그런 말을 했다.

예상 밖이긴 했지만, 지금까지도 여러 권유를 받아왔고, 대답에 변함은 없다.

"거절할게."

"아이고, 차여버렸네."

"어차피 계속 가까이에 있었지? 그럼 쿼츠의 권유를 거절하는 것도 들었을 텐데."

"마왕이면 고민할만하잖아? 영토에 얽매인 마귀족과는 차원이 다른걸. 마족 전체의 영토를 지배할 수 있는데?"

"똑같아. 결국엔 땅 위에서 살 뿐이지."

"아하핫! 역시 재밌어. 그런가. 거절하는구나."

분위기가 확 변했다.

천진난만하게 웃는 표정에서 살기를 뿜는 험악한 표정으로.

"어쩌면 뭔가가 바뀔지도 모른다고 생각했는데, 지드 군이 마왕이 되어준다면."

"……?"

"뭐, 됐어. ——불안 요소는 여기서 제거하도록 할게."

쿵 하고 오감 전체가 이상해지는 듯한, 차원 하나가 엇나간 듯한, 그런 분위기가 흘렀다.

전투태세를 취한 퓨리와 세 명에게서 흘러나오는 마력.

날 해치울 생각인 것 같다.

"……그 녀석들이 없어서 다행이야."

이 분위기는 도저히 버틸 수가 없었을 것이다.

그 증거로 내 뒤에 서 있는 루이나와 웨이라 제국군 일부가 의식을 잃으려 했다.

"……."

내 마력으로 그녀들을 감쌌다.

그러자 퓨리 일행이 발산하는 마력에서 해방됐는지 조금은 편해진 듯했다.

"여유 있네."

퓨리가 그런 나를 보고 말했다.

루이나도 알아차렸는지 나에게 시선을 맞췄다.

"난 이 자리에 안 맞는 것 같군. 바로 이탈해서 군장급에게 가세하도록——."

"——그런 시간이 있을 리가 없잖아."

이곳의 마력대가 확 변했다.

마치 중력이 몇 배나 커진 것처럼 느껴졌다.

"뭐냐, 이건……."

"매직 아이템——'루스트'. 원래는 신수나 여러 색의 용왕을 한 번에 봉인하는 수준의 일을 할 때 쓰는 물건이지."

"큭⋯⋯."

루이나가 왼쪽 가슴을 잡으면서 무릎을 꿇을 뻔했다.

그때 유이가 나타나 그녀를 부축했다. 하지만 유이 또한 괴로워했다.

"미안하지만 이곳 일대는 우리의 지배 아래에 있지. 지드 군도, 웨이라 제국의 모두도 다들 죽을 거야."

표표한 표정에서 농담하는 듯한 느낌은 느껴지지 않았다.

진심일 것이다.

"⋯⋯하하."

루이나가 웃었다.

"뭐가 웃긴 거야?"

"아니, 마족도 치사한 수를 쓸 지혜가 있구나 싶어서 말이다."

"지드 군은 아무래도 무서우니까. 하지만 역시 인간의 전매특허일 테니까 코웃음이 다 나오지?"

퓨리가 여유만만하게 말했다.

그 말을 듣고 루이나가 작게 고개를 끄덕였다. 퓨리의 볼이 움찔 경련했다.

"크크크. 이 정도는 나도 생각했어. 하지만 결국엔 쓸데없다는 걸 깨달았다. ——그러니 난 지드에게 전폭적인 경의를 표하고 있지."

루이나의 눈이 나를 봤다.

퓨리가 노골적으로 동요했다.

"무슨, 이럴 수가······!"

"──인정받는 건 기쁘지만, 모두가 날 쓰러뜨릴 책략을 짜고 있다고 생각하니 무서운데."

딱 하고 손가락을 튕겼다.

그와 동시에 유리 공예품에 금이 가는 듯한 소리가 사방으로 퍼졌다.

"'루스트'가?! 말도 안 돼! 어떻게······?!"

"강한 마력을 흘려보내 마법 회로를 태워버렸어. 발생원은 탐지 마법으로 알 수 있으니까."

"그게 말도 안 된다고! '루스트' 본체는 마력으로 보호받고 있을 테고, 애초부터 지드 군이 뭔가를 할 수 있을 리가 없어······! 마력이 봉인당해 몸의 감각마저 마비되었을 텐데······?!"

퓨리가 마치 괴물을 보는 듯한 얼굴로 나를 봤다.

그만큼 자신이 있었을 것이다. 하지만 이건 그런 이야기가 아니다.

"나는 할 수 있으니까 했을 뿐이야."

이런 대답밖에 할 수가 없다.

"'루스트'에서 방출되는 상태 이상 마법을 마력으로 막아내고 있던 건가······?!"

"그래, 맞아."

단순히 매직 아이템에서 나오는 마법을 내 마력으로 물리쳤을 뿐이다.

"마력은 마력으로 간섭할 수 있지. '루스트'의 마력이 나에게 간섭할 수 있다면, 내 마력이 '루스트'에 간섭할 수도 있는 게 당연하잖아?"

"아하핫! 있을 수 없어, 말도 안 된다고! 그건 마법을 구성하는 마력, 육체를 구성하는 세포 하나하나를 파악하고 있다는 뜻이야! 나도 완벽하게 파악하지 못하는 차원이라고."

"그게 내 강점이겠지."

"……아니, 설령 보인다고 해도 모래알 정도의 크기가 되어 확산한 마법 알갱이 하나라도 지드 군에게 닿으면 약체화는 피할 수 없어!"

퓨리의 얼굴에서 순식간에 여유가 사라져갔다.

이 매직 아이템이 퓨리의 비장의 수단이었던 걸까.

"그럼 알갱이 하나도 놓치지 않으면 될 뿐이지."

"수백 수천의 수준이 아니야! 수십만, 수백만의 단위라고……!"

"그렇지."

"……아하."

억지로 숨을 내뱉듯이 퓨리가 소리 내어 웃었다.

그리고 미친 것처럼 눈을 크게 떴다.

"아하하하하하하하하하핫! 역시 지드 군은 위험해……!!"

그게 신호였다.

뒤에서 퓨리를 모시는 세 사람이 호흡 맞춰 연계하여 덤벼들었다.

처음으로 공격을 걸어온 자는 반투명한 여자였다.

손으로 붙잡으려 하자, 마치 허상인 듯 빠져나갔다.

"난 언데드. 존재 자체가 마력인—— 컥."

뭔가를 말하려고 했지만, 내가 양손에 마력을 두르고 붙잡으니 여지없이 붙잡혔다.

그렇군. 몸을 마력으로 구성하는 것 같다.

하지만 결국 요령은 비슷하다. 마력이라면 마력으로 간섭할 수 있다.

놓치지 않도록 내 마력으로 여자의 몸을 감쌌다.

목을 꽉 쥐고 땅에 밀어붙이자 크레이터가 생겼다.

반대편에서 연미복을 입은 남자가 주먹을 내질렀다.

주먹을 받아내자 반동만으로도 뒤에 있는 나무들이 흔들렸다.

치익 하고 타는 소리가 손바닥에서 들렸다. 바로 손을 뗐다. 손바닥이 그을려있었다. 남자의 주먹을 보니 보라색 점액에 덮여있었다.

"그쪽 계열인가. 성가시네."

유이에게 시선을 던지자 고개를 끄덕이고 루이나와 함께 병사들이 물러났다.

"삼식——【염장】."

직후 일대가 불꽃에 휩싸였다.

◇

얼마나 싸웠을까.

이미 주위에 사람은 없었다. 오로지 불타거나 얼어붙은 땅과 무엇이었는지 알 수 없을 만큼 새까맣게 타버린 물체들 뿐이었다.

땅바닥을 뒹구는 세 마족. 그리고 멀리서 보고 있는 중성적인 남자.

"설마 셋이 모두 당할 줄이야."

퓨리가 달관한 표정으로 말했다.

아프다. 오랜만에 그렇게 느꼈다.

볼에서 흐르는 혈액. 오른팔의 감각은 둔하다. 옆구리의 뼈가 삐걱대는 소리가 몸속에서 들려온다.

"퀴츠의 군세 전부와 싸워도 이 정도는 아니었을 텐데. 너, 정체가 뭐야?"

"난 7대 마귀족. 세 곳의 영토를 지닌 프라우퓨 아이리. 통칭, 퓨리야. 저들은 3마제라고 부르는 내 부하들. 일단 각각 탑클래스 마족이었는데 말이지."

나는 그 셋에게 시선을 던졌다.

탑클래스라. 고생할만하군.

"그럼 날 습격한 이유는 뭐지? 웨이라 제국은 마족의 영토를 빼앗으려고 했으니 그렇다 치자. 하지만 난 너를 돕고 있었을 텐데?"

"마왕이 되기를 거부했잖아?"

"그건 네가 하면 되잖아. 왜 나야?"

"글쎄. 하지만 난 마왕이 될 생각은 없거든."

일일이 의미심장한 말을 하는 녀석이네.

퓨리에게 등을 돌렸다.

"……나는 그냥 두고 가려고?"

"의뢰주를 죽이는 놈이 있겠냐."

아니, 이따금 있지만.

그래도 퓨리가 길드에 적의가 없다면 딱히 상관없다. 이 녀석이 노리는 건 나인 것 같았으니.

"하하, 널 죽이려고 했는데도 그냥 간다고? 한없이 무르네."

"우연이군. 나도 그렇게 생각해."

"그럼 예를 들어서 내가 네 동료를 죽이면 어떻게 할 거야? 내가 너의 소중한…… 길드를 부수면, 그때도 날 봐줄 거야?"

"그땐 죽어야지."

난 망설이지 않고 말했다.

그것만은 절대로 하게 두지 않는다.

자신이 다치는 것보다 그게 훨씬 화가 났다.

그게 퓨리가 예상한 반응이었는지, 만족스럽게 웃었다.

"그래, 그렇겠지. 안심해, 그런 짓은 안 해. 하지만 넌 정말 체제의 화신 같은 인간이구나."

"……."

"넌 집단에만 몸을 둘 수 있는 개인. 넌 자신이라는 개인에 관심을 돌릴 수 없어. 하지만 그렇기에 넌 조직 그 자체이며, 네 안에 너라는 개인은 존재하지 않지. 넌 정말 생각하면 생각할수록 ──'용사'야."

"그딴 게 아니야. 그냥 모험가야."

"아니, 넌 용사야."

뒤돌아봤다. 퓨리가 나를 진지한 눈빛으로 보고 있었다.

그것은 적의와는 다른 무언가였다. 체념도, 증오도, 또는 호의도 아니다.

"있잖아, 지드 군."

"……뭐야?"

"의뢰달성서, 길드에 보내둘게. 그리고 마족령에도 길드 지부가 생길 거니까 언제든지 와. 아드리스타령에서 난 네 번째 영토를 얻었어. 마왕은 관심 없지만, 마족의 영토는 내가 장악하게 될 테니까."

그것은 곧 결과적으로 하는 짓은 마왕과 똑같지 않을까.

의도를 알 수 없지만, 분명 물어도 대답해주진 않을 것이다.

"그렇군. 그럼 다음에 만날 때는 맛있는 밥이라도 가르쳐줘."

난 그렇게 말하고 등을 돌려 전이했다.

제6화 끝

전이한 곳은 웨이라 제국군이 있는 곳이다. 휴식이라도 취하는 건지 대규모 야영진지가 세워져 있었다.

분명 여기서부터 마족 영토 지배를 진행해 나갈 생각일 것이다.

"⋯⋯! 네, 네놈은!"

얼굴을 아는 아저씨가 말을 걸어왔다. 전 S랭크 모험가였다는 남자였다.

지금은 웨이라 제국에 스카우트된 것 같지만.

"⋯⋯바시나라고 했던가?"

"어, 어어. 신성 공화국에서는 신세 졌다. 덕분에 지금은 제1군의 부군장으로 격하됐어."

"그런가. 왠지 미안하네."

"아니, 진 내가 잘못이지. 그건 그렇고 왜 여기에 있지? 설마 참전할 예정인가?"

"참전?"

"그래. 우리 보스가 길드에 의뢰한 줄 알았는데 아닌가? 주위 녀석들도 너에게 기대하는 시선을 보내고 있다고?"

보니까 야영지 구축 작업 중인 녀석들과 앉은 녀석들이 나를 반짝거리는 눈으로 보고 있었다. 또는 허리를 쭉 펴고 떨면서 보기도 했다.

"아니. 난 루이나에게 인사를 하러 왔을 뿐이야. 아까 매직 아이템에 당했으니 말이야."

"그거 아깝군. 네가 같은 편이라면 더할 나위 없이 든든할 텐데……. 루이나 님이라면. 봐라. 저기 엄청나게 높은 위치에 있는 국기가 세워진 텐트에 계신다."

"저건가. 고마워."

"그래. 다음에 만날 때도 이렇게 적대하지 않으면 좋겠군."

마치 괴물을 보는 듯한 눈빛으로 그렇게 말했다.

그 뒤로 몇 번인가 수위가 가는 길을 막았다. 목숨을 건 눈빛으로.

미안하게도 나는 기억하지 않지만, 분명 그들과도 전장에서 만난 적이 있을 것이다.

하지만 루이나의 허가가 내려와 무사히 통과했다.

빨간색을 기조로 한 텐트에 들어가자 긴 의자에 앉아 무릎에 손을 짚고 몸을 앞으로 숙이고 있는 루이나가 있었다.

옆에는 루이나에게 코트를 걸쳐주고 수액이 든 작은 병을 쥐고 있는 유이도 있었다.

"일부러 만나러 와주다니, 기쁜데."

다부지게 행동하고 있지만 땀으로 젖은 머리카락과 그늘진 얼굴에서 괴로워하고 있다는 게 전해져 왔다.

유이가 들고 있는 수액이 든 작은 병도 그 괴로움을 완화하기 위한 것이리라.

"퓨리가 준비한 루스트는 강렬했으니까. 괜찮아?"

"후후. 지드가 날 신경 쓰다니, 기쁘기 그지없군. 무릎베개라도 한번 해주면 편해질 것 같은데, 어떤가?"

장난스러운 말투다.

어딘가의 길드 마스터와 비슷하게 유쾌한 듯이 입꼬리를 치켜올리고 있었다.

"그렇게 농담을 할 수 있는 걸 보니 괜찮은 것 같네."

"깔끔하게 흘려버리는군. 조금은 기대했는데."

루이나가 불만스럽게 입을 삐죽 내밀었다.

평소와 같은 당돌한 태도가 자취를 감췄다. 그건 분명 이 자리에 나와 유이밖에 없기 때문일 것이다.

문득 유이와 눈이 맞았다.

"그리고 보니 유이는 어떻게 스카우트했어? 바시나는 돈으로 고용했다 쳐도, 유이는 아무래도 그렇게 간단하지 않을 것 같은데."

유이는 지위나 명예를 바라는 것도 아니다.

바시나가 제0군의 군장을 하고 있을 때, 유이는 배후의 부대에 배치되어 있었다.

그때도 루이나에 대한 충성심이 크다고 느껴졌다. 유이가 루이나를 보호하는 모습을 여러 번 봤으니.

"……멸망시켜줬으면 하니까."

"오……."

유이와의 대화에 익숙해진 나도 이번 대답만은 의미를 알 수 없었다. 설명이 부족한 건 여전했다.

분명 배려하기 어려운 감정이 유이 속에서 소용돌이치고 있기 때문일 것이다.

상당히 불온한 단어가 튀어나왔으니.

어떻게 반응해야 할지 몰라 곤란해하고 있으니 루이나가 약간 놀란 모습을 보였다.

"꽤나 친해졌구나? 유이가 나 이외의 사람에게 그걸 말하는 건 처음 들었다."

"꽤 중요한 이야기인가?"

"그렇지. 유이는 가족이 몰살당했으니까."

진짜냐.

원래라면 이런 이야기는 유이가 직접 해야 하지만, 그녀의 말이 부족한 건 어쩔 수가 없다. 본인이 이유를 말했으니 루이나가 보충해도 되겠지.

그건 그렇고, 가족이 몰살당했다니.

"그 복수를 하기 위해 웨이라 제국에 스카우트 된 건가."

"아니. 루이나 님께."

"그런가. 그렇구나."

제국이 아니라고 군이 정정했다. 그만큼 루이나가 크게 관련되었다는 뜻일 것이다. 아니, 어쩌면 전부일지도.

"지드는 어떤가? 슬슬 결혼식을 열어도 좋다만."

"또냐. 거절했잖아. 게다가 결혼식은 너무 이르잖아. 좀 더 단계를 거쳐야 한다는 건 아무리 나라고 해도 알고 있다고?!"

"크크, 농담이다. 하지만 나는 원하는 것은 반드시 손에 넣는다. 어떤 수단을 써서든지."

"포기하는 법을 모르는 녀석이네."

뭐, 루이나의 그런 불굴의 정신은 좋은 점일 테지만.

"그럼, 간다."

"그런가. 대단한 환영도 못 해주는 상황이다. 다음에는 웨이라 제국에라도 오거라."

"기회가 있으면."

그리고 보니 왕룡의 딸한테도 오라는 말을 들었지. 언젠가 가야겠다.

지금은 길드로 돌아가는 게 먼저다.

"그래. 아무리 시간이 지나도 오지 않으면 내가 기회라는 걸 만들어주지."

"무섭다고……."

이 녀석은 정말 무슨 짓을 할지 알 수 없다.

길드에 손은 안 댄다고 말했지만, 루이나라면 방법은 얼마든지 있을 것이다.

아, 그렇지.

"고마워. 마족령에 와줘서."

"무슨 말인지 모르겠군. 난 영토를 빼앗으러 왔을 뿐이다."

"그렇지. 뭐, 그것도 있겠지."

하지만 루이나가 와주지 않았다면 모험가의 피해가 더 커졌을 거다.

웨이라 제국으로서도 이점이 있으니 왔을 테지만, 그래도 길드가 도움을 받았다는 점에 변함은 없다.

쿠에나의 언니는 아무래도 솔직하지 않은 듯했다.

"아아, 그렇지. 너한테 물어보고 싶은 게 있었어."

"호오, 나한테?"

"있잖아, 상이라는 건——."

퓨리가 의뢰달성서는 전한다고 했지만, 나는 무사하다는 보고와 듣고 싶은 이야기가 있어서 다시 길드 마스터실까지 찾아왔다.

노크하자 안에서 '들어오게~'라는 대답이 돌아왔다.

문고리를 잡고 열었다.

"여. 의뢰, 끝났어."

"역시 대단하군. 믿고 있었다네."

눈을 한 번 반짝이고 약간 자신만만한 표정을 지은 리프가 말했다. 마치 믿고 보낸 자신이 대단하다고 말하는 듯하다.

용모도 맞물려서 천진난만하고 어린 인상을 줬다.

하지만, 믿고 있었다…… 인가.

"있잖아, 난 어느 정도 강한 걸까?"

문득 그런 의문이 떠올랐다.

기사단에 있었을 때, 난 분명 강했다.

단원 사이에서는 물론이고 당시에는 몰랐지만, 기사단장보다 위였다.

웨이라 제국 전체를 상대할 수 있었고, 엘프나 왕룡도 쓰러뜨릴 수 있을 것이다.

그리고 이번에 난 퓨리가 말한 '마족 탑클래스'마저도──.

퓨리가 공격해오지 않은 건 나에게 이길 수 없다는 걸 알고 있었기 때문이겠지.

그렇다면, 난 과연 이 세상에서 어느 정도의 힘을 가지고 있는 것인가.

"──그대를 이길 수 있는 자는 없겠지. 적어도 이 대륙에는."

리프가 내 의문에 대답했다.

그 목소리는 늠름했고, 그녀가 주장하는 '나보다 연상'이라는 거짓말 같은 이야기를 믿게 할 정도로 청아했다.

"리프도?"

"음. 이 몸도 상당한 실력을 지니고 있지만, 그대에겐 이길 수 없겠지. 처음에는 좋은 전력이 될 거라는 생각뿐이었는데, 설마 이 정도일 줄은 몰랐네."

캇캇캇, 하고 쾌활하게 웃었다.

"퓨리도 말했어. 길드 최강이라 칭송받는 남자보다 내가 더 강하다고."

"아아, 그렇군. '별 떨구기' 로이터보다 강하겠지."

그 이름은 자주 대사건 뉴스의 증거로 거론된다.

누군가 말하기를, 인간 최강이라고도.

지금도 수많은 전설을 계속 만들고 있다……고 한다.

하지만 리프나 퓨리는 그 녀석보다 나를 민다고 한다. 그게 진심인지는 알 수 없다.

그러니 물었다.

"내가 강한 이유는 뭐라고 생각해?"

"마력이 누구보다 뛰어나서…… 아니, 차원이 다르다는 사실마저 느끼게 할 정도로 확실하게 보이는 점이겠지."

"……그래."

어렴풋이는 알고 있었다.

나는 사람보다 마력을 더 잘 감지할 수 있고, 사람보다 더 잘 볼 수 있다.

그것은 강력한 무기이며 큰 어드밴티지다.

"전투 센스도 S랭크에 걸맞지만, 태어난 환경 때문인지 숨 쉬듯이 마력을 보고, 느끼고, 그것들을 모방해서 조종한다. 이는 누구나 할 수 있는 곡예가 아닐 게야."

리프가 이어서 더 말했다.

"이 몸이나 실력이 있는 자라도 어렴풋하고 희미하게 확인할 수 있는 수준이니 말이야. 그대는 그런 점에 있어서 격이 달라."

꽤나 칭찬해준다.

하지만 아무래도 납득이 안 갔다.

"퓨리가 말했어. 난 '용사'라고. 그 외에도 구세주라는 말을 듣지. 그것과는 아무런 관계가 없어?"

"글쎄. 용사는 신에게 사랑을 받으니 운도 편을 들어주고 사람들을 선동하는 힘도 갖는다고 하지. 하지만 실제로 어떤지는 모르네."

"운도 선동도 나랑은 거리가 머네."

태어나고 얼마 안 돼서 위험한 숲에 끌려갔고, 사람을 선동할 만한 입장도 아니다.

하지만 리프는 그렇게 생각하지도 않는 모양이다.

"의외로 그렇지 않을지도 모르지. 이 몸이 생각하기에 그대는 용사 적성이 높아. 실력도 충분히 있다고 생각하고 있지."

"너까지 그런 말 하는 거냐……. 난 될 생각 없다고."

"그런가……."

리프의 표정 또한 어딘가 퓨리의 표정과 겹치는 구석이 있었다.

"있잖아, 용사라던가 마왕이라던가 하는 건 대체 뭐야?"

"이상한 걸 묻는구먼. 이미 조사하지 않았나."

"여신이 정해 인간을 지키는 자. 마족의 강자가 자연스럽게 되는 자. 그것이 용사와 마왕이지? 그런 초보적인 게 아니라, 내가 알고 싶은 건 이유야."

"이유라니?"

"그래, 존재하는 이유야."

"이거 또 이상한 걸 묻는군. 인간의 사기를 올리기 위해, 인간에게 희망을 안겨주기 위해, 전란의 마족을 절대자로서 평정한다……. 이유 같은 건 얼마든지 있겠지."

"……뭐, 그렇긴 하겠지만."

자신도 질문의 의도를 완전히 파악하지 못했다.

그럼, 어떻게 해야 할까.

그런 생각을 하고 있으니 리프의 책상 위에 놓여있는 사각형에 두께가 엄지 정도 되는 매직 아이템이 반응을 보였다. 어렴풋하게 빛났고, 표면에 흰색 글자가 표기되었다.

"호오. 시험이 후반에 접어들었다는군."

"그런가."

왠지 이야기를 얼버무린 느낌이 들었다.

용사와 마왕, 그 존재에 더 큰 의미가 있을 것 같은 느낌이 드는데.

하지만 이야기를 다시 꺼내도 대답은 아까 전과 다르지 않을 것이다. 다음에는 좀 더 내 나름대로 생각을 정리해서 물어보도록 하자.

"그럼 숙소로 돌아갈게."

"음. 또 보지."

"그래, 또 보자."

◇

　시험이 끝났다는 건 모험가 카드의 뉴스로 알 수 있었다.

　새로운 S랭크 탄생은 제법 중요한 소식인지 톱뉴스를 장식하고 있었다.

　특히 그녀는 A랭크 중 누구보다 지명도가 높다.

『검성, S랭크에 다다르다.』

　거리에 있는 모두가 화제로 꺼내는 것도 수긍이 된다.

　내 눈앞에는 엉엉 우는 실라와 얼굴에 어두운 그림자를 드리운 쿠에나였다.

　장소는 쿠에나의 집이다.

　"져버렸어어어어어~~!!"

　실라가 책상에 엎어져 통곡했다.

　쿠에나는 의자에 앉아 턱을 괴고 복잡한 표정을 지었다.

　"……지드는 시험이 어떻게 된다고 생각했어?"

　실라가 우는 소리를 무시하고 쿠에나가 질문을 던졌다.

　'모두 될 기회가 있었다' 혹은 '너희 중 한 명일 줄 알았다'라고 말하는 게 무난하지만, 나는 굳이 솔직하게 대답했다.

　"예상했던 결과대로 됐어."

　시험은 내 예상과 같은 결과가 나왔다.

　나쁘게 말하자면 재미없는 대답이다. 하지만 내 평가는 변하지 않는다. 쿠에나와 실라는 아직 필의 영역에 도달하지 못했다.

"역시 그렇겠지⋯⋯."

쿠에나도 짐작은 한 모양이었다. 그러나 여기서 모든 게 끝난 건 아니다.

"하지만 다음은 너희일 거야. 지금의 너희보다 빠르게 성장하는 녀석은 없으니까."

"왜 그렇게 생각해?"

"감이야."

"후후. 야생아의 감이라면 틀림없겠네. 다음엔 반드시 S랭크가 될 거야."

"싫어어어어! 난 지금 당장 지드랑 키스하고 싶은걸～～～～!"

쿠에나는 빠릿빠릿하게 말했다. 하지만 실라는 아쉽다는 듯이 큰 소리로 울부짖고 있다. 뭐, 실라의 목적은 S랭크가 되는 게 아니니까 어쩔 수 없긴 한데⋯⋯.

쿠에나도 어쩔 도리가 없는 듯이 우는 실라를 어찌할지 곤란해하는 듯했다.

문득 루이나에게 물은 것을 떠올렸다.

"있잖아, 상이라는 건 어떤 걸 주는 거야?"

그건 쿠에나와 실라가 시험에 떨어졌을 때를 상정한 질문이었다. 쿠에나, 혹은 실라가 훌륭하게 합격한다고 해도, 어느 한쪽은 탈락한다.

그렇기에 사람 위에 서는 루이나에게 물은 것이다.

"결국 열심히 했으니 상을 주는 건가?"

순식간에 내 의도를 헤아린 루이나가 말했다.

역시 대단하다며 내가 감탄하는 동안에 계속해서 말했다.

"보통은 질타와 격려를 하고 성공 보상과는 다른, '너라면 다음엔 할 수 있다'와 같은 말을 해주면 된다."

"흠흠."

"하지만 이번에는 좀 다르겠지. 그렇군. 예를 들면――."

"저기, 실라."

나는 그렇게 말을 걸었다.

양손으로 얼굴을 덮고 있던 실라가 얼굴을 들고 이쪽을 봤다.

축축한 앞머리를 걷고 난 이마에 입술을 댔다.

"고생했어."

그런 말을 덧붙여서.

펑.

그런 소리가 들릴 것만 같은 정도로 실라의 얼굴이 새빨개졌다. 눈물이 증발할 정도로 뜨거워진 듯했다.

그리고 허둥지둥 입을 일그러뜨리고 전력으로 어딘가로 달려갔다.

"……하는 짓이 약삭빠르게 되었네."

쿠에나가 싸늘한 눈빛을 하고 말했다.

!?

"싫어?"

"시, 싫다니…… 설마 나한테도……?!"

"그야 당연하잖아?"

상이라는 건 그런 것일 것이다.

쿠에나의 앞머리를 걷었다.

"잠깐, 바——!"

쿠에나가 일어섰다.

날 거부하려고 일어섰을 것이다.

하지만.

"음."

"응?!"

일어난 순간.

입술과 입술이 겹쳐지고 말았다.

한 가지 감상을 남기자면, 부드러웠다.

그 광경을 보고 있던 실라가 심하게 날뛴 것은 또 다른 이야기다.

후기

3권째입니다.

이번에도 일러스트가 훌륭하네요. 유우야 선생님, 역시 대단합니다.

그리고 교정해주신 담당 편집자님께 감사합니다.

그리고 교열, 인쇄, 판매 등등 관계자분들에게도 감사합니다.

뭔가 매번 감사 인사만 하고 있으니, 다음 권 이후의 후기가 있으면 아무래도 생략할 것 같습니다.

아니 그래도, 뭘 쓸까…… 음~.

딱히 쓸 것이 없으니 아마 또 감사한 마음을 전할 것 같습니다. (어이.)

그리고 그리고, 중대한 발표가 있습니다.

햄 후쿠로우 선생님의 만화판 제1권이 같은 시기에 발매됩니다. 원작을 쓰는 입장이지만 읽으니 정말 재미있었습니다. 꼭 읽어보세요.

자 그럼, 만화판 선전과 가벼운 농담을 하였으니 이번에는 끝입니다.

마지막으로 읽어주셔서 정말 감사합니다. 앞으로도 응원해주시면 감사하겠습니다.

THE SLAVE OF THE "BLACK KNIGHTS" IS RECRUITED BY THE "WHITE ADVENTURER'S GUILD" AS A S RANK ADVENTURER Vol.03
©2021 Jio
First published in Japan in 2021 by OVERLAP, Inc.
Korean translation rights reserved by Somy Media, Inc.
Under the license from OVERLAP, Inc., Tokyo JAPAN

.

악덕 기사단의 노예가 착한 모험가 길드에 스카우트 되어 S랭크가 되었습니다 3

2022년 06월 15일 1판 1쇄 발행

저　　　자 지오
일 러 스 트 유우야
옮 긴 이 박정철
발 행 인 유재옥
본 부 장 조병권
편 집 1 팀 김준균 김혜연 박소연
편 집 2 팀 박치우 정영길 정지원 조찬희
편 집 3 팀 곽혜민 오준영 이해빈
라이츠담당 이승희 한주원
디 지 털 김지연 박상섭 최서윤
미　　　술 김보라 박민솔
발 행 처 ㈜소미미디어
인쇄제작처 ㈜코리아피엔피
등　　　록 제2015-000008호
주　　　소 서울시 마포구 토정로222, 403호 (신수동, 한국출판콘텐츠센터)
판　　　매 ㈜소미미디어
마 케 팅 박종욱
전　　　화 (02)567-3388, Fax (02)322-7665
ISBN 979-11-384-1182-0
ISBN 979-11-384-0731-1 (세트)